賴上皇商妻 3

風文創 786

頡之 著

目錄

第五十八章　奔喪

莊園買下來了，手裡銀子也花得所剩無幾。蘇木捧著地契，覺得踏實。有豪宅，有百餘畝土地，是否已算得上一個小地主？她樂不可支，咯咯傻笑。唐相予趁蘇世澤不注意，輕輕在她腦門上彈了一下。

蘇木怒瞪，卻在蘇世澤轉頭一瞬，垂下眼簾。他現在是家裡的大恩人，自個兒這般態度，怕是得被一番說教。卻只聽唐相予道：「這幾日我要離開郡城，若你們有事，就去福滿樓找尹掌櫃。」

離開？蘇木腹誹。知道他外派，卻不見幹實事，莫不是是這回有任務了？去哪兒呢？剿匪？該是很危險吧……她猛地甩了甩腦袋。關心他做甚！

蘇世澤拍拍唐相予的肩，道：「能有什麼事？你自個兒在外要小心才是，早去早回，我讓木兒她娘給你備好菜，等你回來！」

這樣的口吻，儼然將他看作自家人，唐相予心下一暖，鄭重點頭。

那日後，唐相予真就消失了一段時間。蘇木一家也有得忙碌，雇長工開地、買茶樹、移植茶苗。好在二灣的房子建得差不多，收尾有吳三兒盯著、吳大娘幫扶，吳大爺便上郡城來幫忙。有十餘個長工幹活，吳大爺指揮，倒沒那麼累。至十月底，二十幾日，一百二十畝地開出來，種上了茶樹，滿眼望不到頭，一列列、一行行，整齊有序。

至於村裡的四合小院，院子不住人，總是破爛得快。蘇世澤請人看守，按年付錢。吳大娘養的雞鴨也通通趕到二灣去，山上的茶樹今年已收成，只讓它自然生長，定期回來施肥、除草即可。如此蘇世澤一家好像真從福保村脫離出來，村人只曉得他一家在郡城置了宅院，是有羨慕的。可各家有各家操心的事、該忙碌的活計，於蘇木的那些閒言碎語也就淡了。

「虎子、雙瑞，東西都收拾好了嗎？」吳氏於窗外正對屋子喊道。她手忙腳亂，要收拾自個兒的、小六月的，還有丈夫的。

「好了！」屋子那頭傳來虎子清脆的回應。

吳氏將最後一個包裹繫好，搖了搖有些痠軟的腰，喃喃道：「木丫頭不曉得拾掇妥了沒？」

於是，從搖籃裡抱出小兒子，朝蘇木的屋子走去。小六月突然被抱起，不開心地癟嘴哭鬧。吳氏忙拍著哄，嘴裡又朝屋內人兒喚道：「木兒。」

屋內立刻回應。「誒！就好。」蘇木正同綠翹收拾衣裳，厚的、薄的都有，還有蘇木平時記帳的一堆本子、各式雜東西，足足四個包裹。

吳氏抱著兒子輕輕搖晃，在屋裡來回走動，嘆息道：「前月瞧著還好好的，怎地突然就過世了？好在老太太走得安詳，無病無痛。」

「捎信的人怎說的？」蘇木騰出空問了一句。

「就在昨兒一早，妳么嬸喊老太太吃早飯，喊半天不應。進屋一瞧，老太太安詳地睡過去了，周身冰涼，該是半夜就走的。無災無病地走，老人說，是陽壽盡了。」說著，眼眶濕潤了。剛嫁過來那會兒，沒一個待見她，就侯老太太心善，借地安置不說，一番寬慰鼓勵的話，讓她那陣子好過不少。

侯老太太突然離世，幾家沾親帶故的都要回村奔喪。事出突然，讓人沒個防備，這臨過年一月不到，那樣歡喜團圓的日子，卻出了這樣的事。莊園已安置妥當，蘇世澤和吳大爺一早去交代好，一家決定今兒就回去，東西都帶齊，一直待到過完年了再回。

門口傳來腳步聲，是房嬤嬤。「夫人、二小姐，馬車到了，老爺也回來了。」

「走吧，妳倆也將東西都搬出去吧！」吳氏說著回屋，房嬤嬤跟著幫忙。

一家子快速將東西歸置上車，蘇葉和劉子慶也乘著馬車趕來，一家人便直接往村裡去。

奔波近兩月的唐相予終於回到郡城，他滿心歡喜地惦念著蘇世澤說的好酒好菜，換了身衣裳便敲響隔壁宅院。雙瑞開了一道門縫，探出腦袋，見來人是唐相予，忙將屋子敞開，規矩站立。「唐少爺。」

唐相予整了整衣裳。「嗯，進去傳一聲，我回來了。」

「真不巧，老爺一家剛走。村裡的太奶奶去世了，趕著回去奔喪。臨近年關，準備直接在家過節，年後才來。」雙瑞回道。

「哦……」唐相予眸光漸漸淡下來。如此，便只能年後見了。他有些失魂落魄，眼中又閃過一絲擔憂，亦步亦趨往回走。

雲青迎上來，見自家少爺這般模樣，想來蘇家那處又出了什麼事。只是他不得不將東西遞過來。「少爺，夫人來信催您回去，再不動身，趕不上過年了。」

「知道了，收拾東西吧！」唐相予接過信，慎重地看向雲青。「你留下，隨時留意蘇家的事。」

「是！」雲青一臉鄭重，並無平時的疑惑。

蘇世澤一家到家時，臨著官道，瞧見侯家已掛上白綾和燈籠，氣氛肅穆，透著哀戚，於是放好行李，馬不停蹄地趕過去。蘇大爺、丁氏和蘇世福兩口子已經站在那裡，一臉的悲戚。蘇木打量人群，不見蘇三爺一家子。他們該是同自家差不多時間收到消息，這會兒還沒回來，怕是不打算來看一眼了。

白事辦了近十日，餘下些瑣碎事，不好再拘著旁人。畢竟臨過年，總不好讓自家的事擾了旁人的歡喜。到了臘月二十，蘇世澤一家便不必再往侯家去。

二灣房子已建好，是一幢兩進的院子，吳家準備明年春天迎娶新媳，是以這個年，吳家三口就不來福保村，家裡還有許多東西要置辦；而蘇葉自然要在劉家。因此今年便只有蘇世澤夫婦、蘇木和兩個小子，冷清許多，又因著侯老太太去世，年也不好過得太隆重。

一家待在主房，天冷得緊，蘇木抱著小六月縮在床上，虎子也趴在床上，逗弄小弟。吳氏坐在一旁縫製棉襖，一年兩套，是雷打不動地要給老蘇家二老送去的。蘇世澤今兒也沒出門，縮在一旁，不知在想什麼？

吳氏拿木棍掏了掏炭盆，露出紅熱的炭，熱氣又重了幾分。「太奶一去，侯家怕是要分了吧？家大人口多，眼見文哥兒也大了，再兩年要討媳婦，總這麼一大家子一起過，也不是那麼回事。」

蘇世澤嗯了聲。「前些日子么弟就有搬去郡城的打算，總歸是考慮到文哥兒，就那麼一個娃子，如今生意好起來，自然想他好。」

「那家要怎麼分？」蘇木好奇地問道。侯家三個兒子都已成家立業，有兒有女，算下來幾十口人，這麼多年竟從未傳出不和的話來，她倒是佩服。反觀自家，爺那輩就分了，至今還扯不清；蘇大爺更是落得子不親、孫不攏的下場，歸根究柢還是他自個兒偏心，一碗水端不平，總是要灑的。

「妳么叔是心善的人，如今皮蛋賺錢，還是會帶著一家子，縱使搬去郡城，銀錢方面，幾兄弟都是分著來的。」蘇世澤回道，語氣中滿是感嘆。若自家不同老爹和二弟鬧出那些事，他賺得的錢也是不會虧了他們。如今也就各自安好吧！日常能幫扶點的，吳氏也都周到了。

砰、砰、砰！一陣急切的敲門聲打斷一家的談話。「大哥、大哥！」

蘇世澤起身。「是老二。」

蘇木眉頭一皺。八百年不親近，上門準沒好事。她朝虎子眨眨眼，虎子明白過來，機靈一笑，跟了出去。

片刻，三人一道進門，蘇木眉頭皺得更緊。蘇世福一進門便左右打量，眼珠子亂轉，不知道打什麼鬼主意？

蘇世澤一臉焦急，急切萬分。「出事了！」

「怎麼了？」蘇木壓住不耐，抬眼看向蘇世福。

蘇世福再不敢亂瞄，規矩地立在門邊，對於蘇木的問話，他也不應，理所應當地由蘇世澤開山闢路。

「三叔一家不見了。」蘇世澤沒想那麼多，他眉頭緊鎖。「這人突然跑了，留下一堆爛攤子可怎麼辦？」

吳氏放下手上針線，起身抱過小六月。老蘇家的事，她一貫不多嘴，自是由丈夫和女兒安排。

去年，蘇三爺借的子錢，是押了老蘇家所有田地和房產，最後錢不夠，連人都搭進去了。眼見期限要到，還不了錢，利滾利，到時候家產沒了不說，人還得拉走！

蘇世福伸了伸腦袋，眼巴巴道：「前兒子錢家上門來問了，三百兩銀子何時還？咱家哪裡拿得出來？三叔也不曉得搞什麼鬼，這個節骨眼上鬧失蹤，可讓咱一家怎麼辦啊！」

蘇木冷笑。早料到有這下場，蘇三爺的脾性，那就是專吸老蘇家的骨血，以官職為名，將一家吃得牢牢的，偏人還心甘情願。只是，蘇三爺一家怎會失蹤？不是出事，是跑路？難不成只因為拿不出那三百兩，連費盡心思得來的官職也不要了？

「青哥兒不是在三爺那處住著，怎麼人跑了，他沒個信？」她問道。

蘇世福一拍大腿。「這個兔崽子，叫他三爺哄回來了，至於人去哪兒，一點也不曉得！」

「爺喚人去郡城問過了？三爺一家都不在了？」蘇木緊問道。

蘇世福點頭。「前些日子就去問過了，沒個反應。眼見還錢的日子要到了，妳爺他急啊！本以為這回侯太奶過世，他一家該回來奔喪，哪承想到現在都沒個影，遣人一問，才曉得人去宅空了！」

不明不白地跑路？是那日在衙門遇見，知道自家有錢，不想出這筆錢，要甩鍋？哪有那麼好的事！蘇木笑道：「那二叔來找我爹做甚？難不成這筆銀子要我家出？契是你們簽的，錢是三爺拿的，怎麼也找不到我們頭上吧？」

她坐在床上，居高臨下的氣勢教蘇世福心有忌憚，他知那丫頭心狠，便轉向自家大哥，苦著臉。「大哥，如今老蘇家就你有出息，咱有難了，你可不能不幫扶一把！你我二人穿一條褲子長大，如今老弟就要被人賣了，你可不能狠心眼啊！」說著，一把鼻涕一把眼淚，那番作派甚是可憐。

蘇世澤當即軟下心來。這不只是老弟遭難，老爹、老娘一把年紀了，也被逼得走投無路，他怎能袖手旁觀？莫說之前沒銀子，他就是賣宅賣地也要填上虧空。如今家裡有餘錢，三百兩雖然不是小數目，可自家拿出這筆銀子卻是輕鬆。他望向女兒，眼神帶著堅決。

蘇木無奈，這樣的求助，他們一家是無法拒絕的。即便這筆銀錢跟他們沒有分毫關係，甚至與老蘇家的關係已是眾所周知的破裂，但同姓蘇，一脈血緣，他們只能被吃上。三百兩於她來說是小數目，但一而再、再而三地被無理索取，她蘇木可不是好說話的。

「二叔，您這是什麼話？我一家是分出去的，幫忙是情分，不幫是本分。十兩、二十兩已算多，你這突然要三百兩，我們上哪兒去給你騰？」

蘇世福埋頭，偷偷打量蘇木，見她一臉不悅，有些慌亂。他可不能因著木丫頭輩分小，就拿長輩的姿態責罵，三叔就是血淋淋的例子！他抹了抹眼角。「木丫頭，我們也是沒辦法，眼見後天子錢家就上門要債，我們拿不出銀子就得被人趕出家門，賣身為奴！如今三叔尋不著，妳爺都快急瘋了，兩、三天吃不下飯，憔悴得不成人形；妳奶也是，竟似老了十歲！」

蘇木無動於衷。她知道蘇世福故意作慘，方才那賊眼溜溜的模樣是瞧得清清楚楚。蘇世澤心疼得不行，他走近床邊，低聲道：「妳爺待咱家不好，可到底是妳爺，可不能讓人戳脊梁骨。」

「爹，您是晚輩，三爺做的禍事，為何要咱家來揹？契是他擬的，可不是您的名字。」蘇木打斷他的話。

蘇世澤再不敢吭聲。女兒就是執拗的性子，待田、吳、侯三家皆寬厚，上回給銀票是眼睛都沒眨一下，唯獨記恨老蘇家，這回態度堅決，怕是真不會拿銀子出來。無法，若女兒不拿，他只好向侯家借了。心裡有了主意，便不再多說話。

蘇世福見情況不對，自家老哥都蔫氣了，他更慌了，忙轉話鋒。「是是是，木丫頭說得對，一切都是三爺做的禍事。可事情已經這樣了，只能先把銀子還上。」說著轉向蘇世澤。「大哥，要不這樣，你先借三百兩出來，待找到三叔，再把銀子還你如何？」

蘇世澤看了女兒一眼，沒有回話。

「二叔有借錢還子錢的工夫，不如抓緊找三爺。」說罷，蘇木不再理會，逗弄起小六月。

吳氏心思細，知道女兒是在下逐客令，忙將六月抱過去。木丫頭性子沈穩，卻不狠心，她態度堅決地回絕了老蘇家的求助，自然有她的打算。

蘇世福急了，腳往前挪了兩步。「這不是找不著人嘛！木丫頭，妳可不能這樣狠心眼，那可是妳爹最親的人！」

「我爹最親的人是我們一家子，二叔說的什麼話？」蘇木眼皮都沒抬一下。「二叔還是回去吧，不然，一會兒我也不知道會發生什麼事！」

蘇世福腳步一頓，他自然懂，忿忿地冷哼一聲，轉身離去。

蘇木終於抬頭看向門口。「爹，您瞧，這就是二叔的態度，咱不給銀子好像是欠他們的。」

「丫頭，三百兩咱出得起，何苦讓妳爺奶遭罪？」蘇世澤嘆了口氣。

縱使她再不喜歡老蘇家的人，卻不能冷眼瞧著被人收了田地，趕出屋子。畢竟有著一絲血緣，且憑這點關係，就足夠讓流言將他們一家淹沒。

第五十九章　要債

「爹，您當我真就狠心眼不管爺奶？」

蘇世澤一愣，緩緩抬頭看過來。「那妳方才……」

吳氏睨了他一眼。「真是個二愣子，我瞧你方才不應話，還當你明白女兒的意思。木丫頭瞧著沈穩，最是心軟重情，又哪會看爹娘遭罪？」

不借錢，可不就是不打算管了？這……他仍疑惑。

蘇木扯了扯棉被，蓋緊有些漏風的腳邊，才道：「錢是要給的，卻要讓爺奶吃個教訓。三爺一家靠不住，他那官職更靠不住，爺作了一輩子的官夢也該醒了，想讓爺醒悟，便要讓他失去所有。爺、奶一把年紀，也該到享福的時候了。」

蘇世澤沒有答話。女兒說的有道理，與其讓老爹無休止地讓人吃得死死的，倒不如夢碎醒悟，跟著自家過清閒日子。「那妳打算怎麼辦？」

蘇木一臉狡黠。「爹，您去子錢家一趟，也往侯家、田家捎幾句話。」

蘇家院壩，蘇大爺坐在堂屋門口的屋簷下，手裡端著一盅茶，半天沒有往嘴裡送。「你大哥當真不管了？」

丁氏站在灶屋門口，憂心忡忡；張氏倚在堂屋門旁，慌亂不堪。

蘇世福則在院壩走來走去，忿忿道：「哼，大哥是一點主見也沒有，全聽木丫頭一張嘴。我好話說盡，就是兩個字，沒有！」說著走近屋簷，壓低了聲音。「我前些天去郡城找三叔，聽人說大哥買了好大一幢宅子，還在城郊買了百畝農莊！好傢伙，瞞著大家悶聲發財，三百兩卻捨不得拿出來！」

這話一出，一家子齊望過來。一幢宅子、百畝農莊，那得多少錢啊……張氏按捺不住。「有那麼些錢，從指頭縫漏一漏就能度難關，他們這樣無情，咱也不用顧忌什麼，就上大哥家去鬧，鬧得滿村的人都曉得；實在不行，上郡城鬧，哪有這樣不孝的一家子！」

蘇大爺將茶盅往凳子上重重一放。「妳曉得個屁！」

老大一家是分出去的，錢再多，那是他的事，且這幾年來，從老大入獄那一刻，他對這個大兒子便再沒資格說教什麼，更別提要求了。大家不瞎，真鬧起來，也只會說道兩句，並不會拿老大一家如何，反倒是自個兒，老臉是丟盡了。僅存的一點尊嚴，教他不容許那麼做。

蘇世福心裡亂糟糟的。都什麼節骨眼了，老爹還瞻前顧後。不過生死存亡的關頭，不敢惹怒老爹，還要等他拿主意。於是朝媳婦兒搖搖頭，張氏便不情不願地住了嘴。

「那爹您拿個主意，後日可是最後期限了。」

蘇大爺抬起三角眼，望著院壩出神，半晌才答話。「我去侯家借。」

蘇世福料到這個結果，慌亂去了幾分。老爹到底是長輩，侯老么不會坐視不管。「成，么弟買賣都做到郡城去了，手裡肯定有銀子。」

說到這兒，蘇大爺心裡更加苦澀。侯家、田家的生意聽說都是木丫頭捯飭出來的，若當初他沒有狠心將大兒子一家趕出門，如今他們是不是銀錢在手，過著安生日子……三弟也好好在郡城當官，青哥兒明年參加考試，到時候上榜，有了名頭，他就是官老爺，何等風光啊！

只是如今，怎麼變成這樣？眼中的希冀逐漸熄滅，他轉頭望向二兒子。「你三爺……」

蘇世福冷哼。「還問三爺？那一家子都是啃人骨血的豺狼！爹，咱這些年被人賣了，還感恩戴德。青哥兒的官夢、丹姊兒的官小姐夢，我是再也不作了！照我說，巴著大哥才有福享，吃穿不愁，銀錢在手，還怕一輩子受苦受難？」

他信奉多年的夢，終要破碎了嗎？爹、三弟一直在利用他？蘇大爺只覺全身的精氣神被抽光，腿肚子打顫，有些坐不住，眼前也開始發昏變黑，耳畔更是嗡嗡作響，已聽不清話了。

「爹、爹！」

「老頭子！」

蘇大爺昏死過去，還昏睡了一天一夜，第二日借錢，只得蘇世福去。只是整個村子都跑遍了，一文錢都沒借來。他慌了，再待下去，是等死啊！等著被人趕出門、趕出村，賣身為奴……他不敢想像。

張氏焦急地守在院壩，不停朝官道口張望，瞥見丈夫身影，忙奔過去，周身上下搜，一文錢也沒搜到，忍不住哭喊出來。「錢呢！」

蘇世福只是搖頭，忙扯過她。「爹呢？」

「還在床頭躺屍！都什麼時候了，還能躺得住！」張氏說著對蘇世福拳打腳踢。「你個沒用的，我嫁給你就沒享過一天福，如今還要遭這種罪！」

「行了！」蘇世福捉住張氏的雙手，重重一甩。「回屋收拾東西，咱連夜跑路！」

「啥？」張氏愣住了，眼淚、鼻涕還掛在臉上。

「沒錢就等著被賣了，不跑還怎麼辦！」蘇世福面上一陣決絕。

張氏忙抹了眼淚鼻涕，拉住丈夫。「那爹娘……」

老爹身子不索利，老娘體弱，帶二人跑路還沒天亮就給抓回來。子錢家是什麼人？黑道、白道都有，又豈會給人跑掉？自家三人跑，目標小，且老爹、老娘在家，不惹人起疑，真到逼死二老的地步，大哥不會不管。但自家三口卻不好說，銀錢都是木丫頭在管，那丫頭已表明態度，所以他不跑不行！「爹娘先不管，妳顧好青哥兒，咱後半夜就走！」

「誒！」張氏是個婦人，這樣的大事早沒了主意，丈夫說什麼便是什麼。至於二老，更是沒什麼感情可言。

一夜平靜，似乎連夜夜吹的寒風都停了。雞鳴三聲，迎來了一年最末，大年三十。家家戶戶開始往門上貼春聯、掛紅燈籠，整個灰白相間的村落在點點火紅的點綴下，變得喜慶。而村頭的蘇大爺院壩卻仍是一片死寂，大門緊閉，連雞鴨的影子都沒有；堂屋門口上掛著斑駁的春聯，早就褪了顏色。

蘇大爺混沌的腦子終於清醒過來，他似乎從未舒舒服服睡這麼久，感覺渾身都舒坦了。只是當他翻身起床時，才猛地反應過來，今兒是子錢家上門要債的日子，心猛地一揪。不曉得老二把錢借來沒有？他強撐著坐起身，朝外喊道：「老二、老二！青哥兒、青哥兒！老婆子！」

只是喊了半天，屋外一片寂靜，只好披上棉襖，拖著破棉鞋，往屋外去。對門便是二兒子的屋子，他又喚了兩聲，仍沒回應。走近一瞧，屋內翻得亂七八糟，像是被打劫般，心下有種不祥的預感，忙跑回自個兒屋子，腳步有些慌亂，連棉鞋都掉了一隻，襖子也從一邊肩頭滑落，搖搖晃晃地耷在另一個肩頭。

他從床底翻出那只舊匣子，從腰帶掏鑰匙的手頓住了。匣子的鎖被撬開，裡頭的十餘兩銀子不翼而飛。蘇大爺手一脫力，匣子便滑落，重重砸到地上，發出「砰」的巨響，砸得他腦子嗡嗡的。老二……捲了家裡所有銀錢跑了……整個屋子留下他獨自一人……

接二連三的打擊讓蘇大爺頭腦發昏，虛脫無力，身子輕飄飄的，似乎快要離地。他是不是離死不遠了？

這時嘈雜的人聲自院壩傳來，言語不甚客氣，伴隨著粗魯的吼叫，片刻又聽見砸東西的聲音。該是來要債的吧？蘇大爺緩步出來，混沌的雙眼絕望地望向滿院壩要債的凶神惡煞。只是他看不清，眼前似乎蒙了一層霧氣，耳畔確實是清楚而深刻的兩個字：還錢。

搖搖欲墜的身子再也支撐不住，軟了下去。這回，真就見閻王爺去了吧！

低低的哭泣聲擾了他的清靜，陰曹地府果真是鬼哭狼嚎。

「老頭子……老頭子你醒醒……」

聲音很耳熟……像丁氏……難道她也……蘇大爺緩緩撐開眼皮，就見淚流滿面的丁氏坐在床邊，一臉關切地望著自己。「妳怎麼也到陰曹地府來了？」

沒由頭的一句話教丁氏更加憂心，哭喊起來。「你這是怎啦？這是老大屋裡，什麼陰曹地府啊……你莫要嚇人……」

聽了這話，蘇大爺翻身坐起來，仔細打量屋子。可不就是老大的屋子，他……沒死？

聞訊過來的蘇老大和吳氏圍在床邊，神色擔憂。蘇世澤道：「爹，怎樣，身子可有不舒坦？」

蘇大爺看向兒子，百感交集，又望向身後的吳氏，心生一股愧疚。他是一家之主，是權威，怎能生出愧疚心？這樣的心境變化教他惱羞成怒，嘴裡便沒好話。「你是巴不得我死？」

這樣一句，滿含了他對蘇三爺的絕望、二兒子的寒心，和對老大的愧疚，還真就巴不得自個兒死了算了！

不知是經了變故，讓丁氏有勇氣，還是因為大兒子在，讓她有了底氣，忍不住嗆道：「還說那些混帳話！不是老大，真就兩腿一蹬，見閻王去了！」

蘇老大一家不受他控制已是無法，如今連一貫唯唯諾諾的丁氏都敢跟他對嗆。蘇大爺忍不了，掙扎著起來要抓丁氏。「怎麼，管不了妳？別以為老大在妳就能翻天了！走，跟我回去，還管不了妳了?!」

丁氏當即就怕了，方才也不知怎的聲音大了些，經這一吼，又慌了。蘇大爺不依不饒要去打丁氏，蘇世澤和吳氏自然不能由著他，便上前阻攔，屋子一時間混亂起來。

「要走趕緊走，放子錢那些人未走遠，快兩步還能趕上。」清冷的女聲自門口響起，屋子霎時安靜下來。

蘇大爺一看，是蘇木，手一頓，慢慢縮了回來。他竟忘了如今境地，小命捏人手裡，由不得自己了。可他是老大的爹、是她蘇木的爺，是長輩，怕什麼！這樣一想，心裡定了幾分。「我這就回去，那些錢，等找到妳三爺再還回來……」說著抬腿下床。

蘇世澤焦急得不行。「爹，您老就在我這兒住下，我服侍您跟娘，往後咱一家好生過日子！」

蘇大爺仍黑著臉。過什麼好日子，這不是他的家，他在這個家也沒什麼地位。「不了，我跟你二……我跟你娘過得挺好。」

蘇木冷笑。「爺，您回哪兒？屋子、田地都抵押出去了，您上哪兒住去？」

蘇大爺不可思議地看向蘇木。「那錢……」那錢不是還上了嗎？不然，那些人怎會甘休。

「什麼錢？」蘇木冷眼看過來。「您說那三百兩？那是您心甘情願給三爺做官的，關我一家啥事？您想要回院子和地，還是等三爺把錢送回來吧！只是他拖一日，那利息便漲一分，到時候利滾利，只怕三爺坐上郡守的位置，也還不清了。」

蘇大爺不敢吭聲了。那麼些錢，是幾輩子也還不清的，方才提到三弟那句話，也就是隨口，他這回是真的信了，三弟並不會回來還錢，甚至一開始就是跑路的打算。只是老二一家被他連累，家沒了，也回不來了。想到老二偷錢丟下老倆口跑了，又覺一陣寒心。都說養兒防老，他是養了個白眼狼啊！

不過，他還有個女兒，小女兒嫁得好，也最貼心，讓他住老大家，他安不下心。於是轉向蘇老大。「老大，給你小妹捎個信，我上她那兒住兩天去。」

「這……」蘇世澤是真心希望老爹、老娘和自個兒住一塊兒，他看向蘇木，示意她鬆口，說句好話。

蘇木又豈是好糊弄的主兒？若不將蘇大爺從以前那副作派打壓下去，往後還有安生日子嗎？至於那個姑姑，幾年不回來一趟，誰曉得她過啥樣日子？還將娘家爹娘接去生活，那是燒了高香才會遇到的好婆家。

「成，您要想上么姑那兒，我就給您捎信去。」

蘇大爺的心稍微鬆了鬆。去哪兒都比在這兒自在。

見場面緩和下來，吳氏熱絡道：「時辰不早了，爹娘再歇會兒，我去燒飯，今兒大年三十，咱一家難得團圓。」說著拉過蘇木，意思是要她幫忙。

大年三十夜，除了包餃子，蘇世澤還上田家買了一條大鯉魚。蘇木準備做烤魚，前些日子在鎮上鐵鋪訂做的烤魚盤總算派上用場。吳氏和丁氏在灶屋包餃子、炒菜，蘇木便從旁準備放烤魚盤裡的配菜，等她捯飭好，蘇世澤在院裡也將炭火發燃。

「木丫頭，火好了。」

蘇木一邊應道，一邊端起木盆往院子去。盆裡是醃製好的魚，兩片鐵絲網一夾，放在生好的炭火上烤。魚肚裡塞了蔥薑蒜，又刷了油，撒了各式調料，不等片刻，伴隨著嗞嗞油響，冒出香氣。蘇世澤翻轉魚身，使得兩面均勻受熱，那香氣悠悠傳來，肚子便咕嚕叫了。

「爹，烤著，兩面焦黃即可，我去看看娘把臊子炒得怎樣了。」蘇木將炭火攏了攏，便鑽進灶屋去了。

灶屋此刻是一股嗆人的味，吳氏正在炒鍋底，乾辣椒、花椒、蔥花、薑絲、蒜瓣下油爆炒，又放了藕片、冬瓜這類蔬菜一起翻炒，後加入適量清水烹煮。此時，湯汁已火紅，表面一層紅油，晶瑩發亮，甚是誘人。

那滿屋的香氣更是讓人忍不住口水直流，特別是許久不見葷腥的丁氏，她探著頭往鍋裡瞧。「這還沒放肉，怎這樣香哩？」

吳氏翻動鍋鏟，笑道：「那麼些油，不香就怪了。」

蘇木在外間點炭火盆，盆分兩層，上面裝魚，下面盛炭。她將炭火點燃，朝裡間喊道：「娘，好了就裝鐵盤裡。」

「誒！」吳氏遙相呼應，將一鍋底料盛放到裝了小菜心、冬筍片和野菌菇的鐵盤裡。端著盤子兩側的耳朵便去向外間，放置桌子中央的炭火架上。

這時，蘇世澤也拿著烤得兩面金黃的魚進屋，依照蘇木指揮，將魚放盤裡烹煮。聞到香氣的虎子不用人喊，自覺地鑽進飯堂，鼻子一吸，直呼好香。

餃子也煮熟了，丁氏端一大缽出來，一個個三指寬、雪白飽滿的餃子浮在水面，肚子脹鼓鼓的，直教人想咬上一口。吳氏和蘇木又進灶屋兩趟，端出一盆小炒肉、一盆清炒筍片和一碟碗筷，擺桌，準備開動。

不見蘇大爺在，叫人吃飯都是小娃子的事，可木丫頭和老頭子不對盤，虎子更是身分尷尬，吳氏便將視線投到丈夫身上。蘇世澤心領神會，朝東房去。

蘇大爺早就聞到香氣，肚子咕嚕叫半天，是以兒子一喊，他也沒矜持。望著滿桌的好菜和咕咚冒泡的烤魚盤，他竟覺餓得發慌。

蘇世澤給蘇大爺斟上一杯酒，不知是那烤魚徐徐冒出的熱氣熏的，還是如何，他眼睛發酸。同爹娘坐下吃頓團圓飯，已不知道有多長時間沒這樣了。而蘇大爺低著頭，不聲不響，不知道在想什麼？

丁氏則眼眶一片晶瑩，吳氏挾了一塊魚肉，送到她碗裡。「娘，吃吧！當心刺。」

「誒！」丁氏不著痕跡地抹了抹眼角。

一頓飯吃得沈默，連一貫話多的虎子都不敢作聲，悶頭吃自個兒的，只一雙眼珠子滴溜轉著。

第六十章 被抓

吃罷晚飯，一家圍坐一起吃凍梨、談天。蘇大爺並不多留，吃了一個梨頭便回屋去了；丁氏自然要跟隨，也就走了。吃飯期間，小六月已經吃奶睡了一覺，這會兒正清醒著，咿咿呀呀鬧不停。蘇木和虎子輪番逗弄，惹得小娃子咯咯直笑。少了蘇葉和吳大爺三口的冷清年，也熱鬧了幾分。

這樣的歡聲笑語傳到東屋的蘇大爺耳中，很不是滋味。他由丁氏服侍著洗完腳，盤坐在床上發愣。丁氏坐在床下洗腳，猶豫半天，才開口。「跟老大過，哪樣不好？我瞧見六月了，跟老大小時候一個模子刻出來似的，機靈得很，一家把虎子都培養得那般好，還能虧了六月不成？等他長大了也進那什麼書院——」

「郡城書院。郡城最好的書院，高中的人那是整個大周最多的！」蘇大爺接過話。

「是，往後咱么孫也去那書院唸書，考個狀元回來，何必非得巴著三弟一家子、念著青哥兒，沒點銀錢怎能培養出人？你瞧虎子剛來那會兒，黑黑瘦瘦又怕生，這會兒跟變個人似的。老大和老大媳婦會培養，比老二強！」一家裡的事一貫由丈夫作主，她從不多言，可如今不一樣了，日子過成這樣，再執迷下去，指不定折騰成啥樣。

蘇大爺仍是兩眼發怔，可丁氏的話還是聽進去了。那些官夢，他早就醒了，可若六月往後有出息，他不還是官老爺嗎？死後對列祖列宗也有交代，蘇家到底光耀了。或許明兒他真該好好瞧瞧六月，半歲了，還沒看過，聽聲音是個大嗓門，像他！

這樣想著，吳氏也沒那麼惹人厭了。其實跟著老大過活也不錯，就是木丫頭的性子他不喜歡，不曉得是隨了誰，一點情面也沒有。

大年初一，穿新衣，拜新年，說吉祥話。小娃子們拿著還沒放完的鞭炮又湊一起，大人瞧著新衣裳沾泥，強壓怒火，今天不能罵人，否則一整年都不安生。鄉鄰串門子，見蘇大爺兩口子在，享福之類的話沒少說。蘇大爺也不再似之前冷眼相待，竟露出一絲笑來，這讓蘇世澤兩口子很欣慰。

很快地到了初三，吳氏回娘家。娘兒幾個坐上牛車，往官道口去，路過村頭的田家。田良正蹲在門前棗樹下看書，不早不晚，不偏不倚，恰好這個點。「大伯、大伯娘。」

他主動給二人招呼，不著痕跡地看向蘇木，見她乖巧坐著，逗弄小六月，並不往他這處瞧，當下有些心灰意冷，只得接著和蘇世澤攀談。

他還在期盼什麼？還想挽留什麼嗎？他又有什麼資格？

不待多想，卻聽見一陣馬蹄聲，見官道口迎來十餘個官兵，個個身著鎧甲，手持武器，神色嚴肅。為首一人高喝道：「哪個是蘇木？」

蘇木獨自坐在一輛馬車上，車窗封得死死的，瞧不出外頭光景，馬車四周都是噠噠的馬蹄聲，想來四周都是人。蘇世澤也被抓了，關在另一處，不曉得是否一樣待遇？

馬車簡陋，沒有墊子，抖得屁股生疼。她不住回想方才那官吏的話：「我們懷疑妳官商勾結，販賣茶葉給胡人！」

她的茶葉都是賣給杜郡守的，而杜郡守明裡、暗裡表明要上貢，且從唐相芝那處得知，茶葉確實進到宮裡，怎麼會與胡人搭上干係？莫不是杜郡守徇私行賄？可與自家何干，蘇記普茶賣得可不便宜，胡人要茶葉預防病症，大可不必買這麼貴的茶葉。

那是有人栽贓嫁禍？可買賣都是秘密進行，也不與旁人搶生意，並不會樹敵；且抓人問罪，何時有這般好的待遇了？想不通，實在想不通。

本是要回二灣省親，還未出村子便被抓走，娘該是急死了。這一去也不曉得是什麼情況？何時能歸，抑或不能歸？事出突然，手上也沒帶多少銀子，若需打點，該如何是好？這樣沒準備的情況，讓她有些焦慮。

馬車連行五日，除固定每日二餐，還扔了一床舊棉被，再無其他。中途放她出來方便，瞧見蘇世澤同自個兒一樣坐在馬車裡，且一路上那些官吏還算客氣，讓她放心不少。

終於到第八日，馬車入城了。車外有人聲，且十分喧鬧，該是一處鬧市。漸漸地，聲音減弱，馬車也隨即停下來，車栓撥動，車門打開。「下車！」

蘇木不吵也不鬧，聽話動作。一旁的蘇世澤也下車，步履蹣跚，面色憔悴，見到蘇木，便急欲奔來。衙役長槍一揮，呵斥一聲，他便不敢動了。

蘇木朝老爹搖搖頭。摸不清情況，還是老實些。再看馬車停靠處——嘉隘關牢獄。嘉隘關她是知道的，上回進京路過，似乎專門為看守古道而設，看來，是將他們抓到此處審問了。只是與她父女並無干係，獄卒會不會將二人屈打成招……蘇木暗暗握緊懷裡的二十餘兩銀子。

擔心的事並未發生，一路進牢房，一眾官吏雖算不得禮待，卻不苛難，甚至連輕輕的推搡都沒有，像是……早就被上下打點過了，那這人又是誰？

父女二人的牢房緊挨，蘇世澤忙靠近女兒。「這是怎麼回事？什麼官商勾結、賣茶給胡人，咱啥時候和胡人往來了？不都是杜郡守在操持，咱啥也沒做啊！」他越說越著急，上回的牢獄之苦歷歷在目，這回似乎更嚴重。

蘇木蹙著眉搖頭。「我也不曉得，不過可以放心的是，暫時沒有危險，且看看這案子到底怎麼審的。」

連女兒都沒主意，蘇世澤一屁股坐倒在地上，又急又怕，喃喃道：「這一走就是七、八日，妳娘該是急瘋了。虎子和六月還小，爹娘身子又弱，家裡沒個擔事的，可怎麼辦啊！」

「爹，咱急也沒用，娘不是那沒見識的，會顧好家裡。再說還有么叔和阿公他們照應，您莫太擔憂。」蘇木安撫道。

這一關，又是三日。其間來了幾批人，將父女倆單獨帶出去問話。問的也就是茶葉種植和買賣方面，自然也提到胡人，二人照實回答，並未遭受刑罰。只是這樣的話反覆問了好幾回，也不見放人，是不信他們？可為何又沒有別的動作？

終於在第四日晚上來了熟人，雲青。他示意獄卒將門打開，喚道：「蘇二姑娘。」

「雲青？」蘇木忙站起身，壓在心裡的大石放下了。

「您沒事吧？」他視線上下打量，並無踰矩。見小丫頭仍是那副氣派，似乎待的不是牢獄，而是客棧。她就一點也不慌張？

「沒事，案子到底怎樣了？我們該說的都說了，是在等什麼？」

雲青驚訝她的聰明，遲遲不放人自然是有原因的。「公子再兩日就趕到了，有他在，不會讓您蒙冤的。」

蘇木剛放下的心又提起來。這麼說等的不是唐相予，還有他人，這事似乎不簡單，而自家就像是倒了大楣被牽連。她看向雲青。他從來都和他家公子寸步不離，怎麼獨自在此，且似乎對他們的行蹤很了解？「你……」

雲青無奈。「是少爺派我暗中保護。近日胡人有異動，怕您因上回送茶受牽連。只是沒想到真就牽連上了，我已盡力打點，卻還是要住牢房，委屈您了。」

「感激不盡，何來委屈，如今只有等了。」蘇木擺手，心下一軟。竟是他……猛地想到一事。「對了，還要麻煩你給我娘捎個信，告知一切安好，免得她擔憂。」

雲青鄭重點頭。

三日後，嘉隘關縣衙舉行三堂會審。縣令坐鎮，欽差監察，還有皇上秘派的督察，整個會堂被包得裡三層外三層。官商勾結，私賣茶葉，那是大罪。往小的說，是徇私舞弊；往大了說那是通敵賣國，重者株連九族。

「堂下何人？」縣令驚堂木一拍，朗聲問道。

蘇木抬起頭來。「郡南縣，福保村，蘇木。」

縣令四十上下，略微發福，生得和善過頭，略顯卑微。唐相予仍舊一身冰藍錦袍坐在左側，正關切地望著自己。右側則是一身官服，頭戴錦帽的欽差監察，一張圓潤發福的臉上嵌著一雙小眼睛，目露寒光，透著一絲心懷不軌。

蘇木忙垂下眼，作順服姿態。一旁的蘇世澤依樣報姓名，也是同樣姿態，卻是嚇的。

「蘇記普茶可是你家產的？」縣令再問。

「是。」父女二人齊聲道。

「大膽！」縣令驚堂木一拍，怒道：「可知私自售賣茶葉給胡人，那是大罪！」

「知道。」蘇木直起腰來，不卑不亢。「但我家從未賣過茶葉給胡人，就是私下也不曾賣給任何人，都是按照大周律法行事。」

欽差監察探過身子，似未料到堂下的小女娃口齒這般伶俐。「妳懂大周律法？」

蘇木低下頭。「不懂，但既然做了茶葉這一行，那條律法自然要知道。」

欽差監察眉毛一挑。「可是有人教妳？那人又是誰？」

這話……似乎有歧義，且是他故意引自個兒說出來，而他想聽到的是誰，杜郡守？蘇木抬頭，看向唐相予，後者不著痕跡地點點頭。她有些明白過來，似乎整件事要對付的不是她，而是官遷京都的杜郡守。而自家真就是個倒楣蛋，還是個要被利用的倒楣蛋。

「是有人教。」蘇木認真道：「早先家裡是做涼茶生意，茶葉自然少不了。茶葉金貴，成本太高，便萌發了種植茶葉的想法，這才查閱各種書籍。」

欽差監察冷笑。「大周律例在書裡可是查不到的。」

「大人英明，小民在書鋪翻閱好幾日不得果，後遇一郡城書院的學生告知，才曉得茶葉不可私售。小民一家祖祖輩輩都是老實農戶，斷不敢以身冒險，做那樣大逆不道的事！」

「妳耍我！」欽差監察噌地站起身，怒道。

一旁的唐相予嘴角揚了揚，又恢復冷峻。「通敵賣國不是小事，大人還是仔細審查，我也好回去覆命。」

欽差監察眉頭皺起。事情原本進行得順利，偏跑出個榜眼，還是奉了暗令督察私賣茶葉一事，教他頭痛萬分。他朝縣令揚了揚手，後者得令，巴掌一拍，便有衙役帶人上堂。

是個胡人，遍體鱗傷，奄奄一息。衙役很不客氣地將人一丟，那胡人便撲倒在蘇世澤身旁，將他嚇得一哆嗦。

縣令道：「你且把你知道的，速速招來。」

胡人費勁地撐起身子，虛弱的聲音緩緩道來。「郡南縣，福保村，蘇姓人氏……大半年與我民打交道，賣得不少銀錢。」

縣令看向蘇木父女。「福保村可是只有你家姓蘇？」

是……又不是，還有老蘇家，可賣茶葉的卻只他一家。蘇世澤懵了，這是怎麼回事？蘇木也愣了神。難道自家茶葉真賣給胡人了？且是以蘇姓，那是……有人栽贓？因為產出的所有茶葉一分不落地賣給了茶場，不可能有別的銷路，那這個以蘇姓自居，私自買賣的人是誰？眼下想這些沒用，只有極力洗脫自家嫌疑，才能繼續把案子審下去。

「請問，買賣茶葉的人樣貌如何，可是我父女二人這般？若不是，家中還有母親、姊弟，難道是他們不遠千里做買賣？」

那胡人不吱聲了，顯然是否定了蘇木的說法。

縣令也沒想到這層關係。「不是妳本人，那也是雇的人！」

蘇木抓住他的漏洞，緊接著道：「大人一貫以猜測斷案？我若有心買賣，且深知事發的凶險，為何要暴露自己的姓名？」

「這……」縣令語塞，不知所以地看向一旁的欽差監察。

後者目露寒光。本以為鄉村農戶見識短淺，不足為懼，不承想，竟是不好啃的骨頭。

「人可以不認得，東西卻不會變樣！」他說著朝外招手。「拿上來。」

兩個衙役端著兩罐茶葉上堂，而那茶罐竟與蘇記普茶一模一樣！蘇世澤大駭，那樣的神情落到堂上二人眼中，得意萬分。蘇木卻笑了。九百斤茶葉從她手上過去，每個茶罐都是她親手封的，又如何不認得，這兩罐茶葉根本不是蘇記普茶。

「妳笑什麼？」縣令不解。這丫頭膽大包天，這樣關頭還笑得出來。

「我高興，自然就笑了。」蘇木一臉單純。

「大膽！」縣令驚堂木一拍，卻也只敢吼一句。那唐少爺親自提醒過，案可以審，人卻不能傷。左邊是欽差監察，右邊是御史中丞之子，又是朝廷欽派的督察，哪個都不敢得罪啊！

他抹了抹額上的汗。「那兩罐茶葉是贓物，可是妳家產的？」

蘇木搖頭。「並不是。」

不是？縣令和欽差監察對視，而後道：「休要狡辯！本官已派人查了窯作坊，這茶罐的樣子分明是妳做出來的。」

「樣子是我做的，可這兩罐茶並不是出自我手。蘇記普茶口感佳，儲存久，源於我的獨家包裝手法，其一便是在罐蓋以蜜蠟封存，可這兩罐茶封口並無蜜蠟，因此不是我家的茶。」

欽差監察怒火中燒。「由妳說，誰又知道罐口是否真就有蜜蠟！」

蘇木一驚。茶葉都是悄然送上京，除了宮中，怕是不為許多人熟知；且時間尚早，久存的功效還未顯露，她的茶葉價值只發揮大半，並未達到聞名天下的地步，更不可能被人熟知，這蘇記普茶出自福保村的一家小農戶。

「我知道。」唐相予站起身，走向那兩罐茶，仔細瞧了瞧，道：「蘇記普茶於宮中盛行，確如蘇姑娘所說，罐口有一層蜜蠟。」

欽差監察瞪圓了眼。今年新上貢，被傳誦傳奇的蘇記普茶，竟出自這小女娃之手？「唐少爺所說的茶可是同一種？」

唐相予對他的一臉驚愕很滿意。「該是吧。茶葉是杜郡守親自上貢，且郡南縣福保村隸屬郡城，我也不甚清楚，您還是仔細問問杜大人！」

「這、這、這……」欽差監察慌了神。亂了，全亂了！本想借這個農戶之手嫁禍杜郡守，官商勾結，販賣茶葉，通敵賣國，論罪當誅，不承想這小丫頭竟是製作貢茶之人。

「不知道大人捉拿時說的『官商勾結』，這官是指何人？」

縣令摸不著頭腦，怎麼兩、三句話，兩位大人就槓上了？他半天插不上嘴，可蘇木問的這句話，他卻能接上。「這官是郡城原郡守的手下，蘇典吏啊！不過說來也奇怪，這人也姓蘇。」

蘇三爺？蘇木看向蘇世澤，後者一臉驚愕。事情總算水落石出，蘇三爺見蘇家普茶賣了那麼些銀子，便依樣畫瓢，想賣出高價，卻不承想被人利用，栽贓杜郡守通敵賣國。

至於是誰，又有何目的，便不得而知，那都是官場的事了。

第六十一章 流放

「讓妳受苦了。」唐相予腳步頓了頓，看向蘇木，又向蘇世澤頷首。

蘇木搖頭，滿心都是感激。「若不是你暗裡打點，我們怕也不能活著走出這牢獄。」

「是啊！唐少爺，我父女二人不曉得如何報答你的大恩大德。」

唐相予玩笑道：「大叔莫客氣，往後我還要經常上門叨擾，蹭吃蹭喝！」

蘇世澤也笑了。「成，讓木兒她娘都整你愛吃的，再燙壺酒，咱倆不醉不歸。」

真相大白，冤屈洗脫，連日來陰鬱的情緒如這暖陽，終於散開。

「原來唐少爺同二人是舊識，難怪維護至此。」一個聲音自幾人身後傳來，是欽差監察等人。

這般綿裡藏針的話，唐相予也不惱，溫和道：「監察大人明察秋毫，斷案有神，何來維護一說？」

「哼！」那監察眼中帶著狠色。「有些事，不是你想摻和就可以。這回算你走運，往後奉勸你掂量自個兒的斤兩。」說罷袖子一甩，大步離去，臨去前還惡狠狠地瞪了蘇木一眼。

待人走遠，蘇木忍不住問道：「杜大人在京都樹敵了？」

唐相予點頭。「不過妳放心，杜大人近日頗得聖寵，二子又有作為，且有魏家支持，不易遭人陷害。只是他們竟拿貢茶生事，如此鋌而走險，想來是有大動作。」

至於什麼動作，於他們小老百姓是沒甚關係。只是，這回的事總要有人揹鍋，那人只能是蘇三爺了。蘇木看向老爹，見他面露擔憂，便問出口。「我三爺他……」

「私售茶葉給胡人，那是大罪，人抓到後，我也只能保其性命；至於往後，該是要流放了。」

蘇木點頭。能留性命已是很好，惡人有惡報，前半輩子享盡了福，也該遭報應了。蘇世澤沒有搭話。隔房隔代，且多年不接觸，對蘇三爺一家本就沒多少感情；且這兩年發生太多事，他早就看透了，只有些擔心此番回去，不曉得該如何跟老爹、老娘交代？

「走吧，先回客棧梳洗，吃頓飽飯，歇上一宿，明兒送你們回去。」

是夜，蘇木在床上翻來覆去睡不著，便穿好衣裳出門。她並不打算走遠，就在門邊，那裡有圍欄，坐在圍欄邊能望到夜空。唐相予也打開房門出來，他不是睡不著，而是沒關門，正好瞧見對門的動靜，小人兒憑欄望天，孤寂的背影讓人心生憐憫。

「睡不著？」

蘇木轉過頭來，卻是一臉燦笑。「嗯，想看看邊關的月亮是不是跟村裡一樣亮？」真是小孩子心性。唐相予笑著走過去，挨她身旁坐下。「來京都吧！」如此便能時刻保護她，而不是知道她身陷困局，卻不能馬上到她身邊。

蘇木趴在欄杆上，下巴抵上手臂。「好啊！」她答得漫不經心，卻不是玩笑話。蘇記普茶牽涉權貴之爭，被陷害的事定會再發生。她的目標是當一方富甲，若想富得安穩，還是要依仗他人。不過她不喜歡將身家性命交由他人，若說依仗，不如互利互贏。杜郡守可以，唐相予也可以，只是唐相予幫了自家太多，她更傾向同他合作。

但是，合作之前，要有足夠的資本站在他面前；否則，不平等的相處，終歸走不遠。

「那我等妳。」唐相予目不轉睛地望著被月光潤澤的臉蛋，心裡都是柔軟。

行了五日，到達郡城邊界，只是還未入城便有人來報。蘇三爺一家抓到了，也依照唐相予的吩咐從輕處置，流放邊境；至於蘇老太爺則在逃跑過程中病逝。蘇世澤端著沈重的骨灰罈，嘆了口氣。

「大哥、大哥救命啊！」郡城門口蹲了一排乞丐，其中一人瘋也似地奔過來，直衝馬車這方喊。

蘇世澤坐在車轅上，只見一人衣衫襤褸，狂奔而至。那人頭髮亂糟糟的，擋住大半張臉，瞧不真切，但走路的身形十分眼熟，像是……「老二?!」

那人跑到蘇世澤面前跪倒在地，抱住他的腿。「大哥啊！我錯了，你救救我吧！」

「怎了這是？」蘇世澤忙將他扶起來。老二捲了家裡銀錢跑路，怎麼變這副模樣？

「我是沒法子才跑的……本想著去投奔三叔，哪承想三叔犯了事，險些連我也被抓了，好不容易才逃回來，卻不敢進城……城裡到處都在捉人，我是啥也沒幹啊！青哥兒也病了，他娘看著，就睡在城外的破廟。吃不飽、穿不暖，再這般下去，怕是活不久了……」

蘇世澤無奈。到底是親弟弟，落得這樣地步是要幫扶一把的，只是女兒……他跳下車，硬著頭皮到後面馬車。「木兒，妳二叔他……」

蘇木早就聽到動靜，二房四口自私自利，可到底是蘇家一脈血緣，如今這副可憐樣，確實不得不幫。一行人也沒多逗留，拐去破廟將蘇青母子接上，一齊回村了。整整半個多月，蘇家人日盼夜盼，吳氏更是日日到村頭守著，終於將人盼了回來，一家人抱頭痛哭，連蘇大爺眼睛都有些發酸。

蘇木將北屋床鋪鋪好，仔細撫了撫新被子上的皺褶。床、被、屋都比不得他的宅院，不曉得住不住得慣……

「住得慣。」唐相予倚在門邊，頭回見她這副周到的樣子，心下一暖。

蘇木一愣，站直了身。他是會讀心？怎曉得自個兒心裡的話？「晚些我再給你生個炭盆。」說完便逃也似地奔了出去，頭也不回地嘟囔兩句。「收拾好了，就來吃飯。」

唐相予低頭含笑。她好像是……害羞了。

晚飯時，大家都餓壞了，尤其是蘇世福一家自坐下後便悶頭吃，筷子都不停歇。吳氏卻什麼也吃不下，坐在蘇木父女邊上，一邊偷偷抹淚，一邊給二人挾菜。蘇大爺和丁氏則同吳氏一般，擔心還沒緩過來，只有巴巴望著兒子、孫女，心裡才踏實些。

唐相予筷子也落得不快，直勾勾地望著烤魚盤，觀察半天。上回的酸筍魚已教他大開眼界，這烤魚居然味道更甚，直想往口中送酒，嘴裡添飯。飯畢，唐相予便藉著酒勁回屋歇息了，他知道，蘇家人定要商量事情。

堂屋內一家圍坐一起，就像從前在老屋，只是屋子更加寬敞。屋中央生了炭盆，還放了瓜果，不似往常氣氛嚴肅，倒似坐一起嘮家常。

梳洗乾淨的蘇世福拘謹地坐著，張氏倒似活過來般，恢復往常的精氣神，也不客氣，抓起桌上的瓜果一口一口往嘴裡送。病懨懨的蘇青坐在張氏邊上，手上是張氏塞給他的果子，卻遲遲不敢往嘴裡送。他到底唸過書，知道禮義廉恥，自家做了那些錯事，該是抬不起頭。

蘇大爺瞥見張氏這樣，很是看不上，卻也沒出聲斥責。蘇世澤和吳氏自然不會說什麼，就是些瓜果，吃了就吃了；至於蘇木，更是睜一隻眼、閉一隻眼。

沒人說話，屋子很靜，只炭盆裡的火發出細小的啪啪聲，再就是張氏啃瓜果的聲音。蘇世福有些聽不過，用腳踢了她。「餓鬼上身了，吃個不停！」

張氏不依，小聲嘟囔道：「我吃你的？大哥都沒說啥，你吼啥！」

蘇世澤自然不能由著夫妻倆吵起來，勸道：「二弟你莫管，弟妹想吃就讓她吃，不是什麼金貴的東西。」

張氏見蘇世澤幫自己，瞬間得意起來，又抓起瓜果往嘴裡送。蘇世福也不敢說什麼，他現在生怕說錯話做錯事，讓人趕出去。

「成了，坐著也怪冷人的，咱說正事，說完各自回屋歇息去吧！」蘇大爺終於忍不住出來主持局面。

這話一出，張氏規矩了，兩三口啃完，不再動作；蘇世福也坐直了身子，越發恭敬；蘇青並無明顯動作，卻也側著耳朵聽。

見人規矩了，蘇大爺將話語權交給大兒子。「老大，你來說。」

蘇世澤想了片刻，才道：「爹娘往後跟我過活，二弟，你今後怎麼打算？」

蘇世福清了清嗓子。「你我親兄弟，大哥你做大生意，我跟著幫襯。」

「是是是！」張氏不住點頭，十分支持丈夫的話，似方才的吵鬧並未發生。

「成。」聽他這話，蘇世澤很欣慰。「接下來幾日我同你大嫂還有木丫頭要上郡城，郡郊的茶樹要嫁接，有得忙活，茶山上三十畝茶樹就交由你和爹。」

說著，看向蘇大爺，後者點頭。茶葉金貴，賺錢快，他沒什麼好不答應的；蘇世福自然也無異議，如今大哥肯接納他，還讓他做茶山的活計，已不敢奢求再多。

張氏卻打著小算盤，臉上堆笑。「幫襯大哥是應該的，地裡頭活計，我們是一把手，保准給你看得好好的。只是……青哥兒少幹粗活，肩不能提，手不能扛的，若是還能上郡城唸書，上了榜……」她說到後半句，不由自主地看向蘇木，生怕她變臉。

蘇世澤倒是沒什麼意見，就看蘇木了。蘇木終於從小六月的咿咿呀呀中回過神來，收起那副姊姊的憨笑，竟顯得嚴肅。「多讀些書是好的，青哥兒就同我們一齊上郡城吧！」

她這話一出，張氏笑開了花，蘇世福也側目。木丫頭今兒這麼好說話？

「只是……」話鋒一轉，一屋子的人都看了過來，個個繃緊神經。「只是老屋被抵押了，二叔和二嬸要住哪裡？」

二房夫婦相互看了看，面帶詫異。小院寬敞，是住得下的，何況一家子都要搬到郡城，更加寬敞了。蘇世福陪笑道：「木丫頭，妳瞧這院子這麼寬敞，隨便給一間就好。」

蘇木笑道：「二叔哪裡話？我們是分了家的，一日、兩日還好，長久住下去，怕是要生閒話。」

「這……」話雖如此，可他們不住這裡，沒地方去啊！他哭喪著臉。「家裡田地不剩半畝，我和妳二嬸實在沒有去處啊！」

「是啊，木丫頭，往後我多幹點活，妳就收留妳二叔和二嬸，咱還是一家人不是？」張氏也說好話。她是有些慌了，這丫頭和她不對付，說不讓住，定是不會留人的。

蘇木端坐著，緩緩道來：「怎就不能過活了？當初我爹離開老宅，不啥也沒有？這樣吧，茶山那塊還有一處空地，暫借你們用用，看是修宅子還是搭窩棚，總歸先有個落腳的地方。」

放著小院不讓住，去搭什麼窩棚！蘇世福是不情願的，他將目光投向蘇大爺。老爹一貫偏愛二房，他要是能說上兩句話，大哥一家能不聽？可是蘇大爺只垂著頭，啥話也沒有，倒像是局外人聽別家事。

他無法，只得看向蘇老大和吳氏。「大哥、大嫂，你們也是這樣想？」

吳氏沒有吭聲。她從不拿大嫂的姿態管事，這回自然也是一樣態度。蘇世澤細想方才女兒的意思，老二一家總有偷奸耍滑的毛病，誰家的錢都不是大風颳來的，他可以提供機會，至於過成怎樣，還得看他們自個兒。如今銀錢還不算多，到下半年，茶葉一賣，那是幾萬兩銀子，難保他們不起壞心思，好不容易和睦的家可不能再四分五裂了。

「就這麼辦吧！老住我這處也不是辦法，下半年茶葉賣了錢，到時候給你分紅。自個兒手裡有銀錢了，再買塊地，起一幢宅院。」說著看向蘇大爺。「爹，您說可行？」

蘇大爺這才抬起頭。「行，你兩兄弟商量著來。」

「可……」蘇世福想再爭取什麼，卻見蘇大爺狠狠瞪著他，便不敢開口了。

蘇木冷眼瞧二人。看來這回遭難，吃的教訓還不夠，有必要再敲打一番。「茶葉不只金貴，還怠慢不得，二叔、二嬸曉得三爺的下場吧！」

兩口子一驚。蘇三爺聽說是犯了死罪，之後由那唐少爺打點，才保住性命，只被流放，他一家三口也險些被牽連，一併抓去。想到這兒，肚裡的花花腸子再不敢拿出來倒騰。

蘇世福忙道：「是是是，定好生侍弄，只管放心。茶山的地也極好，明兒我就去搭草棚。大哥住得，我自然也住得！」

張氏也連聲附和，帶著近乎諂媚地討好，好似生怕他們改變主意，連地都收回了。

第六十二章　老婆子

次日蘇葉小夫妻回來，見老爹和妹妹安然無恙，終於放下心來。吳、侯、田家也來了，詢問和寬慰的話不少。得知一切的惡都是蘇三爺一家作的，唏噓不已。從前蘇三爺是村裡都羨慕的人，何其風光，如今落得這般下場，也是淒涼。對於蘇大爺和蘇世福的責難，因著蘇老爺子去世，也就消散了，取而代之的是同情。好在蘇老大有出息，主動贍養爹娘，接濟兄弟，蘇家在整個福保村照樣風光。

蘇大爺把蘇老爺子的骨灰葬了。因去得不光彩，便不似侯太奶那般大肆操辦喪事。村裡相熟的人家都上門關懷，蘇世澤兄弟倆早早上集市買肉菜。農戶人家有點事就要辦酒辦席，人越多越熱鬧，表示這家人緣越好，日子過得越富貴。

田良也跟著田大爺上門，他這半個多月心急如焚，找遍所有有點關係的同窗，無奈沒有一人能幫得上。他日日反思，當初不該不信蘇木，對於自己的荒唐很悔恨。經此一難，他打定主意要將蘇木挽留，自己心裡是有她的。當他跨進小院，便見她抱著個奶娃，站在院中與一眾長輩說話。她生得不算頂美，可那顧盼生輝的模樣卻教人一眼就能見到。

「爺，我去找木兒說說話。」

田大爺點頭，知道孫兒心裡一直有木丫頭，可二人鬧成這樣，唉！只盼能讓人回心轉意。

田良視線移不開，腳步朝那處走去，只是還未走近，便瞧見唐相予自屋裡出來，走到她身邊。他嘴角含笑，看著蘇木，滿眼都是寵溺。二人不知說了什麼，皆笑得明朗。唐相予從蘇木懷裡接過小六月，小娃子似乎很熟悉他，一點也不哭鬧，還咯咯發笑；蘇木笑靨如花，仔細地將六月的衣裳拉直。二人這般模樣，說不出的和諧，讓人瞧著，只覺般配。

田良自慚形穢，忙轉過身，生怕讓二人瞧見自己。往後餘生，他到底只能是個外人……

「小傢伙不輕呀！」唐相予笑道，視線越過蘇木，瞧見瘦高的身影疾步往門外去，又低下頭調笑：「像妳一樣肉墩墩。」肉墩墩是鄉下話，方才鄉親這般形容小六月，他就學了來。

蘇木嘟起小嘴，瞪著他，眼中卻不是怒氣，滿含笑意。「我哪裡肉墩墩！」

唐相予佯裝嚴肅，從頭到腳打量，似正經在瞧她哪裡肉。這樣被仔細打量，蘇木有些窘迫，便握起拳頭打他。只是她力氣小，動作輕，讓人瞧著竟像在打情罵俏。

就近的鄉鄰見這麼一個俊朗少年，早就好奇得不行，有膽大、爽氣的便直接調笑二人。

「木丫頭，男娃是哪家的？」

唐相予不似蘇木窘迫，大方介紹自己，一下子拉近大家的距離，讓人好感倍增。於是眾人也就拉著他閒聊，其中不乏有人開他和蘇木的玩笑，他也不解釋，只是笑了笑。這般態度，坐實了猜測。至此，眾人也想到了田良，可環視一圈，哪裡有他的身影？

二灣的屋子建好了，是一幢二進宅院，就落在原先地基，靠山臨園，位置極佳。吳大爺這回也帶了好消息，吳三兒於月底結親。兒子成家，吳大爺夫婦的心也就放下了，只盼一家安康，早日抱孫。離大喜的日子只有幾日光景，蘇世澤便決定遲些日子上郡城。

郡郊的農莊歇了近二月，是要著手安排了，但嫁接的活計還要吳大爺兼顧，這幾日定沒空。多挨兩日，等下月初直接上工，趕在最後時日將活計做完。

嘉隘關一行過後，唐相予似乎閒下來了，便賴在蘇家，沒有打算離開的意思。他於一家子有救命之恩，蘇家人嘴上自然是留他多住幾日，他便不推脫，心安理得地住下來了。

他閒來無事便逗弄小奶娃，輔佐虎子唸書。日頭好了，坐在院子曬太陽，好不愜意，偶爾還上山瞧瞧。這裡的山，全是農作物，不似京都的山，景致雖美，瞧多了卻都一個樣。而這處，每日都有不同，出門便捨不得回來，總是要蘇木站在山底，高聲喊他。

村子就那麼大，這一喊，幾乎整個村子都能聽見。大家都猜測，蘇木的好事不遠了。

村頭田家，自然聽到這些閒言碎語，沒兩日，田良便收拾行囊上書院了。

二灣吳家的親事辦得極隆重，流水宴席從家門擺到官道口，不只二灣的親友，連福保村的也都去了。吳三兒穿著大紅喜袍，胸前戴著大紅花，端著酒杯穿梭各酒桌，面上掛笑，嘴角都咧到耳根了。

唐相予被蘇世澤拉到主桌一同吃酒，周遭坐的都是年邁的長輩，他有些惶恐，卻也表現得落落大方，斟酒遞菜，好不周到。好在雲青被他支走，若瞧見自個兒這般作態，怕是要急得掀桌了。蘇木站在屋簷下朝主桌瞧了瞧，見他並無不自在，也就放心進屋去了。

屋子裡，牛秀兒獨自坐在新房，頭上搭著蓋頭，不敢動作，也不敢出聲。

「小舅娘。」

床上人兒動了動，聽出是蘇木的聲音，這才回話。「二小姐……」

蘇木將門掩上，到桌前，將手裡東西放好，笑道：「妳嫁給我小舅，往後稱呼就要改口了，喚我木兒就好。」

牛秀兒不好意思地嗯了一聲，聲音更小了。

「妳哥在外頭吃酒，妳娘也和我奶她們坐一起，只管放心。」她不再打趣，拿了碟子裡的點心，走向床邊。「這些點心是小舅讓我送來的，先墊墊肚子，外頭酒席還要吃上小半日，空著肚子可受不了。」

溫熱的點心入手，牛秀兒心裡暖得不行。

「妳先吃，我出去幫忙了，過會兒再來看妳。」

等她剛跨出房門，方才的喜慶氛圍卻有一絲異樣，大家時不時朝西方那桌瞧。蘇木順著眾人視線望去，見尹老婆子毫不客氣地坐在那桌主位，旁若無人，大快朵頤。

蘇木便走到灶屋去。吳大娘和吳氏幾個正在那處，她問道：「阿婆，咱請了尹家？」

尹家也在二灣，追溯到上幾代，尹、吳兩家是有些關係，可常言道，隔代就不親，更何況隔了好幾代。若不是因著兩家結過親，是八竿子也打不著的關係。

「怎能！」吳大娘沈著臉。「尹老婆子是個狠心眼，之前沒少苛待妳娘，我是恨得牙癢癢，又豈會請她吃酒！」

那是不請自來，給人添堵呢！只是大喜日子總不好攆人，只要不生事，吃就吃吧！

主人家都沒說什麼，一眾賓客自然也不好議論，只是覺得尹老婆子很沒臉。

吳大娘幾人又站了會兒，見那老婆子除了吃，沒甚動作，也就各自忙去了，只有張氏主動攬了端菜的活計，在大堂和灶屋間穿梭。她本就是二灣的人，桌上親友識得大半，嘴皮子又索利，招呼人很有一套。蘇、吳兩家人看在眼裡，十分認可。

不多時，宴席將至，西桌上的老婆子不見了，小院後卻傳來低低的說話聲。

「給，都是好肉，還有一整隻雞，拿了趕緊走！」

是張氏。她正往尹老婆子的布袋裡裝肉菜，面上滿是焦急，還不住朝前院張望。

「急什麼！」尹老婆子一點也不慌張，抓著袋子裝吃食，滿滿一袋，有些沈。

張氏瞪著眼。「若讓人瞧見我同妳待一起，是要被趕回娘家的！」

「妳慫恿我兒去蘇家鬧事的時候，怎沒想到這些？」尹老婆子幽幽道，聲音不大，卻聽得張氏心驚膽顫。

「不知道妳在說啥，我何時慫恿妳兒子鬧事了！」張氏眼神躲閃。

肉菜倒完，尹老婆子將口袋紮緊，斜眼看她。「妳自個兒心裡有數。」

張氏手一抖，手裡的碗險些摔到地上。她確實慫恿尹家的去鬧事，只是想讓吳氏難堪。那會兒只想著讓吳氏丟臉，實在沒料到後來尹家的竟敢放火燒屋，差點把吳大爺燒死在屋裡。

這些事她早就爛肚子裡，就是丈夫都不知道，若是被揭露出來，她定要被休了，趕回二灣，往後可怎麼做人啊！爹娘表面疼愛自個兒，那也是看在蘇家門面和青哥兒的分上，如今這些都沒了，她在家中哪裡還有地位！

「大娘，這一年我沒少從家裡拿好處給妳，這事妳可不能漏出一個字啊！」

「每月這個時候，給我送十兩銀子。」尹老婆子抬腳就要走。聽說蘇家發了大財，這麼重要的籌碼，她自然不會輕易就用了。

「十兩?!我上哪兒去給妳弄！」張氏拉住她，氣得齜牙咧嘴。

「蘇老大發了大財，二灣誰不知道，妳瞧老吳家的二進宅院修得多氣派。哪來的銀子？不是蘇老大給的，還有誰？」尹老婆子回頭，眼中透著貪婪。

「那也是大哥的錢，我能沾邊？」張氏無語。莫說沾銀錢，就連院子都住不得。

尹老婆子掙開她，惡狠狠道：「我只要銀子，管妳用啥法子。」說罷，邁著乾瘦的腿快步離去。

張氏氣得在原地打轉。這下可怎麼辦？她上哪兒去弄銀子！只得趕忙往前院去，免得讓人起疑。但剛到前院，吳大爺養的大狼狗便朝她吠個不停，將她嚇一跳。

「去、去！」張氏就著手裡的碗揮動驅趕，只是她身上像掛了肉般，引得大狗興奮地撲過來。這動靜吸引了眾人，見狗不是真就凶狠地咬人，也不甚在意，哈哈大笑起來。

「大黃，回來！」吳大娘聞訊從灶屋出來，忙將狗喚住。

張氏得到解救，只覺後背都濕了，倒不是被狗嚇的，而是自個兒悄然回來被人發現。她亦步亦趨往灶屋走，故作鎮定。

「二嬸上哪兒去了？」蘇木本得了分菜的活計，宴席接近尾聲，也不必上菜。她得空去新房瞧了牛秀兒一趟，這個間隙一直未見張氏。

本不在意，可她這樣隆重地出場，不得不教人側目；且手上拿的大瓷缽分明是裝肉菜用的，碗裡還沾有紅燒肉的湯汁。

農戶人家吃席，少有捨得大葷大肉，都是各樣菜裡擱一點，骨頭類的更少，就是吃上了，也都自個兒包回去，並不會扔到地上餵狗。

「我……方便去了。」張氏笑著解釋，只是說完便後悔了。方便還帶著碗，不是自己打臉嗎？忙補充道：「我方便回來，看到桌上碗空了就收回來。」

吳大娘似乎也瞧出不對勁，詢問道：「桌上那麼些空碗不收，偏就拿這個？」

張氏笑道：「是要收的，大黃撲過來，嚇得我一哆嗦。」

這話倒是在理。她們不好再問什麼，倒似防著人，張氏今兒到底是盡心盡力。

「哎呀！」灶屋傳來吳氏的驚呼。幾人忙鑽進屋子，見吳氏在灶臺上東翻西找。

「怎麼啦？」吳大娘關切道。

吳氏滿臉焦急。「盆裡的一隻燒雞不見了！」

張氏心裡咯噔一下，嚥了嚥唾沫，佯裝著急。「怎會哩，是不是讓狗拖去了？」

院裡擺席有香氣，就近幾戶人家沒拴住的狗都跑來，其中不乏像大黃那樣的大狗。

「我尋去，哪個狗東西偷我的燒雞，非宰了燉狗肉湯！」吳大娘很心疼，也氣得不行。

燒雞放在灶臺的木盆裡，狗要叼走得跳上去，可灶臺乾淨，沒有腳印子；且人來人往，不可能讓狗明目張膽地把一整隻雞叼走。所以，張氏分明胡謅。她形跡可疑，燒雞十有八九是她拿的。那麼拿去何處？唯有可能偷偷給娘家爹娘了。這樣偷偷摸摸的行徑讓人很看不上，可今兒是吳三兒大喜，醜事還是莫要宣揚，惹人笑話。

蘇木打量的眼神讓張氏心跳若擂鼓，隨即聽見她道：「算了，今兒是好日子，莫因著這些生出不愉快。」

「是啊，大娘，三兒的臉面要緊，莫讓牛家的覺得咱小氣！」張氏附和道。

說到這兒，吳大娘再不捨得也要捨得，總歸兒子重要。

夜幕低垂，蘇世澤一家才回去。時間緊迫，吳大爺沒多耽擱，兩日後隨一家上郡城了。

蘇世福真就在茶山搭了草棚，兩口子擠著住，並不敢因蘇老大一家不在就巴巴跑回去。

張氏不知怎的，勤奮得很，天不亮就起床收拾，拉著丈夫將三十畝茶地拾掇得乾乾淨淨，雜草不生。這樣的改變讓村人直嘆，除了一張嘴照樣碎，已是極好。

第六十三章 羹湯

四合小院如今不再雇人看著，由蘇大爺夫婦倆住著，侍弄田地，養些雞鴨，日子比從前好過不少。蘇大爺整日叼個水煙管在田埂上遛達，很是神氣，鄉鄰少不得和他攀談，自然也注意到他嘴裡的水煙管。水煙管是蘇木在鎮上訂做的，由銅器打造，比起從前的竹煙管，吸起來更暢快，菸絲也是當季最新、最細的。蘇大爺很滿意，看蘇木的眼神也柔和不少。那丫頭除了嘴硬，心是暖的，一大家子哪個注意到他的喜好，哪個又為他的喜好費過心？

可日子雖然好過了，他還是懷念從前，有目標、有奔頭；兒孫在側，雖然費心不少，到底啥事都由自個兒作主。還懷念逢雙日的集市，挑著擔去北市做買賣，總要起個大早，去占好位置。如今出門有牛車，他也不必去做那些小買賣，趕集只是為了貼補家用，時間一久，連集市也懶得去了，他彷彿覺得自個兒一下子老了。

蘇大爺從田埂上遛達回來，丁氏正坐堂屋門前篩豆子。她要將豆子曬出來，木丫頭愛喝豆漿，都是給她留的。

「老大一家去多久了？」蘇大爺怔怔望著門口。

丁氏揀豆子的手沒停，腦子裡卻在想。「快一月了。」

「爹、娘！」張氏風風火火地跨進小院。「我明兒上郡城，有啥要捎的不？」

聽見老二媳婦兒的聲音，蘇大爺忙起身走出堂屋。「上郡城？妳上郡城做啥？」

張氏快兩步走到丁氏身邊，蹲在石階幫著選豆子，埋頭動作，不敢直視。「我去瞧瞧青哥兒，看他缺啥不？」

這話他就不愛聽了，說得老大一家虧待青哥兒似的。「他一個小娃子能缺啥？跟他大伯還能短了吃穿？心眼跟肚臍眼似的！」

見公公語氣不悅，張氏輕輕抽了自己一嘴巴子，忙改口。「瞧我這嘴，青哥兒跟著大哥自然樣樣都好，我是想他了，去瞧瞧。」

這樣一說，蘇大爺更不高興了。去年青哥兒跟著三弟一家，哪見她憂心半分，如今巴巴往郡城去，定沒生好心思，淨想著占便宜。「有甚好瞧的？青哥兒唸書，妳能瞧出花兒來？是不是又想占妳大哥便宜？我告訴妳，門兒都沒有！不准去！」

張氏語塞。從前老頭偏愛二房，說到青哥兒那是從來沒有一個不字，如今真是改朝換代，還沒怎樣，就挨了一頓劈頭蓋臉的罵。她將視線投向丁氏，可憐巴巴道：「娘，我真沒那個心思，大哥待我們好，都記著呢！斷不敢生什麼歪心思。家裡發生這麼多事，青哥兒這兩年心思也重了，我不放心。大嫂心善，肯定周到，可青哥兒到底不是她生的，還是我這個當娘的知道他的心思。再說，你們有啥捎帶的，我一併帶去。大哥和木丫頭整日忙莊園，大嫂顧三個娃子，不曉得忙不忙得過來，我去瞧瞧，也好讓您二老放心不是？」

對於張氏要去郡城，丁氏倒不反對，正好後院的菜心長出來了，吳氏上回捯飭的菜心糊，六月最愛吃，一籮筐的豆子也好捎去，木丫頭定然喜歡。

「她要去就讓她去，能占啥便宜？去了正好捎點東西，雞蛋我攢了一籮筐，如今用不著賣，咱幾人也吃不完，捎去讓老大媳婦給六月蒸蛋羹，還有黃豆、菜心……」丁氏說話輕聲細語，且一番話也說到蘇大爺心坎去了，讓有些怒意的蘇大爺漸漸平靜下來。

他想了想，看向張氏。「老二也去？」

張氏忙討好道：「不去，他顧著茶山，茶葉金貴，不能有點閃失。我自個兒去，就去兩日，東西捎到就回來，不多逗留。」

老大的茶山對一家子可說是金山、銀山，也是刀山，必須謹慎，蘇三爺就是個例子。雖說有他看著，可二兒子留下，能更放心些。他不似大兒子，對田家、侯家一點也無戒心。到底不是一脈血緣，總是有異心的。於是抬腳進屋，片刻又出來，手裡多了一吊錢，遞給張氏。「明兒去租輛馬車，把東西都拉上。」

「誒！」張氏歡喜地接過。兩口子是一點錢也沒有，上門告知老倆口的原因之一也是為了拿錢。本打算租牛車，沒想到公公竟大方了一回，讓她坐馬車。

次日一大早，張氏大包小包，在蘇大爺夫婦的期盼和蘇老二幽怨的眼神中，踏上了去郡城的路。馬車就是比牛車舒服，張氏搖晃著身子昏昏欲睡，卻睡不著，心裡存著事，時不時心驚膽顫。她雖然大大咧咧卻膽子小，真要幹個什麼事，總是慫恿蘇老二，只是把她逼急了，也只得硬著頭皮去做……

馬車到了郡城，直接駛向劉家糧鋪。她沒去過蘇家宅院，自然不曉得路，只得先來找蘇葉。蘇葉和劉子慶正在鋪子忙碌，見到張氏很意外，聽她一番說辭，也沒多想，劉子慶便讓蘇葉帶著去，還裝了一袋今年新打的白麵，讓媳婦兒一併帶去。

到了蘇宅──

好高大的門楣！張氏仰著腦袋，後腦勺的髮髻都快抵到後背了。「大葉兒，這兒當真是大哥的宅院？」她沒來過郡城，沿街鱗次櫛比的屋舍、店鋪已教她大開眼界。而立在她面前這幢高大的宅院真是大房的？那得多少錢啊！

蘇葉溫柔地點頭。「是哩！」

「大小姐。」雙瑞笑呵呵地迎上來，瞥見張氏，露出疑惑的神色。「這位是？」

「是我二嬸。」她報以微笑。

雙瑞立即朝張氏露笑，恭敬道：「二夫人。」

乖乖，她成夫人了？怎麼大哥家還養了下人？她驚訝不已，挺了挺身子，作出一番氣度。

雙瑞見她這四不像的回禮，暗暗多打量了幾眼，暫且瞧不出是啥樣人，可不若夫人溫和有禮，他沒再說什麼，指引著二人進門。

一路景致，蘇葉已覺平常，張氏卻恍若進了仙境。大房一家平日表現與從前無異，可見到這幢宅子，她知道，大房再不似從前了。想起尹老婆子的話，她打了個寒顫。若是那些事被抖出來，老倆口不會饒了她，定要讓丈夫休了自己，趕回二灣。甚至以木丫頭的性格，還要教她生不如死，蘇三爺就是例子，自家住草屋也是例子。她不是不吃教訓，只是能有什麼法子……內心激烈的鬥爭，快將她逼瘋了。

「二嬸、二嬸？」耳畔是蘇葉的輕聲呼喊。

張氏回過神來，才發現自個兒站在廊下一動不動，忙扯出一絲笑。「欸，這院子真好看，那些花兒是見都沒見過。」

雙瑞腳步也慢下來，回頭給她解說。「這是水仙、這是迎春花、那是山茶花……還有那簇，是二小姐最愛的珍珠梅。」

蘇世澤和蘇木去莊園了，蘇青和虎子也上學堂，屋裡獨留吳氏帶著六月。六月已能扶著桌椅行走，吳氏貓著腰身，跟在他身旁。雖然入春了，天氣還是冷，屋裡生了炭盆，十分暖和，紅拂、綠翹坐在屋裡縫補衣衫。

「夫人，小少爺才九個月就能自個兒走了，比別人家的早了兩月哩！」綠翹穿著石青色的襖子，俏生生道。

六月沿著屋子中間的圓桌搖搖晃晃地走，一個趔趄，險些栽倒，卻生生扶住了，嚇得吳氏臉色一變，隨即又笑了。「妳一個小姑娘不曾生養，怎曉得比別的娃子早？」

紅拂搗嘴偷笑，一身銀紅襯得粉面嬌俏；綠翹噘嘴，撒嬌道：「夫人，您就愛開玩笑！」說著佯裝要打紅拂，威脅道：「不准笑！」

紅拂便舉手求饒，臉上笑意卻停不下來。兩個丫頭鬧作一團，熱鬧非常。

「老遠就聽到屋子裡熱熱鬧鬧。」蘇葉笑著跨過門檻。六月看到熟悉的人，忙搖搖晃晃撲騰過去。少了扶的，他便走不穩，一步三晃，看得一屋子的人心驚膽顫。

蘇葉忙快兩步接住他，驚訝道：「六月會走了？」

紅拂放下手上針線，上前接過蘇葉手上的包袱。「昨兒開始的，就愛站著，抱一下都不讓。」

「倔著呢！」綠翹也起身，將東西收拾好。「也就大小姐能挨上邊；喔，還有二小姐，小少爺最聽二小姐的話。」

蘇葉一邊逗弄小弟，解釋道：「二嬸找到鋪子，說是進城來瞧咱們，子慶便讓我一道回來，還捎了一袋白麵，那是南邊進的新麥磨的，香得很。」

吳氏點點頭。女婿有心，隔三差五送些稀奇貨，家裡米糧都用不著買，全是他拉來的。

「大嫂。」張氏一路心事重重，進門時落到後頭，聽見屋裡人說話，忙走來。剛跨進屋子，便覺一股熱氣撲面而來，頓覺周身溫暖。本以為院子已夠大夠好，可進了屋子更加驚豔。每一處擺設都不算華貴，卻讓人覺得講究。吳氏身上穿的襖子，款式新穎，緞面光滑；反觀自個兒，一身又素又舊的破棉襖，卻是她唯一能穿得出來的。張氏的心，抽抽地疼。

「爹娘擔心你們，讓我捎了好些東西，雞蛋、菜心，還有木丫頭愛吃的黃豆。」張氏拘謹地站在門邊，有些無所適從。

兩個丫頭得知張氏的身分，一個熱絡地將她拉進屋安坐，一個將炭盆端進來。

吳氏也坐過來。得老倆口惦記，她是想都不敢想，心下一暖。「爹娘記著六月愛吃菜心糊，木丫頭愛喝豆漿，我都不知道說什麼好了。」

炭盆就在腳邊，張氏覺得雙腳慢慢恢復知覺。「那也是你們好，爹娘才惦記。」她一改平日的大嗓門，竟變得溫婉起來，不知是這環境讓她不自在，還是真的轉性了。

吳氏不解地看向女兒，蘇葉搖搖頭。不知何時，紅拂出去了，這會兒同房嬤嬤一起進來，手裡各端一碗色澤極佳的羹湯。兩個丫頭生得那樣俏麗，服飾比她好上幾倍，而這個進門的嬤嬤更有派頭，張氏從頭至腳將人打量個遍。好傢伙，大房竟養了四個僕人，這是過起了闊老爺、闊夫人的日子啊！這樣富有，卻待自家那樣苛刻，想到這兒，她心裡的狠意湧上來。

房嬤嬤上前，忽視張氏那赤裸裸的探視，將羹湯一一放置三人面前。「夫人、二夫人、大小姐，剛熬好的青梅羹。」

吳氏笑著接過。「妳們也都盛來喝，不拘那些。」

房嬤嬤規矩地應聲，兩個丫頭卻樂壞了。每每做了什麼好吃的，夫人總把她們也算上，若不是她們守規矩，夫人還想讓她們同桌吃飯呢！

張氏本留心幾人，可青梅羹太過好吃，竟也忘了心裡的事。「大嫂，這啥羹？真好吃！」

這一問倒是把吳氏問住了，莊戶人家哪有吃閒食的習慣，只是房嬤嬤日日燉羹，明裡暗裡說是美容養顏。吃上幾日，有回丈夫誇她皮膚細膩，她樂得不行，也就隨房嬤嬤掇飭。房嬤嬤手藝好，熬的羹湯花樣多，味道佳，是以每日做什麼，她也不知道，便看向一旁站的人。

房嬤嬤福了福身。「新開的綠梅和燕窩以晨露熬製而成。」

燕窩？晨露？那樣名貴且講究，張氏彷彿嘴裡吃進的是真金白銀。她兩三口吃完，將碗遞向房嬤嬤面前。「再來一碗。」

房嬤嬤似有些為難。「二夫人，這羹湯太過滋補，過食反而沒有效果。」

張氏咧嘴笑。「我底子差，不怕的。」

「是。」話都說到這樣，房嬤嬤也不好再說什麼，接過碗退了出去。

人一走，張氏回頭對母女倆道：「什麼太過滋補，過食無效？我看她就是為了妳剛說讓她們都嚐嚐，怕我多吃一碗，便短了自個兒那口。大嫂，待下人，妳可不能這般好心。」

「這……不會吧！」吳氏有些尷尬，看向女兒，後者也是神色戚戚。

「怎不會？」張氏湊她耳邊低聲道：「我瞧那兩個丫頭生得那般好看，日日在妳房裡伺候，保不齊碰上姊夫。一來二去，若是勾搭上眼，有惡果子吃了！」

吳氏嗖地站起身，臉上有些發燙。「妳說哪裡話，葉兒她爹不是那樣的人！」

張氏雖放低了聲音，可同坐一處，斷斷續續的話還是傳到蘇葉耳中。她已曉人事，卻仍羞得臉紅。「二嬸想歪了，兩個丫頭都是正經人。」

張氏嗤笑，白了二人一眼。「正經那是因為窮，如今家大業大，指不定哪日就娶個小妾。那些個高官富商不都這般？」

第六十四章 逛集

夜幕低垂，父女倆和吳大爺才回來，三人邊走邊說著莊園的事。每每這時，六月都要嚷著去前院等人，吳氏給他圍了一條厚厚的毯子，將小傢伙裹得嚴嚴實實，母子二人便立在門邊守候。

「哎喲，我的兒，又在等爹呢！」蘇世澤快兩步奔過來。

六月便撲騰過來，卻不是往他懷裡撲，而是身後的蘇木。她忙張開懷抱，抱住小肉團。六月在她臉上蹭來蹭去，別提多開心。

蘇世澤哭喪著臉。「小沒良心！」

惹得幾人哈哈大笑，雙瑞更是笑得直不起腰。一家說說笑笑往裡走，吳氏道：「弟妹來了。」

幾人腳步頓了頓，蘇木躲過六月的親暱，看向吳氏。「二嬸？有事？」

吳氏搖頭。「無事，就是妳爺奶擔心，捎了點東西，菜心、雞蛋，還有黃豆。」

無事就更不對勁了，照張氏的性格，沒什麼目的怎麼巴巴地上門親近？菜心、雞蛋這些，郡城又不是買不到。

「只她一人？要待多久？」蘇木問道。

「是一人，多久卻沒說。」吳氏老實回答。

蘇木想了想，又道：「娘，二嬸想待多久都沒事，但是妳也要多個心眼。倒不是防著什麼，總歸注意些。出門讓房嬤嬤跟著，或者喊上紅拂。」

自二灣回來後，蘇木總覺得哪裡不對勁，總之小心些準沒錯。吳大爺和蘇世澤也都表示贊同，吳氏應下了。因為今兒張氏的那番耳語，一直在她耳邊迴響，她從不和自個兒親近，怎麼就突然關心起來，還說那些。

蘇世澤三人回來，蘇青和虎子也剛到不久。兄弟倆不大親近，蘇青有些傲人，虎子不喜歡他，他還是覺得田良哥或是隔壁的唐少爺好。

一家人進屋時，張氏拉著蘇青問東問西。她說得小聲，蘇青面上有些不耐煩，大抵問的是一家對他好不好，抑或是否真那麼有錢之類。見一行人進門，她住了嘴，笑呵呵地招呼。因有客到，房嬤嬤便帶兩個丫頭備菜去了；蘇葉也去幫忙，雖說不必幹這些活計，她卻喜歡。自從嫁人，不在爹娘身邊盡孝，每每回來炒兩個菜，也存了一點心意。

綠翹小跑著過來。「老爺、夫人、二小姐，開飯了。」

吳氏走向蘇木，將六月接過來，認真道：「今兒妳二嬸來，大葉兒也在，菜做得多，妳去隔壁喊唐少爺和雲青一道過來吃吧！」

不知怎的，蘇木有些扭捏。自從今年來了郡城，隔三差五都要喊唐相予來吃飯，像有意邀他似的。雖然知道是一家心存感激，可每回都是自個兒喊人，倒像是她的意思。「昨兒不是才喊他過來吃魚嗎？」

「妳這丫頭。」吳氏睨了她一眼。「昨兒吃了，今兒就不能吃？唐少爺待咱家有恩，吃頓飯怎啦？他一個人待在郡城，怎能照顧好自己？」

蘇木哭喪著臉。怎就不能照顧好自己了，郡城最大的酒樓是他開的，還怕沒飯吃？他有的是錢，成群的奴僕伺候，還怕沒人照顧？不過，她去過他的宅院，似乎除了看門的小廝，便只雲青一個跟隨的。偌大的屋子，竟連個伺候的都沒有？

「快去，我去燙壺酒，咱三個大老爺們喝。」蘇世澤也催促。

蘇木無法，只得出門。

張氏巴巴地上前，笑著打聽。「哪個唐少爺？是來咱家那個？」

吳氏點頭。「是哩，說來也巧，就住咱隔壁。」

隔壁？乖乖，隔壁的宅院比大房這座還要大，還要華貴，那少年公子竟是個富家子弟？兩家人走得這般近，是存了將木丫頭嫁過去的心思？張氏心裡的酸水又冒出來了。

本來蘇木退親，加之性格不好，在村裡名聲受損，是尋不著好人家的。可如今又攀上這樣一個貴公子，生得比田良好看，家世更不一般。反觀自己女兒，被送得遠遠的，家回不得，往後也只能隨便尋個人嫁了，可惜了一副好相貌，否則能比蘇木那丫頭差？

「大嫂，妳跟我說實話，木丫頭和那唐少爺……」

吳氏忙道：「沒有的事，唐少爺是我們的恩人，他獨身一人在郡城，咱們能顧就顧上些。」

唐少爺人品、相貌、家世都沒挑，唯一遺憾的是家遠在京都，縱使再稀罕那孩子，他們也不願讓女兒嫁那麼遠。

「怎麼，他不是郡城的人？」張氏疑惑道。

「不是哩，京都的，來郡城辦差事。」

張氏似恍然大悟，心裡卻更加羨慕。京都啊！那是個遙不可及的地方，若是她的女兒能嫁過去……

竹苑內，雲青樂呵呵地看著躺在藤椅上的少爺，越發覺得他當初遣散奴僕的決定十分明智。起初不習慣，可如今隔三差五被隔壁蘇二小姐一家邀去吃飯，那些菜雖是家常菜，卻比酒樓的好吃百倍，且時間一久，與那兩丫頭混熟了，說說笑笑，比待在少爺身邊有趣得多。尤其是綠翹那丫頭，頑皮得緊，也可愛……

「今兒，隔壁來人了？」

唐相予問話，雲青收回思緒，正色道：「是，是蘇老爺的弟妹。」

弟妹……唐相予緩緩睜開眼，是有印象，似乎不是個安分的。「走，幫少爺我換衣裳去。」

換衣服？雲青摸不著頭腦。「眼見天都快黑了，換啥衣服。」

唐相予起身，伸了伸懶腰，一記爆栗打在雲青額頭。「蘇家來客，定然準備好吃好喝的，不出一會兒，那丫頭就要來敲門了。」他說著嘴角翹起，露出一絲寵溺的笑，抬步離去。

雲青揉著額頭，這才反應過來。嘿！又要去隔壁蹭飯，又能見到綠翹那丫頭了！

「少爺，你等我！等等我呀！」

砰、砰！門敲兩下，雲青便開門出來，樂呵呵地看著門前的人。

蘇木著一件鵝黃羅衣，上繡著淡粉色的梅花，一根淺色的腰帶繫著可堪一握的柳腰，外配上一件淺紫色鑲著白狐邊的小馬甲。白絨絨的白狐毛簇擁在頸邊，更是將女孩嬌小的臉蛋襯得玲瓏俏麗，讓人移不開眼。她今兒和莊園附近的幾戶茶農談合作，是以穿得精緻些。

雲青少見她這副穿戴，原來蘇二姑娘打扮起來，比起那些富家千金毫不遜色。他故作疑惑，問道：「蘇二小姐何事？」

「那個……」蘇木兩手背在後背，昂首挺胸，斜眼看他，漫不經心道：「我二嬸來了，家裡做了好多菜，我爹喊你二人過去喝兩杯。」

「誒！」雲青樂不可支。「我這就去喊少爺！」

雖然自家少爺早早候著，但作戲要作全，便似模似樣地折身回去喊人。片刻，主僕二人一前一後走出來。

唐相予今兒穿了件墨色的緞子長袍，袍內露出銀色鏤空木槿花的鑲邊，腰繫玉帶，一手在腹前，一手背在後背。烏黑的頭髮束起來，戴著頂嵌玉小銀冠，銀冠上的白玉晶瑩潤澤。他背脊挺得直直的，俊朗的面上下頷方正，目光清朗，劍眉斜飛，此刻正細細打量面前人兒，她仔細打扮起來，竟也嬌媚。

「瞧什麼！」蘇木瞪了他一眼，嗔怒道，見他視線一直落到自個兒身上，有些不好意思。

唐相予也不怕，仍直直地看著她，嘴角含笑。「今兒做了什麼好菜？」

蘇木忍不住一笑。一個貴公子竟為了吃食這般，讓人覺得特別……接地氣。

「去了就知道了。」蘇木丟下一句話，便轉身朝自家走去。

唐相予莞爾，抬步跟上。

席上，眾人盡歡。唐相予同一家早已混熟，吃吃喝喝一點也不拘謹。張氏倒是一改平日大大咧咧的作風，變得細嚼慢嚥起來，雖說沒放開，肉菜還是沒少吃。飯畢，忙活完的劉子慶來接蘇葉。吳氏早讓房嬤嬤她們留了飯菜，待劉子慶吃飽飯，才與一家道別，接媳婦兒回自家去了。

唐相予卻不急著回去，坐在廳堂同吳大爺、蘇世澤父女倆談莊園的事。一百二十畝茶樹嫁接十分順利，只是今年熱得晚了些，那些茶樹還未發芽。依照吳大爺的經驗，該不成問題，只是成熟期推延，也就半月左右，不會耽擱太久。

茶樹忙活完，吳大爺便打算回村子去，一來看看茶山的茶樹，那些樹已有一年樹齡，不必嫁接，卻需要修枝以增產。侯、田兩家卻不若去年計劃那般種植茶樹，而是擴大雞鴨的養殖。皮蛋和鹽鴨蛋經去年的出售，名氣已經打出去，福保村的皮蛋、鹽鴨蛋竟成了一方特色，那間小作坊也於開年後擴建了兩倍。侯老么和田大爺著手在郡城看店鋪，再一些時日，便打算將鋪子開起來。

這些田裡的事和生意上的打算，一說起來便沒完沒了，吳氏不感興趣，加之六月犯睏，便抱著兒子回去歇息。如今有兩個丫頭看茶，她便不必時時候在身邊。張氏更是一竅不通，早就打呵欠了，吳氏要走，她自然跟上。

妯娌二人回屋，吳氏先哄兒子入睡，張氏便跟在邊上幫忙。她生養過兩個孩子，做起這些自然得心應手，一邊忙活，也一邊搭話。「大嫂，我待兩日就回去。」

「怎不多待兩日？」吳氏有些驚訝。本想著這個弟妹該是要住上十天半月，轉念一想，丈夫獨自在家，她身為人妻，自然不好在外多留。

張氏拉著她，態度懇切。「青哥兒他爹看著茶山，我哪好讓他一個人？這回來，一是爹娘惦記，二來我也想看看青哥兒。這孩子自小被寵壞了，大嫂多費心，往後他有出息了，不會忘記妳這個大伯娘！」

蘇青卻有些執拗，不大愛說話，也不喜與人親近，每日下學回來，吃罷飯就往自個兒屋裡去。他不似虎子年紀小，好說道，半大小夥子有自個兒的想法，她確實不好說什麼，只得在衣食上多費心，從未因他不是自個兒的孩子就苛待；至於要報答，是想都沒想過。

「說見外話，都是一家人。」

「是是是，一家人。」張氏偷偷打量吳氏神色，見她面上含笑，試探道：「大嫂明兒可否陪我上街逛逛，挑幾塊布料？春天了，我想給青哥兒他爹和爹娘做春衫。」

她手上是沒錢的，只有來回路費，還是蘇大爺給的。做春衫，若將蘇大爺夫婦算進去，這錢吳氏是要付的，她自個兒還能順幾疋料子。天氣雖未暖和，早些將衣裳做起來也好，吳氏想想便答應了。

堂屋幾人談得很晚，綠翹添了兩回炭盆，才各自散去。蘇世澤回屋時，吳氏已經睡下，他輕手輕腳，並未將人吵醒。

次日大早，吳大爺和蘇世澤父女倆早早起身，準備去隔壁縣城看茶樹，尋找能抗病災、產量更高的品種。他們這首批次選的茶樹好養活，卻不耐天氣惡劣。就像這回，天日不過多冷半月，好些茶樹便有枯敗的跡象。要貨在即，自然不能拔了重栽，茶苗的錢浪費不說，時間也趕不及，但要為著以後早些打算。

吳氏迷迷糊糊見丈夫起身，準備起來服侍，卻被按回被窩。「天涼，妳睡著。」蘇世澤自行穿戴，哪需要人服侍。

吳氏卻不好意思起來。丈夫起早貪晚地幹活養家，自個兒卻整日賴在屋裡享福，就只能在衣食上盡心。「我今兒上街逛逛，買些布料做春衫，也給你再納兩雙鞋。」

「嗯。」蘇世澤應道，也沒多想。家裡衣衫都是吳氏和大女兒做的，雖不及成衣店的精細好看，卻十分舒適。

日頭升起，和煦的陽光照得人暖洋洋的，是個逛集的好天氣。雙瑞和紅拂留在家裡，房嬤嬤和綠翹陪同吳氏、張氏出門。吳氏抱著六月，房嬤嬤一旁伺候，綠翹則拿著一些照顧小娃子的東西。

張氏獨自走在前頭，鱗次櫛比的屋宇、繁華的街市，教她看得眼花撩亂。那些店鋪的裝潢只教人覺得價值不菲，若只她一人，定不敢進去。這時，前頭出現一間布莊，由三個鋪面組成，十分寬大；由外朝裡看，可瞧見貨架上的各式布疋，五彩斑斕。

「大嫂，咱去這家瞧瞧。」張氏忙走到吳氏身邊，挽著她的胳膊，滿是親近。

吳氏抱著六月，被她一攙便有些抱不穩；房嬤嬤見她手顫，便接過六月。得到鬆泛的吳氏還來不及放鬆，便被張氏扯著進門了。

這家布莊是郡城最大的一家，多招待達官貴人、鴻商富賈，是以賣綢緞居多，布料也有，卻都不是便宜貨。張氏進門便直奔綢緞那處，入手都是絲滑，她愛不釋手。這樣鮮豔的顏色、新奇的花樣和柔滑的緞面，她第一次摸到，兩三下挑了五、六疋，還沒有要甘休的意思。

吳氏卻走到布料那處，挑了幾疋輕薄細緻的素色款。她準備再挑兩疋給唐少爺和雲青做一身。唐少爺是穿慣了綾羅綢緞，眼界自然高，是以她挑得仔細。

綠翹站在吳氏身旁，眼睛卻往張氏那處瞟，看不過那副貪婪的嘴臉，微微有些怒意。她性子直，有啥說啥。「田地裡幹活穿什麼綢緞，敢情不是花自個兒的錢，不曉得心疼！」

她小聲嘟囔，吳氏聽在耳中，也只是笑了笑。

「夫人！」見吳氏沒反應，綠翹有些心急。她瞧不起張氏，小家子氣不說，還愛貪便宜，偏偏夫人心軟，就讓人拿住。「您就由著她這般？那些花花綠綠的布疋哪是給老太爺和老夫人的！」

聽了這話，吳氏瞧了一眼。張氏挑好的一堆緞子果真沒有適合二老的，她便又去布料的櫃檯，選了幾疋顏色較深的素色布疋。綠翹見她這動作，真是無語了。哪有這樣心善的人！

再想說什麼，卻被房嬤嬤一個眼神制止，聽見她道：「是夫人的家事，綠翹妳踰矩了。」

「是……」綠翹噘嘴，低下頭，鬱悶得要死。

最後，吳氏挑了十疋素色布料，張氏挑了十二疋綢緞，樂呵呵地讓掌櫃的一併抱過去，便巴巴跟在吳氏身旁，帶著討好。吳氏沒說什麼，讓房嬤嬤拿出銀錢付了。

來了這麼大一筆單子，掌櫃樂得不行，自然周到萬分，當即就派人將布料送去蘇府。

第六十五章 端倪

幾人在布莊裡耗了近兩個時辰，六月已經有些不耐煩，吳氏也覺得有些累。可張氏似乎興致極佳，自付錢起，她挽著吳氏的胳臂就沒撒過手，房嬤嬤和綠翹被她擠到後頭。

「大嫂，我聽說郡城的香膏極養人，塗在面上似剛開的花苞嬌嫩。妳本就生得好看，再塗些香膏，大哥看了豈不是兩眼都要發直？」

哪個女人不愛美，吳氏是有心動，更多的是不好意思。「哪有那樣邪乎！」

張氏眼珠子一轉。「我也是聽人說的，前頭街角就有一家，咱去瞧瞧？」

吳氏想了想，前頭不遠，瞧一瞧也不會耽擱太久，便答應了。走上片刻，果見街角有一個不大的賣香膏的鋪面，和一旁的鋪子相比顯得有些寒酸。鋪子裡沒什麼生意，掌櫃正趴在櫃檯打盹，見有客來，忙起身相迎，很是殷勤。陳舊的櫃檯上擺著各式香膏，樣子味道都一般，吳氏看了幾盒便沒了興趣。

張氏卻看得起勁，一個個試，直嘆好。吳氏她們無法，只得等張氏，六月卻等不住，嗚嗚哭鬧，直往吳氏懷裡鑽，似乎餓了。吳氏只得輕輕拍哄著，可張氏似乎還不好，臉上塗得五顏六色，又嚷著要洗臉。

綠翹再也忍不住，語氣有些不善。「二夫人，小少爺餓了，哭鬧得不行，您好了沒有！」

「急什麼！」張氏回頭怒瞪，卻見吳氏焦急地看著自個兒，像是真要走了。

她忙放下香膏，走至吳氏身旁，帶著歉意。「大嫂，妳瞧我這樣子，也不好出門，若不妳先去內堂歇歇，我把臉洗洗，咱再回去？」

不等吳氏回話，她便問向掌櫃。「掌櫃的，可有內堂供人歇息，我小姪鬧得不行。」

「有有有！」掌櫃熱絡地引人進門，吳氏無法，兒子哭鬧得緊，只得跟著進去。

而張氏又出么蛾子，一面要房嬤嬤去付帳，一面要綠翹陪她去洗臉，二人被她搞得手忙腳亂。房嬤嬤是個細緻的，臨走前仔細將內堂瞧一遍，還囑咐吳氏若要餵奶，將門窗關緊。

人都走了，吳氏抱著六月在屋裡走動，輕輕搖晃著。往常兒子最喜歡這樣，可今兒還是鬧個不停，看來是真餓了。不是在自家，吳氏真有些放不開，只是兒子淚眼汪汪的模樣很是可憐，她實在不忍。只得抱著人將門關上，又仔細檢查門窗，這才去到屋裡最暗的角落，將端來的凳子放好，背對著門坐下，兒子橫放在腿上，拉開了衣裳。

得到吃的，六月停止了哭鬧，吧唧吧唧吸得直響。看到兒子一臉滿足，吳氏不由得笑了。這時，突然一陣力量把吳氏身子錮住，一隻手摀住她的嘴，而另一隻手……竟直接握住她的胸，嚇得她身子一顫，大叫起來，抱著兒子的手卻越發緊。她不敢亂動，生怕摔到兒子。

她的掙扎對身後的人沒有一點作用。動彈不得，呼喊也出不了聲，且握住胸的手竟動起來，帶著幾分力氣，捏得她很疼。驚慌、害怕、羞辱匯聚一起，吳氏淚水直流。

背後那人，湊到吳氏耳邊，呼了口氣。「二丫，好久不見！」

是夜，蘇木屋子的燈還亮著，她坐在案前撥弄算盤，在紙上寫寫畫畫。紅拂自裡屋出來，拿出一件厚斗篷給她披上，又拿起燈籠罩子，撥了撥燈芯，屋內頃刻明亮了幾分。

只聽見坐著的人兒問道：「紅拂，妳今兒拿的帳目是這月的？」

紅拂朝案上本子瞧了一眼，回道：「是。」

「怎麼多了三百兩……」蘇木眉頭蹙了蹙，忙細看起來。「今兒娘買了三百兩的緞子？」

吳氏一向節儉，怎會突然這般大手筆地買緞子，還支了一百兩？

紅拂反應過來，想起今兒綠翹從集市回來便黑著臉抱怨，直道二夫人如何貪婪、矯情，不拿自個兒當外人云云。張氏是小姐的二嬸，縱使人品不怎樣，也不是她能編排的，是以三言兩語將綠翹的話簡述。

紅拂是怎樣的人，蘇木自然知道，從她口中說出張氏不堪，那便要多想五分。買三百兩緞子的錢可以不計較，可吳氏支錢又是怎麼回事，她從不拿錢，多是房嬤嬤管著。

蘇木有些不放心。「紅拂，妳去把綠翹喊來。」

紅拂應聲，便出去了。片刻，二人回來，綠翹喊了一聲二小姐。

蘇木招手讓她過來，指著帳上的用度問道：「這三百兩綢緞是我二嬸的？」

綠翹看了紅拂一眼，點點頭，她滿肚子怨言，生生忍著。

蘇木又指向吳氏的暫支。「我娘支這一百兩做何用，妳可知道？」

「夫人支錢？」綠翹搖搖頭。銀錢都是房嬤嬤在管，她並不曉得。

綠翹不知，那說明這筆錢是吳氏暗支的，不想讓人知道。房嬤嬤也沒來請示，定是受吳氏囑託，卻將這筆錢寫進帳裡，大抵是想告訴自個兒什麼。難道和張氏有關？來借錢了？張氏不敢跟自己開口，便從吳氏下手？可吳氏不是傻的，她也沒有蘇世澤這樣那樣不得已的苦衷，需要向老蘇家的人低頭。

蘇木想了片刻，看向綠翹。「我娘和二嬸今兒在集市可有發生什麼事？」說完，又添了句。「照實說。」

得了蘇木肯定，綠翹滿肚子的怨言再也憋不住，將張氏在布莊如何大手大腳地選緞子，又在香膏鋪裡那些荒唐滑稽的作為一一道來。

「香膏鋪子？」蘇木疑惑道。

「是，那家香膏鋪子又破又舊，那些香膏的香氣更是俗氣，二夫人卻喜歡得不得了，買了一堆！雖然比不得綢緞，卻一下子買了幾十兩的香膏，真的是吊死鬼打粉插花，死不要臉！」

「綠翹！」這樣說蘇家人，那是大不敬，紅拂用手肘碰碰身旁人，擔憂地看著她。

綠翹忙住了嘴，實在太氣，一時忘了自己的身分。

然而蘇木卻沒有半點不悅，只是眉頭緊鎖。「那我娘呢？」

「夫人就依著她唄。二夫人選的緞子花花綠綠，壓根兒沒有適合老太爺和老夫人的，夫人便自個兒重新——」

「我說在香膏鋪子的時候，娘可有什麼反常舉動？」蘇木打斷她的話。

「香膏鋪子……」綠翹不明所以。也依著她啊！一會兒洗臉，一會兒付帳。「喔，小少爺哭鬧，想是餓了，夫人便帶小少爺去內堂歇息。不過……出來的時候，臉色不大好……」

蘇木緊問道：「臉色不好？可有說什麼？」

「沒說，像是有點驚慌，又像是累的。」自己那會兒正與張氏置氣，並沒太留意夫人。

「那我二嬸在做甚？房嬤嬤又在哪兒？」

蘇木的神色嚴肅，綠翹有些緊張。「二……二夫人滿臉香膏，要我陪著洗臉，房嬤嬤在前廳和掌櫃算帳……」

那便只有吳氏和六月獨自在內堂，一定有什麼事！「去我娘那兒。」她說完便起身朝屋外去。

吳大爺和蘇世澤還在鄰縣沒回來，要耽擱兩日。看樹種好壞，本不是蘇木在行的，且宿在別人家裡總有些不自在，便提前回來了。回時已晚，家裡早吃過飯，她讓紅拂去吳氏院裡吱一聲，吳氏只吩咐給她做了消夜，便早早歇下了。

蘇木敲響吳氏房門，片刻屋內亮起燈來。吳氏披著衣裳開門，面上帶著驚訝。「木丫頭，怎麼了？」

「爹這兩日不在，我來陪娘睡！」她故意說得大聲，手上還抱著枕頭，真就一副睏倦的樣子。

吳氏也沒多想，讓她進門，又掩上了。蘇木鑽進吳氏的被窩，見小弟睡在最裡頭，便放輕了動作。

吳氏走過來，替她掖了掖被角，輕聲道：「妳爹又不是頭回不在，再說有妳小弟陪著，不怕的。」

蘇木躺在被窩裡，只露出一個頭，巴巴地望著吳氏。雖燈光昏暗，仍瞧得出她眼睛紅腫。

待人躺下，蘇木便靠近吳氏，抱住她。「娘，今兒在香膏鋪子發生什麼事了？」

吳氏身子一抖，繃得緊緊的，磕磕巴巴道：「沒……沒什麼事！」

吳氏嚇壞了。她誰都沒說，木丫頭怎會知道？這事不能說，死也不能說！雖然自個兒沒被侵犯，可和別的男人共處一室，被丈夫和女兒知道，是不會原諒她的。她也受不住這個侮辱，本想一死了之，不拖累人，可她捨不得丈夫，捨不得一雙女兒，捨不得兩個兒子……

蘇木在被窩裡摸索到她的手，一片冰涼，握得很緊。吳氏這般，定然有事。

「娘，不怕，告訴我，天大的事，我們一起解決。」

淚水從眼角滑落，吳氏無聲地哭泣。她能說嗎？他們會信她，會原諒她嗎？「我……」她聲音發顫，似極力忍住悲傷，蘇木便猜到一二。

「娘，放心，紅拂和綠翹守在門外，旁人聽不到。爹要過兩日才回來，您告訴我，我們一起解決，絕對不會讓他知道。」

不讓丈夫知道……吳氏心有動搖。木丫頭聰慧，可是這事……幾經猶豫，終開了口。「是虎子他爹……」

虎子他爹？尹家的？

吳氏頓了頓，繼續道：「我將門窗都關緊了，不曉得人是從哪裡出來的，一出來就將我……抱緊。我掙脫不得，呼喊不得……他威脅我，讓我給他一萬兩銀子，否則就喊人，讓大家都知道我衣衫不整地跟前夫在一塊兒……若不給錢，就把這事告訴妳爹……我怕，木兒，我怕！我怕妳爹不要我了……」

她說著，低低地哭起來，繼續道：「所以我才找房嬤嬤支錢，想堵他的嘴。咱家哪有一萬兩，就是有，也不能便宜那畜生！但是我沒辦法……我不曉得該怎麼辦……」

原是這般。事情還沒到一發不可收拾的地步，可尹家的能得逞，張氏在其中定然脫不了干係。「娘，您放心，這事交給我。若這兩日二嬸再邀娘出去，您只管去。」

吳氏忙搖頭。「不，我不去了！」

「娘放心，人不犯我，我不犯人，二嬸既然這般，咱也沒必要顧及什麼情面。」

吳氏的屋子亮了半天才吹熄了燈。張氏站在黑漆漆的窗口，凍得渾身打顫。她眼睜睜見蘇木進屋，不知道吳氏會不會同她說什麼……不會，就是親身女兒也不好說出口，何況二人並無半點血緣關係。

待屋裡燈滅了，她才回床上躺好，這一夜幾乎沒怎麼睡著。直至天明，聽見對門「嘎吱」一聲響，張氏驚醒，連衣裳都來不及穿，便直奔窗前，開了一道縫隙。但見蘇木穿戴整齊，跟紅拂、綠翹說著什麼，似要出門的樣子。

待人走後，她忙收拾好，似模似樣地走過去，笑呵呵問道：「紅拂，木丫頭上哪兒去了？」

紅拂不似綠翹膽大妄為，對張氏還是有幾分尊敬。「回二夫人，二小姐上鄰縣看樹種了。老爺和吳老太爺都在那處，似要住上兩日。」

「哦……」張氏若有所思地點點頭，又恢復笑臉。「那我進去瞧瞧我大嫂。」

她推門進去，才剛跨門檻又轉頭道：「對了，上回吃的什麼青梅羹再給我端一碗來。」她說著摸摸自個兒的臉，像是真滑了不少。

「是……」紅拂嘴角抽了抽。一大早喝那般滋補的羹湯……

一整日相安無事，蘇世澤幾人仍舊未歸，蘇木那丫頭也沒回來，張氏很是自在，吳氏卻愁眉苦臉一整日，看得她心裡偷樂。

她發現，今兒吳氏喊了房嬤嬤五回，二人關在屋裡，不知在說什麼？張氏自然知道，籌銀子唄，尹家的就是為了錢，那母子倆簡直是吸人血的豺狼，自個兒就是被盯上的獵物，而吳氏就是犧牲品。

那麼些銀子落到旁人手上，她其實是心疼的，可跟自個兒的下半生比起來，又算得了什麼！至於吳氏所遇的事，她會裝作不知道，一來怕引火焚身，二來也是有些不忍。但是看到吳氏痛苦煎熬，自個兒心裡的酸味便去了不少。

入夜，整個蘇宅一片寂靜，每個廊下都掛著燈籠，是以不像鄉下那般一片漆黑。張氏貓著腰身走在廊下，四下張望，不見人影，才大著膽子往前。後院後門緊閉，雙瑞一般守前院，可入夜後，也只是巡視一圈就回屋睡了。張氏抽開門閂，嘎吱聲嚇得她一個激靈，確定身後沒人，才輕輕將門打開。

門口不遠處，蹲著一個人，見門開了，起身走來。瞧身形是瘦瘦高高，走近才發現，那人不是高，而是太瘦，幾乎可以用瘦骨嶙峋來形容，且氣色極差，憔悴不堪，卻是尹家的，吳氏的前夫。

他先出聲。「事情怎麼樣？」

張氏東張西望，生怕有人。「該是沒問題，大哥他們不在家，大嫂今兒喊了好幾回管錢的嬤嬤，該是在籌錢。」

「什麼時候回來？」他聲音有些沙啞，有些哆嗦，不知是凍的還是怎地，聽得張氏渾身起雞皮疙瘩。

問的該是指蘇世澤幾人，她老實道：「說是兩日，後天該是要回來。」

尹家的想了想。「明兒就讓二丫上街，我要拿到錢。」

明天……不知道能不能籌到那麼多？若是沒那麼多錢，這男人會不會出爾反爾？「那個……只一天時間，是不是太緊了？我怕大嫂湊不齊，一萬兩不是小數目。」

「湊不齊是她的事！」尹家的突然暴躁。「湊不齊就拿房子來抵！」

他聲音陡然變大，嚇得張氏心驚膽顫。「哎喲，你小聲點，把人引來了，事情敗露，我看你能得到啥！」緊接著道：「若是……大嫂湊不齊那麼多錢，你可不能把我供出來！為了幫你，我是費盡心機，若被我男人知道，定要把我趕回二灣。」

就是拿捏住張氏的命脈，尹家的才敢這般囂張。只是銀子沒到手，還是要穩住她的心。「妳放心，成不成我都不會供出妳，不僅如此，還會分妳一千兩，我娘也再不會去找妳。明日過後，妳我二人再無干係！」

一千兩……她作夢都不敢想自個兒能有這麼多銀子，有了這些銀子，她也可以修一幢大宅子，比二灣吳家的還要大。至於錢怎麼來的，她也有說法。

「成！」

二人再嘀咕兩句，尹家的便離開了，張氏也悄聲關門，回自個兒屋子。

街頭恢復平靜時，蘇宅隔壁的宅院悄悄關上門。

第六十六章 偷盜

雲青腳步很快，直往書房去。房中二人正下棋，戰況焦灼，唐相予一臉玩味。沒想到這丫頭竟會下棋，且棋藝頗精，本想著讓她，卻兩三下被吃去大半的子，這才不得不沈下心來，全心應戰。

他舉起黑子，半天不落，似覺每落之處都是陷阱，腦中仔細判斷，口中卻風輕雲淡。「妳竟會下棋，不知師承何處？」

這樣精巧的棋局，沒人教，他是不信的，只是蘇木卻真就說出讓他吐血的話。「這樣的棋局，還要人教？」

唐相予笑出聲來，將棋子扔回棋甕。「我輸了。」

蘇木也將手中白棋放回棋甕，巴掌大的小臉上滿是傲氣。前世她大學是圍棋社社長，棋藝還算不錯，那時學院有位教授酷愛圍棋，且棋藝頗精，多有鑽研，蘇木跟他學了四年，雖成不了國手，水準比起一般人還是高出許多。唐相予技藝不錯，若不是他開局讓自個兒，只怕也不會贏得這般順利。

「少爺、蘇二小姐。」雲青進門。

蘇木立即收起笑臉，看了過去。「人來了？」

雲青點頭。「二人嘀咕許久，方才散去。」

唐相予也看過來，她衝他點點頭，揮了揮手。雲青會意，退步出去。

「妳打算怎麼做？」

蘇木冷笑。「且等著吧！」

不知為何，唐相予見她這副樣子很心疼。她才十三，該是天真爛漫的年紀，不該操那麼多心，不該有那麼多的算計和被算計。可若讓她平凡一生，她又願意嗎？

「那今晚？」唐相予突然壞笑。「可打算與我同床共眠？」

蘇木一愣，隨即燦爛一笑，朝桌上棋局昂了昂下巴。「不打算報仇了？」

這夜，竹苑旁書房的燈亮了一宿。

天將大亮，張氏便敲響了吳氏的房門，只是屋內人早就起身，穿戴整齊。

「大嫂，妳要出門？」

吳氏眼中閃過一絲慌亂。「是……是哩，昨兒買的料子沒有合適的絲線，打算買些回來。」

只是一些適配的絲線，大可叫兩個丫頭去買，如此著急，只怕另有目的。張氏故作不知，笑道：「那正好，我也去買些。」

這時房嬤嬤疾步進來，手上拿著一張紙，見張氏在屋內，忙往袖子裡塞。她朝吳氏使了使眼色，後者點頭。張氏識趣地沒說話，眼睛卻直勾勾往房嬤嬤袖子看。那張紙該是房契吧……一顆懸著的心終於落下，本還打算變著法地約吳氏出門，提醒籌錢，如今倒是全免了。

這回出門，沒帶綠翹，也沒帶六月，只房嬤嬤一人跟隨。三人到昨日的布莊配了絲線，這期間，房嬤嬤獨自出去了一趟。張氏仔細留意，房嬤嬤去的地方似乎是當鋪，該是去將房子抵押。待房嬤嬤返身回來，袖子脹鼓鼓的。

付過錢，吳氏忽然拉住張氏道：「弟妹，昨兒的香膏我瞧妳用著極好，不如再陪我去一趟，我也買幾盒。」

張氏樂開了花。「好呀！走！」說完拉著人就往街角去。街角照樣冷清，香膏鋪子依舊門可羅雀，只是那掌櫃卻沒趴在櫃檯打盹，今兒倒是精神。

三人進門，於櫃檯挑挑選選，片刻，吳氏忽然捂著肚子喊疼。張氏了然，忙向掌櫃借茅房，將人送進去。吳氏一走，事情大抵算成了。張氏坐在前堂，抑不住地笑。一千兩銀子就要到手了，一幢豪宅似乎在向她招手，她也要買兩個僕人伺候，一口一個夫人，喊得她心花怒放……

就在她樂不可支時，肩膀驟然一疼，正欲轉頭咒罵，卻發現屋裡站滿了官吏，而房嬤嬤正一臉厲色地立在其中。「這……這是怎麼回事？」張氏站起身，腿肚子有些打顫。

房嬤嬤似笑非笑，冷聲道：「官爺，就是這個婦人偷我主家的房契。」

張氏愣住了，隨即反應過來，罵道：「妳這個刁奴，胡說八道！分明是妳拿了房契去當鋪換銀子！各位官爺，銀票都在她袖口，不信你們搜！」

官吏齊齊看向房嬤嬤，後者不驚慌，從袖口掏出一方絲絹。「宅院是老爺、夫人年前才買的，又怎會在這時當掉？」

「怎麼可能、怎麼可能！我親眼瞧見的！銀子呢?!」

張氏瘋也似地撲上來，只是還未挨著房嬤嬤，便被官吏押下。

「這人犯了偷盜罪，關進牢裡，嚴刑拷打，不怕她不招！」

大牢？張氏慌了。事情不是朝預料發展嗎？怎地冒出一眾官吏要將她送進大牢？她是無辜的啊！都是尹家的和吳氏兩個做了齷齪事，跟她有何關係？不過傳了幾句話，那一千兩不要了還不成嗎?!「官爺、官爺！這事同我無關啊，都是我大嫂和她前夫勾搭，要賣掉宅子！」

「前夫？」官吏停下手，問道。

「是哩，人就在內堂，不信你們去搜！」張氏忙點頭。她頭髮散亂，衣衫不整，滿面淚痕，很是狼狽。

「搜！」為首的官吏一聲令下，餘下之人魚貫入了內堂，片刻押著一個乾瘦男子出來，不是尹家的又是誰？

押人的官吏道：「在後院發現此人鬼鬼祟祟，見著我們就跑。」

「是不是他？」官吏轉向張氏怒吼。

張氏嚇得腦袋點個不停。「是是是！就是他要蘇家拿出一萬兩，不然就——」她話還未說完，便讓房嬤嬤打斷。「二夫人，老爺、夫人待妳只一個好字不能表達，妳卻勾結外人偷房契。」

「刁奴！妳胡說什麼？我何時偷房契了！分明是你們……」張氏掙扎著起身，卻又被押著跪下。

「大人，房契就在她身上，一搜便知。」房嬤嬤轉向為首的官吏。

後者衝她點頭，房嬤嬤便蹲下身子搜張氏身子。張氏掙扎著不讓，嘴裡都是咒罵的話。可她一人如何能抵得過身強力壯的官吏，終讓房嬤嬤搜了，竟從懷裡搜出一張房契，驚得她說不出話來。怎麼會、怎麼會……房契不是抵押了嗎？何時跑到她身上了……

「人證、物證俱在，妳還有什麼好說的？」房嬤嬤冷笑。

張氏突然反應過來。「陰謀……都是陰謀……都是你們的陰謀！大嫂呢？我大嫂呢？」

這時吳氏自內堂出來，一副虛弱的樣子，見堂前跪著二人，她驚得往邊上站。

為首的官吏態度忽然一轉，恭敬道：「蘇夫人可認得這二人？」

吳氏點點頭，指著張氏。「這是我弟妹，那人……」她露出驚訝又痛苦的神色。「那是我前夫，因欠下大筆賭債失蹤數年，怎會在此……」

一聽有前科，一眾官吏謹慎了幾分。男的自然要帶走，只是這個婦人……官吏問向吳氏。「蘇夫人，此婦人勾結外人偷盜府上房契，您看是否由下官帶回衙門，嚴加審問？」

張氏一聽要帶走她，忙撲騰著爬到吳氏腳下，拉著她的衣襬，哭喊道：「大嫂，不要啊！我也是被逼的，大嫂救命啊！」

吳氏眼中閃過一絲冷漠。在她和尹家勾結，陷自個兒於不清不白的時候，怎麼就沒想到一家人的情分？只是，她到底是蘇家兒媳，顧及一家子的顏面，便不能送她進牢獄，否則丈夫回來該怎麼說？又如何同爹娘和蘇家老二交代？

這樣的一絲顧慮讓她沒有點頭。「官爺，房契到底追回來了，沒甚損失，若不然還是由我帶回去，讓丈夫及家中二老作主。」

那官吏是得了上頭指示，要辦好差事，對於吳氏的要求自然一律應允。於是放了張氏，一眾人押著尹家的離去。「二丫！老子是妳男人，妳竟敢讓人抓我，妳個不要臉的破落戶！」尹家的又豈會乖乖跟著走，掙扎著朝屋內的吳氏咒罵。

官吏就著手上長槍便是一棍敲到他腦袋上，人當即昏死過去，被拖著走了。人一走，屋子安靜下來，只餘張氏哭哭啼啼的聲音，她是真的嚇壞了。「大嫂……」

吳氏冷冷地看著她。「好好想想怎麼同二弟和爹娘交代吧！」

一聽要告訴丈夫，張氏撲通一聲就跪下了。「大嫂，都是我的錯！我鬼迷心竅，我嫉妒妳，我貪財，我錯了，再也不敢了……往後我踏踏實實過日子，照顧丈夫，孝敬爹娘，好好替大哥管好茶山，再不敢生事了！」

「當真？」吳氏直直盯著她，似要一個肯定答案。

「當真、當真！我發誓，若有一句做不到，就天打五雷轟，不得好死！」張氏忙跪直了身子，伸出三根手指，態度堅決。

吳氏嘆了口氣。「起來吧！」

張氏仍跪著不敢動。她從不知道一貫唯唯諾諾的吳氏，竟有膽識和智慧，識破了尹家的詭計。只是回去那日，吳氏分明失魂落魄，嚇得夠嗆，直至蘇木去她屋裡，而後的事似乎發展得過於順利，難道……一切都是她們將計就計嗎？那佈置這一切的是……蘇木那丫頭？

想到這兒，張氏面如死灰。若只是吳氏識破這一切，她還有辯駁的機會，可若是蘇木那丫頭，她只怕死路一條了。於是她磕起頭來。「大嫂，我真的知道錯了！妳幫我說兩句好話，這些事不要告訴青哥兒他爹，往後我給妳做牛做馬！」

女兒讓她不要管，由著人抓走，於老蘇家只道張氏鬼迷心竅偷房契，二弟和爹娘也不會說什麼。可吳氏狠不下心來，她二人雖關係不好，到底一個地方長大的，又同嫁進一家門，如今她信誓旦旦地認錯，是想原諒她的。

「起來吧！眼淚擦擦，莫教人看出什麼，這事以後爛肚子裡，誰都不要再說了。」

真的嗎？張氏不可置信。二丫真的願意原諒她？她擦擦眼淚站起身，可跪得太久，兩腿發麻，險些摔倒。吳氏再沒說什麼，跨步離去，張氏忙跟上。

而香膏鋪子內，房嬤嬤走近櫃檯，敲了敲桌面。掌櫃的緩緩探出腦袋，面帶驚慌，見屋裡的人都走了，才吁了口氣，忙陪笑。

房嬤嬤從懷裡掏出一個荷包，放到櫃檯上。「什麼話該說，什麼話不該說，你自個兒掂量。」說罷，頭也不回，出門追隨吳氏二人而去。

掌櫃抹了抹額上的汗，緩緩伸手，掂了掂荷包，卻沒有一絲喜色。這郡城，他是待不下去了。

臨近傍晚，蘇世澤和吳大爺回來了，前腳剛進門，蘇木也回來了。幾人回得突然，也沒備飯菜，吳氏忙讓紅拂、綠翹去準備，自個兒又去灶屋生了兩個火盆。

一家子坐在堂屋說話。明兒旬假，虎子和蘇青也沒急著回房做功課。幾日未見，虎子圍著蘇世澤轉不停，蘇世澤便一把將他抱在懷裡。

蘇青今兒竟安靜坐著，怔怔的模樣，不知在想什麼，一如張氏呆愣愣的樣子，縮在角落，毫無平日的張揚。堂屋氣氛有些壓抑，蘇世澤不明所以地看向吳氏，吳氏笑著搖搖頭，他便點點頭，不再多想。

「這批茶樹極好，別處的還未發芽，它已抽枝了。過兩日天熱起來，長得更快。」

吳大爺接過話茬。「好是好，只可惜當初咱沒多點心思在這上頭，明年總不好將地裡茶樹都拔了重栽。費力不說，銀錢也費。」

蘇木倒不甚在意，與其因小失大，不如一開始就掐斷劣根。「且等九月後，手頭寬裕了，這些茶樹該換還是要換，省一時的錢耽擱往後的收成，那是划不來的。」

意思是一百二十畝地的茶樹要全部拔了？吳大爺和蘇世澤相互看了看。若不是木丫頭，他們是斷不敢做出這樣的決定，這同往外扔銀子有什麼區別？

他們談論這些，並沒有避諱張氏和蘇青。張氏不甚在意，她滿腦子都想著蘇木那丫頭會不會將事情說出來，讓她身敗名裂？只是聽了半天，也不見談論白日的事，似是不知曉。

蘇青卻驚得瞪圓了眼。一百二十畝茶樹全都拔了？他讀過書，知道茶葉有多金貴，可他的小堂姊竟是說拔就拔，那份魄力讓他的心久久不能平靜。其實他讀書不好，也不喜歡讀書，比起書本，更喜歡銀錢。若是跟著蘇木種地、做生意、賺大錢，也是不錯的選擇。可是爹娘能願意？爺能同意？而蘇木，會不會願意拉他一把？

時間過得很快，一晃已三個多月。今年熱得慢，六月已過了大半才換上夏衫，早晚仍有些涼。蘇青和虎子放田假，在家歇了十餘日，虎子日日跟著蘇世澤去莊園，曬黑了一圈。他年一過已八歲，再不似圓圓滾滾、憨態可掬的模樣，已長成大男娃了，只是仍舊喜歡跟在蘇木身後，像個小尾巴。

又到了交茶葉的期限，一家整日在莊園忙碌，蘇木和蘇世澤已許久沒回家了。他們在莊園的臨河邊上修了茶作坊，就似福保村的茶山般，流水線操作。前期雇了長工，但是每道工序都由蘇木把關，直至最後驗收封箱，貼上「蘇」字封條。

「二姊、二姊！」虎子推開蘇木在作坊休息的裡間，急匆匆跑來。

蘇木剛忙活完，泡上一壺茶，坐下歇息。「急匆匆的什麼事？」她掏出絹子給虎子拭去額上的汗。整日在書院上課，養得白白胖胖，只跟著跑了十來日，便黑了一圈。

「二姊，不好了！」虎子攔下她揩汗的手，急得小臉糾在一起。「我瞧見青哥兒在黑市賣茶葉！」

家裡商量事情從不避著他，是以他知道家裡的茶葉賣的不是一般人，且因茶葉，三爺一家被流放，所以瞧見蘇青偷偷賣茶葉，他便慌忙來報信。

「賣茶葉？」蘇木眉頭皺起來。

一月田假，青哥兒不回村看他爹娘，說課業過重，留在郡城。他一向心思重，不怎麼受管束，要出門也都不拘著，只有蘇世澤偶爾問兩句，對於一家之主，青哥兒還是有幾分尊敬。這些日子相處下來，他就是孤傲了些，並沒有什麼壞毛病，怎麼突然去黑市賣茶葉了？

黑市是不經官府批准進行非法買賣的場所，專門交易不允許私賣的物品，茶葉就是其中之一。莊園的茶葉每一斤都是經了蘇木的手，但要是少了一點半點，是真難發現。這麼點茶葉拿去賣倒沒什麼影響，可若青哥兒被抓了，私賣茶葉的罪，怕是得關個幾年。人既住在她家，卻是要負起責任。

「是哩，我這幾日瞧他樂呵呵的，總往被窩裡藏東西，便留了個心眼，趁他不在偷偷翻找，竟是銀子。起初尋思是不是偷家裡的銀錢，可跟上去才發現，他竟在黑市賣茶葉！二姊，妳得管管。」

虎子似放炮仗般，噼哩啪啦說一串。他知道二姊不喜歡管家裡的事，從前愛看話本，如今愛搗鼓茶葉，可他覺得這個家，她才是能作主的人，便頭一個想到告訴她。

「青哥兒在哪兒？」蘇木正色道。

「該是回家去了。」虎子說著，便拉著蘇木往外跑。

第六十七章 黑市

莊園大門停有馬車，是今年新置辦的，有了馬車，到家也就一盞茶工夫。虎子坐在車轅上，一臉崇拜地望著駕車的蘇木。「二姊，妳可真厲害！」

「駕！」蘇木將韁繩一甩，馬兒便快了幾分。「這有什麼，改日讓隔壁的唐大少爺帶咱騎馬去。」

虎子眼睛都亮了。「真的？」

「自然是真的，我瞧過他的馬廄，好幾匹馬，生得威風凜凜。」

「二姊……」虎子拉著蘇木的袖子搖晃。「妳明兒就跟唐少爺說說唄！」

蘇木佯裝嚴肅。「夫子佈置的課業可都完成了？」

虎子有些心虛。這幾日都泡在地裡，功課有做，卻沒做完，討好道：「這不還有半月嘛，妳先說說，我這兩日緊趕著做完還不成嗎？」

姊弟倆有說有笑，不到一盞茶時間，馬車停在家門口。雙瑞忙過來牽馬。「二小姐、少爺，怎這會兒回來了？」

二人跳下馬車，蘇木問道：「青哥兒可在家？」

「在，也是將將回來，還買了許多蜜餞，這會兒在夫人屋裡。」雙瑞回道。

一大一小二人便馬不停蹄朝屋裡去。屋內，吳氏坐在堂前，桌上放著蜜餞，蘇青則蹲著身子逗六月。沒有旁人在，他似乎自在不少，露出少見的笑容。

「怎麼回來了？哎喲，瞧這滿頭大汗的。」二人突然進屋，吳氏忙起身，驚訝之餘，更多了擔憂。

吳氏的聲音使得蹲在地上的蘇青回頭看，見是姊弟二人，他收起笑，站起身，低頭道：「我回屋去了。」

虎子哪會由著他走，張開雙臂，攔住去路。「不准走！」

蘇青眉頭皺了皺，若是往常，他定推開他頭也不回地走人，可今兒蘇木在，他便有些不敢。

「怎麼啦？」見氣氛緊張，吳氏忙拉過虎子。青哥兒是哥哥，虎子不該這樣放肆，莫不是哥兒倆吵架了？可木丫頭巴巴地跑回來做啥，她可不會為了這點雞毛蒜皮的事，放著莊園不管。

「娘，沒事，我有話同青哥兒說。」蘇木含笑，似沒事人般，又道：「虎子一身的汗，您給他洗洗，屋裡放了冰鑑，一冷一熱的，容易傷寒。」

「嗯。」吳氏若有所思地點點頭。

蘇木說完，看了蘇青一眼，便朝書房而去。蘇青也沒說話，乖乖跟上，只是垂下的眼簾，掩飾了眼中的忐忑。

這間書房在蘇木小院的隔壁，共三間，由屏風隔斷，平日兩個學生做功課都在這處。蘇木坐在蘇青慣坐的位子，翻著案上課業，一頁又一頁，滿室都是紙張抖動的聲音。蘇青便站在一旁，盯著她的動作，大氣不敢出。室內幽涼，他額上卻生出汗來。

終於，蘇木翻完了，側著臉看他，問道：「你可知道，我今兒巴巴跑回來，是要問你何事？」

蘇青嚥了一口唾沫，點點頭，額上的汗便滴下來了。

蘇木眼神未動，仍直勾勾地看著他。「那你作何解釋？」

片刻沈默，蘇青才抬起頭，望著案桌上從窗櫺投下的斑駁樹影，結結巴巴道：「我……我沒偷莊園的茶葉。」

蘇木眉毛一挑。「那你的茶葉是哪裡來的？」

問起這個，蘇青如死灰般的臉色才有所緩和。「是茶農那處買的，以低價進再高價出。」

「那麼點茶葉有人買？」蘇木反問道。

「不少，十餘斤！」蘇青忙道：「官府要價太低，他們自然願意將茶葉多一分利賣給我，我再高價倒賣，只要約定好，錢貨兩頭給，我賺中間價。」

蘇這個性子孤僻的小堂弟，她不甚親近，每每碰面也都是匆匆忙忙，並沒有什麼交流。蘇木對他的印象，還停留在三年前那晚，他哆哆嗦嗦地誣陷自個兒偷花生酥的模樣……那樣一個膽小嬌氣的男娃子，竟成了這般沈默寡言，卻已有獨立思想的小少年。今日，也是他住進自家這麼久以來，頭回露出這般自信的神采。她忍不住打擊。「所以，你就去了黑市？」

蘇青這句話噎住。她是瞧不起自己！黑市怎麼了，只要能賺錢，哪裡都是市場。

「怎麼，你覺得黑市沒問題？」蘇木看到了他眼中的倔強，繼續道：「以你的這點小把戲，覺得真能在黑市混出名堂？你賺的是小錢，沒人在意你，可若十斤變二十斤，二十斤變三十斤，錢賺得多了，你也就暴露了，真當官府都是吃素的？抑或你只甘於賺那十斤的錢？」

「當然不是！」

他就是這般想的，十斤變二十，再三十，成百上千，可是他忽略了市場的規則。他的小心思根本不可能做大、做強，而他也永遠是個不起眼的可憐蟲。

蘇木收回視線，隨意扒拉著桌上的課業。「你不愛唸書？」

蘇青痛苦的神色一下轉為驚訝，卻也有些羞愧。他好歹唸了七、八年書，卻被人明白指出，可不就是說他學問差嗎？

蘇木不再說話，似等著回答，他便不情不願地嘟囔道：「不愛……」

「既然不愛，那明兒就不必去了。」蘇木說著站起身，就要離開。

不必去了？什麼意思，要趕他走嗎？要趕他回村？回去做什麼呢，種地嗎？那不是他想要的，可在黑市賺錢也不是辦法。蘇青頭一回覺得自己一無是處，忙追上去。「妳要趕我走？」

蘇木停下腳步，回過頭來看他。「我為何要趕你走？」

「那妳方才讓我不必去……」蘇青摸不著頭緒。

「你不愛唸書，浪費那個時間幹麼，做你想做的事去。」

蘇青幾乎沒有思考，脫口而出。「我想跟妳學經商！」他說完，忐忑地看著這個身量跟自個兒差不多高的堂姊，他從未叫過她姊姊。

蘇木終於笑了。她不介意幫他找到人生規劃，卻不屑與膽小懦弱的人為伍。既能道出心中所想，那還有救。「成，明兒就住莊園去。」

「真的？」蘇青彷彿覺得在夢裡。他真能跟著經商、賺錢了？只是……爹娘一心盼著他唸書，考上榜，為老蘇家爭光，若知道自己放棄學業跑去經商，該是會打斷他的腿吧！「可是，我爹娘那兒，還有爺，怕是不會同意……」

蘇葉拍了拍他的胳膊。「你只管做想做的事，旁的我來搞定。」

有她的肯定，彷彿真能成事，蘇青鄭重地點頭。

是夜，蘇木被叫到蘇世澤夫婦的屋子。屋裡放著冰鎮西瓜，這西瓜是看守莊園的老農種的，肥料施得足，日照充裕，長得又大又甜。蘇木此刻吃得正歡，沒有什麼比炎夏之夜吃一塊冰鎮西瓜更爽快的了。相較她的愜意，夫婦倆卻顯得憂心忡忡。

蘇世澤開了口。「丫頭，妳讓青哥兒別唸書了，跟著做生意？」

蘇木點頭，半是認真、半是戲謔道：「他不愛唸書，那一桌子的課業，我若是夫子，都能氣出病來。」

吳氏見女兒滑稽的語氣，抿嘴一笑。「青哥兒好歹唸了七、八年書，被妳說得這樣不堪。」

蘇世澤卻沒心思玩笑。「他唸不唸書是他自個兒的事，妳說出那樣的話，是要被妳二叔、二嬸記恨的。就是妳爺，也少不得埋怨，好不容易對咱態度改觀，可莫因著這事，再鬧掰了。」

說起張氏，吳氏有些不自然。雖說上回經了那些事她已有改變，是不敢鬧事的。可蘇大爺一心想要家門裡出個出仕的光耀門楣，如今就青哥兒有盼頭，這一下就讓木丫頭擋了，可不得發脾氣。

蘇木不以為然。「青哥兒上黑市賣茶葉的事，虎子跟你們講了吧？幸虧發現得早，再晚幾日人就進去了。雖說唐相予有些關係，可到底有了紀錄，他在仕途上能走穩了？」

說起這個，夫妻倆就後怕。這孩子，平日沒短他吃穿，怎就跑去黑市做買賣？真是人小不曉得人心險惡。

「這事，我看還得告訴老二，到底不是咱的孩子，萬一出了什麼事，人家只會道我們沒看好。」蘇世澤擔憂道。

蘇木表示贊同。他這個年紀若不好生引導，指不定惹出什麼事來。可蘇老二那蠻不講理的牛脾氣……「二叔能怎麼管，定是一頓棍棒。我瞧青哥兒真就喜歡經商，且有些頭腦，咱先讓他試試，若成了，再好生同二叔說。」

吳氏想了想，是這麼個理。二房的作派像極了蘇大爺，只怕聽到輟學二字，響棍就掏出來，哪還聽後面的話。

「木丫頭考慮周全，咱先看看吧！」到底是親伯父，蘇世澤雖顧及二房，卻還是得多為這個親姪考慮，也認同了蘇木的做法。

次日大早，蘇青換下儒生服，著一身幹練的短褐，等在蘇世澤門前。六月至九月是蘇家最忙碌的時期，不管是福保村的茶山還是郡城郊外的莊園，從早至晚都有人影。天氣炎熱，大家黑了，也瘦了。

蘇青在莊園幹了近三月的活，像是脫了一層胎骨，萎靡的文弱書生蛻變成幹練的少年郎，就是身子仍單薄，面上還是十一歲少年的稚氣。且他年歲小，力氣活幹不了，但腦子活，比起蘇世澤和吳大爺更能接受新事物，將採茶、製茶的技術學得十分扎實，經兩回製茶，各道工序已瞭若指掌。

蘇木覺得等他性子再沈一沈，這些活計能完全交給他了。其實她有著擔憂，往後家大業大，總是要培養些得力的人，可身邊並沒有。青哥兒是老蘇家的人，和自己一脈血緣，若學到些本事，該是能放心的。是以，對他並無保留地教授。

蘇青抱著兩個罐子自窯作坊出來，有些失神，似在思考什麼。他腳步很快，有一股雷厲風行的意味。

「青哥兒？」有人在背後喚他，想是思考得入神，並未聽見，腳步未停，直愣愣地朝前走去。

那二人也愣了神，思慮片刻，還是追了上來，一把拍住他的肩。

蘇青這才回神，轉過頭來，面上立即掛上驚愣。「爹……娘……」

拍住他肩的正是蘇世福，瞪著他道：「老子喊你半天，跑啥？」

小跑著跟上的張氏也上前，拉住他的衣袖，上下打量。「這個時辰，你不在書院待著，抱兩個罐子在街上跑啥？」

兒子瘦了，黑了，跟變個人似的，這哪還是三月前那個白淨文氣的書生，比莊稼漢子好不得多少。難道大房因著自個兒那些荒唐事，遷怒青哥兒，不讓他好過了？想到這兒，鼻子一酸。可是她沒有法子，把柄在人手裡，她哭鬧不得啊！

經媳婦兒一說，蘇世福才發現兒子不同，當即來了火氣。「怎啦？是不是你大伯他們欺壓你，讓你幹這些活計？」說著要搶他手上的罐子。

蘇青忙躲閃。本以為可以瞞到過年，卻沒想到這麼快被發現，他當即慌了神。「不、不是！」

「什麼不是！」相較張氏的平靜，蘇世福有些急躁，牽著兒子就朝蘇宅方向走。「走，爹給你討公道去！」

有丈夫撐腰，張氏有了底氣，帶著父子倆就往蘇宅去。

茶葉已全部交付，還是拉入官府茶場。杜郡守早早送信來，茶場派有親信接管，茶葉仍走官府程序，貼上「官」字的標籤，無人敢劫，避嫌又避險。茶葉清點完畢，便直接去帳房領銀票，而後去錢莊存起來。餘下活計由長工收尾，莊園也雇了人看守。一趟忙好，便是真的空閒下來了。

幾乎天天宿在莊園的父女倆和吳大爺搬了回來，突然空閒，一家子倒是不大適應。好在侯、田兩家在郡城將鋪子確定下來了，離蘇記不遠，開一間由三個鋪面併成的特產鋪，名字就叫郡南德居。鋪子名字取得風雅，是田良取的，他以特產和品質構思，主要還是得益於整間鋪子不同於別人的風格。

鋪子的選址和設計，蘇木出了大半力。鋪子高級是體現貨物品質佳的方法之一，是以雖是賣乾貨的特產鋪子，卻裝修得古樸風雅。陳列貨品的貨架精緻，彷彿陳列的不是皮蛋、鹽鴨蛋這類副食，而是高檔的珍藏品。貨品的包裝禮盒則由蘇木親自設計，純色的外盒配上簡單的小文小畫，再加上一個大大的標誌：「郡南德居」。能將小小的鴨蛋賣出燕窩的感覺，也只有蘇木了。對她的這些奇思妙想，幾家人除了佩服，便是聽任。

開業在即，蘇世福夫婦倆也為著祝賀而來。茶山的茶葉都出了，他們閒下來，蘇大爺特許進城來瞧瞧，卻沒想到剛進城就瞧見模樣大變的兒子。二人怒氣沖沖地往蘇宅去，雙瑞是識得張氏的，蘇世福眉宇間同蘇世澤有幾分相似，且三人親近的關係，他立即猜到是二房當家。雙瑞有意忽略蘇世福面上的怒氣，將人引進門。張氏自然不敢聲張，由丈夫打頭陣。

下午，一家子午歇後起身，仍各自待在屋裡。綠翹小跑著進屋，立於門外，朝屋裡道：「老爺、夫人，二老爺來了。」

第六十八章 罐子

綠翹這一喊，蘇木和吳大爺也都聽見了。蘇世福來了？該是為著侯、田兩家開鋪子來的，那青哥兒的事……瞞不住了。一家齊聚堂內，便聽見蘇世福的嚷嚷自門口響起，大抵說的是宅院如何華麗，賺了大錢就不認親等等酸話。

吳氏兩手絞在一起，擔憂地看向丈夫，後者也是無奈。人聲越近，蘇世澤抬腳出門迎接，剛跨過門檻，便瞧見二弟領著青哥兒怒沖沖地走來，張氏亦步亦趨跟著。

蘇世福冷哼，昂著臉。「你現在是大老闆了，眼裡還有我這個二弟？」

「哪裡話？」他忙陪笑。「外頭熱，屋裡頭說。」

蘇世福沒說什麼，仍是一副不甘休的模樣，大步朝前進了屋裡。

「二叔、二嬸。」蘇木站在屋內，乖巧地喊人。

只是她這般作態卻嚇壞了張氏，當即往後縮了兩步，哪還有平日囂張的氣焰。蘇世福也稍微收斂，卻還是有幾分底氣，到底理在自個兒這方。他冷冷「嗯」了聲，便不再理會。

蘇青則覺得歉意又擔憂。他懷裡抱著兩只罐子，又被老爹扯著走一路，有些狼狽。「二姊，我爹……」

二姊?!蘇世福和張氏皆張大嘴，瞪圓了眼，看向兒子。自家一貫傲氣的兒子何時喊過那丫頭二姊？亂了、亂了！青哥兒定是被欺壓得厲害，這都成啥樣了！蘇世福將兒子手一甩，三兩步衝到蘇世澤面前，氣急敗壞道：「大哥，咱以往是有過節，我對不起你，可有事你衝我來，為難青哥兒做甚？」

蘇世澤忙解釋。「老二，你想錯了，我何時為難青哥兒了？」

蘇世福指著兒子。「還說沒有，你瞧他這副模樣，哪像個讀書人？他的手就該拿書本，抱兩個罐子是怎麼回事？不是你們逼著幹活，還做啥解釋？」他越說越來氣，一氣便滿臉通紅。

張氏卻懂，大房這樣富有，卻讓二房兩口子去住草棚，鬼知道最冷的寒冬是怎麼熬過來。心有埋怨，卻訴不得，因為一切都是自食惡果。可青哥兒沒有錯，他是最後的希望，如今這點希望都被大房掐斷，往後該怎麼辦？

蘇世澤百口莫辯，吳氏也不曉得如何解釋？

「是我讓青哥兒不去書院的。」一蘇木清冷的聲音響起。

蘇世福不可置信地望過去，一雙眼氣得通紅。「妳……妳……」

蘇木陪笑。「二叔別顧著生氣，聽聽青哥兒怎麼說。」

還能怎麼說，不就是被一家欺凌，他一個小娃子能怎麼反抗！蘇世福憤憤不平。

然而蘇青卻說出一番讓二人震驚不已的話。「爹、娘，是我不讀書的，跟大伯和二姊無關，我喜歡做生意……」

蘇世福轉身，不可置信。「你說啥？不讀書？是不是有人逼你這麼說的？不怕，爹給你作主，就算鬧到皇帝老兒面前，我也要討個公道。」

「不是的！爹！」蘇青忙解釋。「沒人逼我，我自個兒不想念的，我不是讀書的料，我要做生意，賺大錢——」

啪！話還沒說完，蘇世福反手一個耳光，將人搧倒在地。蘇青手肘杵到地上生疼，臉也火辣辣的，一雙手卻牢牢護住罐子，愣是沒吭一聲。

蘇世福仍不甘休，還要上前拳打腳踢。蘇世澤忙攔住。「你做啥打孩子！」

「我教訓自家孩子，用不著你管。」他雙手被禁錮住，兩腿不住往蘇青身上蹬。「老子供你唸了七、八年書，你說不唸就不唸了，你眼裡還有沒有我這個爹！反了天了！」

張氏不敢上前，卻是痛心不已。「兒，你糊塗啊！」

蘇青委屈極了，噘著嘴，眼眶中的淚水打轉，到底還是個沒經事的半大孩子。

「二叔，」蘇木喊住蘇世福，遞了三張銀票給他。「這是青哥兒這三個月的工錢。」

嶄新的銀票在前，每張都是一百的面額，蘇世福覺得眼睛有些花。三百兩……兒子的工錢？他就是在地裡刨一輩子的土也攢不到這些錢，他不信，可那銀票似乎帶著魔力，讓他不由自主伸手。「青哥兒的？」銀票入手，仍覺作夢。

張氏也圍過來，扒著丈夫的手看，真就是三百兩！

「青哥兒很聰明，如何採茶、製茶，已學到九分。再經幾回，能獨自上手了。」蘇木不吝誇獎。

「妳讓青哥兒跟著學製茶？」張氏不可置信。她雖不懂，卻知道製茶是一門手藝，大房不就是仗著這份手藝，得了今日財富。木丫頭竟讓兒子跟著學，還學到九分……

蘇木點頭。「我只有一姊出嫁，兩個弟弟還年幼，家業越大，自然要人分擔。二叔和我爹是親兄弟，青哥兒是我的親堂弟，手藝自然不能流到外人手裡，教他自然而然。」

她一臉正色，二房兩口子卻疑惑了。這丫頭不是記恨入骨，怎麼變個人似的，倒是主動說是一家人，莫不是中邪了？

蘇青掙扎著起身，卻是滿臉驚喜。他一直不懂蘇木為何要幫自己，大房一家沒少被自家擠對，他的親姊搶了她的未婚夫婿，娘迫害吳氏清白，他其實都看在眼裡。原來，蘇木一直把他當弟弟、當一家人……偌大的家業，要讓他分擔。於他來說，沒有什麼比這更大的鼓勵，而那三百兩銀子，該是寬爹娘的心吧？他這三月只是在學東西，並沒有什麼付出。

「真的？」蘇世福轉頭看向老哥，後者鬆開手，點點頭。

他仍不信，自家手不能提、肩不能扛的小兒，怎麼就有本事賺了那麼多錢？莫不是拿錢堵嘴？「這錢當真是你賺的？」蘇世福問向兒子。

蘇青沒有吭聲，他受之有愧。

蘇木接過話。「青哥兒，你且說說你抱兩只罐子，做何用？」

蘇青抬頭看向她，從眼中得到鼓勵，於是穩了穩心神，將罐子呈至眾人面前。「這是我偶然瞧見的紫砂罐，一個是大眾形態，一個是立錐形。二姊讓我鑽研罐子，找出一款優於現用的。老實說，那款陶罐不管是形態還是質地都極佳，以差不多價位再尋不出更好的。」一番話使得場面安靜下來，眾人聽得仔細，不知不覺落坐，紅拂、綠翹周到地上茶。

蘇青頓了頓，繼續道：「我便從材質區別，經數十種比較，發現紫砂壺無味無毒、溫度恆定，保鮮功能非常好，高檔的人參、燕窩都以紫砂壺儲存。這款立錐形的紫砂罐效果更佳，據說一枝人參能保存三十年以上。」

蘇木露出滿意的笑容。果然書沒白讀，他沒見過人參、燕窩等貴重補品，卻知道包裝的罐子，從而順藤摸瓜尋到這種罐子，著實難得。在座人似懂非懂，皆一致將目光投向蘇木，見後者一臉笑意，才明白過來，說得不錯啊！

蘇世福兩口子哪裡見過兒子侃侃而談的模樣，心裡那份堅持被撼動了。蘇世福捏著手上的銀票，其實……經商也不錯。「青哥兒，」他喊住兒子。「往後跟你二姊好好學，可知道？否則老子打斷你的腿！」

蘇青先是一愣，隨即大喜，樂得蹦起來。就在滿屋子的人其樂融融時，蘇木作了一個讓他們既震驚又抗拒的決定。

「我打算月底上京都，不是遊玩，是開鋪子，把生意做到京都去。」

午後，綠蔭如蓋的小徑通向竹林深處。放眼望去，整個園子全鋪著竹，一層又一層，不但分不出竹枝、竹子和竹葉，連小橋流水都看不到，彷彿全被竹的海洋淹沒了。那深處修著一座涼亭，亭子四角翹起，四面以白紗遮蓋，風吹紗動，伴隨竹林的颯颯聲，猶如仙境。

亭中並沒有人，往旁看去，見不遠處建著一張休閒的躺椅，一旁是一架鞦韆。此時鞦韆上坐著青衣少女，正輕輕晃動，宛若竹中精靈，白瓷般的小臉上，一雙若星的眸子怔怔然。

躺椅上倚了個白衣少年，挺拔的身姿帶著慵懶，以書覆面，似熟睡一般。忽地他輕輕將書移開，露出一張俊秀的面龐，輕聲道：「怎麼？大叔、嬸子還是不同意妳去京都？」

少女回過神來，輕輕吁了口氣。「是啊，杜郡守被誣陷一事對我爹影響頗深，他覺得京都是龍潭虎穴，不是我能應付的。唐相予，你說我真能行嗎？」

京都，一個繁榮卻充滿權力鬥爭的地方，她有現代思想，可真的能在這個權錢當道的社會往前行嗎？蘇木頭一回對未知產生了怯意。她不是一個人，有一大家子要守護，可她羽翼未豐……唐相予翻身而起，走過來拉住繩子，小人兒便停下來，仰著小腦袋，定定望著他。

「當然能行。」他眼中滿是堅定，是毋庸置疑的信任。「再說，不是還有我嗎？」

蘇木的心突然跳得快起來，有些不好意思，轉過頭。「可是……我爹……我爹不同意……」

唐相予忽而一笑，轉到她身後，重重一推。「我去說。」話畢，大步離去。

蘇木坐在鞦韆上來回搖盪，心也跟著搖盪起來。鞦韆下滑的一剎那，心改變了跳動的速度，無法用言語形容。微風拂過青絲，隨風飄起，雖然凌亂了，但，她很喜歡。

唐相予也不知說了什麼，蘇世澤竟然就同意了。只是眼下莊園的茶樹要重栽，一百餘畝的地需侍弄，且六月還小，二十餘日的舟車勞頓，小娃子怕是吃不消，加上虎子還在書院，重重的事讓他走不開。至於蘇青，立錐形紫砂罐確立啟用，他要跟進後續工作，以待來年，自然不能同行。

最後決定蘇木先去，將一切安頓好了，再接幾人上京。蘇世澤預備將莊園的事忙活完，就同女兒會合；放她一人在外，到底不放心。是以十月初一，蘇木帶著雙瑞、綠翹，同唐相予主僕一同趕赴京都。

平坦寬闊的大道上，一白一黑兩匹駿馬並駕齊驅，馬背上的二人，於昏黃的日光照耀下，宛若一對璧人。雲青駕著馬車，望著先行在前頭的兩人，不由得露出笑意。他轉頭，朝馬車裡道：「綠翹，妳還好嗎？」

「我有什麼不好的！」綠翹一把掀開車簾。馬車疾馳帶起的風，吹開了她的劉海，白淨小臉上滿是擔憂。「我家二小姐才不知好不好，放著馬車不坐，怎跑去騎馬，摔著怎麼辦？」

雲青笑意更甚。「妳瞎擔心什麼，有我家少爺顧著，保准一根頭髮都不會少！」

綠翹想想也是，擔憂去了幾分，隨即朝雲青冷哼道：「你自個兒不騎馬，跑來我的馬車做甚？」

雲青笑容僵在臉上，耳根微微發紅。「我……我累了！」

「真沒用！」綠翹撇撇嘴，嘟囔了一句，鑽進車裡去了。

「我……」雲青撇撇嘴。這不是想跟妳待一會兒嘛……

快馬加鞭行了近二十日，終於到達京都，京都的天氣已有些轉涼。幾人徑直行至京北路，在紅牆綠瓦的高屋建瓴掩映下，一條鋪以白石的花徑蜿蜒通向一座小院。小院以白石砌造，從高高的院牆可見，二層樓閣上垂下翠綠攀藤，底層曲廊圍欄伴著海棠碧桃，冰花格子窗的窗櫺上漆著淺淺的藍，糊窗的棉紙如雪花般白，遠遠望去，有如仙境般優雅。

「那便是妳的院子。」唐相予淺淺道，下意識留意身旁人兒的反應。

進了城門，馬兒便不可疾馳，閒散的馬步帶著蘇木一路遊覽了京都的繁榮。比起上回在轎子裡，更加敞亮地觀賞。不得不說，與那些富麗堂皇的建築相較，她更中意唐相予幫她尋的這座小院。她粲然一笑。「進去坐坐？」

知她喜歡，他心下滿足，雖心猿意馬，卻不得不搖頭。「下回。我一入城，不進家門，府裡的人估計就要尋過來了，可不能擾了這片清靜。」

蘇木低頭莞爾。也好，一番收拾才能待客。

「那我先走了，唐府離這兒不遠，一打聽便知，有事喚雙瑞上門尋我。」唐相予一番交代，又道：「魏二少奶奶該知道妳這幾日到京都了，我派人去說一聲，你們只管先安頓。」

魏二少奶奶便是杜雪瑤，早先就給她遞過信。他安排得這樣仔細周到，她還能說什麼呢？

主僕二人一走，蘇木三人便將行李搬進院裡。踏進門內，映入眼簾的是一座簡樸卻精緻的二層小樓，門前的青石板砌成了小臺階。小樓右側，一條幽深小道在竹林間穿梭，好像到後院的樣子。再往前瞧，小池塘上跨著一座竹橋，看似漂浮卻十分穩健，水裡的魚兒你追我趕，好不快活。蘇木被這景致吸引，閒庭漫步。

綠翹抱著包袱往樓上去，環望四周，那用上好檀木雕成的桌椅上細緻地刻著不同花紋，處處流轉著屬於女兒家的細膩溫婉。雙瑞隨後跟上，忍不住嘆道：「綠翹，這小樓真好看！」

小樓不大，只二層，卻格局緊湊。往後蘇世澤幾人來了，也是住得下的。

「唐少爺選的，能不好嗎？」她忽而湊近，一雙眸子左右轉動，才道：「你說，他是不是對咱二小姐有意？」

雙瑞撓撓腦袋，卻是懵懂不知。

第六十九章 珠叙

「小姐，我們回來了！」園內是綠翹氣喘吁吁的聲音，她手上拎滿了東西，正往屋裡搬。而後的雙瑞更甚，肩上扛著、背上揹著，手上還拎了一包。

蘇木從灶屋鑽出來，青絲束在腦後，一襲青衣，圍著圍裙，袖子捋到肘部，舉著雙手，手上還黏有奶白色的膏體。「放屋裡去，放好過來歇會兒，我做了甜湯，你倆幫我嚐嚐。」

「誒！」二人齊聲道，一鼓作氣，負重進屋。

蘇木笑了笑，也鑽進灶屋。昨兒捯飭一天，將小院收拾得乾淨整潔，屋內一應俱全，並不必置辦什麼，只需買些吃食。唐相予既已告知杜雪瑤，以她的性子，今兒怕是要上門。一年多未見，蘇木也覺得想念，這不，一大早便讓綠翹和雙瑞去市集採買。她看著堆滿架子的菜，突然有些頭疼。「我覺得……應該請個廚娘。」

綠翹捣嘴偷笑。「咱就三口人，奴婢還是應付得來。等往後老爺、夫人進京，房嬤嬤和紅拂不也來了，哪裡用得著廚娘？」

「那這幾日就辛苦妳嘍！」蘇木衝她擠了擠眼，於盛了清水的盆中將手洗淨，揭開鍋蓋，裡頭紫黃相間的小顆粒正不住翻滾。

「小姐，這是什麼？」綠翹被吸引過來。

「吃了就知道了。」她說著指向桌上的大瓷缽。「拿碗去盛。」

綠翹樂呵呵地應道，忙活完畢的雙瑞也圍過來，二人各盛一碗，來到蘇木身旁。蘇木正將鍋裡煮好的顆粒瀝乾，置於冰水冷卻，片刻，於二人碗中各舀一勺。二人巴巴望著碗裡，乳白色的湯水混合著黃紫小丸，還有煮得透明的西米，煞是好看。拿過勺子迫不及待吃起來，兩三口下肚，便停不下來，又香又甜，那小丸混著西米入口，真是美味又有趣。

「真好吃！」二人不住稱讚。

「木兒、木丫頭！」門外傳來呼喊，是杜雪瑤的聲音。

蘇木一喜，忙出去，將院門打開。杜雪瑤一襲緋色緞裙，綰著髮髻，插著珠釵，通身貴氣。她面色紅潤，嘴角含笑，看來日子過得不錯，夫君待她該是好的。一旁跟了個茜色裙衫的少女，生得標緻。此人蘇木認得，是魏府的四小姐魏紀瑩，記憶中，是個單純善良的女孩。二人一同前來，想來平時處得極好。

「想死我了！」杜雪瑤一把將蘇木摟在懷裡，鼻子有些酸。「妳終於來了！」

一年多不見，這丫頭發生了好多事，她都聽說了，先是退了親，家裡那幾個長輩又生事，還深陷牢獄，險些喪命。好在一切都好起來，見她褪去了稚嫩，處事越發老練，身邊還跟了個丫鬟。變化很大，可二人相識的情誼卻沒變，不必多問，便已了解。

蘇木輕輕撫著她的背，笑道：「我做了甜湯，要不要嚐嚐？」

「要！」杜雪瑤眼睛都亮了，忙放開她。這丫頭不輕易下廚，一進後廚，搗鼓出來的東西必然稀罕。
「我也想嚐……」魏紀瑩上前輕輕拉住蘇木的衣袖。「蘇木妹妹……」
這軟萌的模樣很是可人，蘇木哪裡能招架？自然應允，便將人引進屋。別致的小院、精緻的樓閣，引得兩個姑娘好奇不已，這處瞧瞧，那地望望。落坐後，綠翹立刻給二人各盛一碗。賣相已讓兩個姑娘歡喜不已，香甜軟糯的口感更是一口就愛上。
「能將紅薯做成這樣美味的甜湯，也只有妳了！」杜雪瑤讚道。
她將一整碗吃得乾乾淨淨，放下勺子，身旁伺候的丫鬟立即端來茶水給她漱口。杜雪瑤有些不好意思，拿著絹子的手揮了揮，示意不必。她湊到蘇木耳邊輕聲道：「魏家規矩多。」
蘇木噗哧一笑，看向魏紀瑩，果然是一整套規矩。用完甜湯，蘇木帶二人上樓。樓上除了正屋，還有一條寬敞的廊道，擺著羅漢榻，栽著奇花異草，是閒聊的好去處。
三人圍坐一起，說說笑笑，杜雪瑤道：「木兒，妳信裡三言兩語說得簡單，我竟不知該不該高興，妳此番來是遊玩還是常住？」
「妳爹的事可聽說了？」蘇木反問道。
杜雪瑤臉色沈下來，點點頭，悲戚道：「我爹表面風光，卻暗裡受排擠，還連累了妳。虧得唐少爺在，否則，我就是死也不能原諒自己。」
蘇木拉過她的手。「這不是沒事？莫自責。買賣是我自己做的，樹大招風，被小人暗算，在所難免。與其暗裡被害，倒不如攤到明面上來，我若人盡皆知，又豈能輕易被害了去？」

「這麼說……」杜雪瑤揚起臉。

蘇木點頭。「我要在京都開鋪子，賺大錢。」

杜雪瑤滿是自豪。她就知道，她認識的蘇木豈是甘於現狀的平庸之輩。

「那妳打算開什麼鋪子？」魏紀瑩適時接話，滿臉期待。她還一心念著哥哥口中勝過瓊漿玉液的奶茶，繼續道：「可是冷飲鋪？還做奶茶？」

「不，不開冷飲鋪，是甜品店。」她狡黠一笑。

天氣轉涼，冷飲不暢銷，熱飲倒是可以，但品種過於單一，久而膩。甜品店便能避免這弊端，她可以將現代的各種甜品照搬過來；奶茶自然要有，方才做的芋圓西米露算一種，還有各式小蛋糕、水果酥，更有一個殺手鐧，那便是霜淇淋。這些小甜點不難做，但製霜淇淋的裝置卻要費一番腦筋，好在她已還原大半，餘下的找個巧匠再研製一番，該不成問題。

杜雪瑤和魏紀瑩對望，皆一頭霧水。東西沒做出來，蘇木也解釋不了太多，大致道是甜點類，比方才的芋圓西米露還要好吃。一直待到太陽落山，魏府的人來催，杜雪瑤和魏紀瑩仍不捨，便約了蘇木三日後去魏府，三人再好好談天。

綠翹扠著腰，站在屋門口，氣喘吁吁。自清晨起，她便開始打掃，樓上到樓下，再是整個院子。可是地方不大，不出一個時辰就齊活，於是又轉向後院，將雜草除得乾乾淨淨，甚至乘著竹筏將小荷塘裡的落葉都撈得乾乾淨淨。

為何讓自己這般忙碌？因為她實在太無聊了！雙瑞一大早便被小姐派出去幹活，小姐在樓上一待就是整日，她連個說話的人都沒有。要是紅拂和房嬤嬤在就好，夫人和小少爺在也行，可是……她嘆了口氣。不行，得找小姐說說話去，不然能憋出病來。

她跑上樓，巴巴望著臨窗而坐，埋頭寫寫畫畫的人，可憐地道：「小姐……您都待一整日了，除了晌午問奴婢吃啥，就沒多說一個字……」

蘇木放下筆，扭扭脖子，伸了個懶腰，才發現日落了。綠翹忙上前，機靈地給她捏肩。

瘦脹的肩頭得到舒緩，蘇木舒服地閉上眼，輕聲道：「明兒帶妳去市集逛逛，允妳一樣首飾。」

「真的？」綠翹歡喜得蹦蹦跳跳。「小姐您真是太好了！」

蘇木無奈地搖頭，整理案桌上的稿紙。這是她設計的店鋪，早先就畫好了，略加修改。自從瞧了京都的鋪面，發現格局大都比郡城大得多，且都是幾層式，就像福滿樓那般。果然貧窮限制了想像，一層式的鋪子太降低等級，那麼要做就做大的吧！

她問道：「雙瑞回來了嗎？」

綠翹探著身子往窗外看了看，搖搖頭。「還沒呢。」話音剛落，雙瑞便推門而入。

「回來了、回來了！說曹操，曹操就到！」綠翹咧嘴笑，朝著窗外喊：「曹操，趕緊的，姑娘問你話哩！」

曹操？是誰？雙瑞朝身後看了看，一臉莫名其妙，掩上門，便往樓上去。

綠翹笑得更歡了。其實曹操是誰，她也不知道，只聽小姐這般說過，便學了去。

「小姐，我回來了。」雙瑞上樓，風塵僕僕。

蘇木嗯了一聲，綠翹貼心地倒了茶水，二人直勾勾地望著，等他開口。雙瑞一口飲盡，袖子胡亂抹了抹嘴，便娓娓道來。「小的跑了大半個京都，發現茶樓二十六座。其中十八處是官府制，餘下八處皆是京都富商的產業，且大有來頭。」

蘇木若有所思。「這麼說，想要開一間茶樓，還要至官府辦文書？」京都果然對茶葉的管制更嚴格。

「是，」雙瑞點頭。「不過，咱有杜大人，還有唐少爺，拿到文書該不成問題。」

「不錯，等咱鋪子確定下來，再去一趟杜府吧！」後日是杜雪瑤的邀約之期，如今要上魏府，又是規矩禮重，怕是要帶禮，才不會失了顏面。且她衣裳太過素淨，該打扮得隆重些，也是對主人家的尊重。

次日大早，主僕三人用過早飯便整裝出門。走在熱鬧的街市，過往之人皆衣飾華麗，連跟隨的僕人都穿了緞子。那些鋪面小的都是三個鋪面、二層樓，他們逛的還不是中心地段。

綠翹雖然生在郡城，自小也算見過世面，可看到京都的街市也新奇了一路。逛了半天，什麼也沒買，她便有些著急了。「小姐，不是明兒上魏府帶禮，您怎麼什麼也沒買？那些香膏、玉器、瓷瓶、寶器、綾羅、綢緞，隨便選幾樣就可。」

蘇木搖頭。「魏府不是一般人家，那些世面上能買到的玩意兒，一般人瞧著可以，人家庫房裡不知堆了多少。」

綠翹撓撓腦袋，她不懂。「上門送禮是個敬意，咱又不求人辦事，講究那麼多幹啥？」

蘇木只是笑了笑，不欲解釋。多少人想踏魏府的門而不得入，如今她有機會，又怎可白白浪費？在京都這樣的繁榮昌盛之地，卻又處處是陷阱，多一個有權勢的朋友，行事要方便許多，她自然想留下好印象。「行了，咱走了一路，上茶樓坐坐。」

經昨日雙瑞那樣一說，知道茶樓是有錢人的去處，如今小姐要帶他們二人見世面，簡直樂得不行。三人進門，跑堂的夥計立即上前迎接，先是一番打量，見為首的蘇木衣飾簡單，眼神多少有些輕視，可到底還算禮待，將人引至座位後，報了菜單。蘇木要了一壺茶，幾樣點心，點得不算少，且都不是便宜貨，小二臉色才好起來。

人一走，綠翹氣呼呼道：「小姐，沒瞧見他方才頭都能仰上天了，擺明了瞧不起咱！」

蘇木放低了聲音，靠近她，自嘲道：「咱確實有些寒酸。」

片刻，東西到齊，蘇木先品了茶，比一般茶水確實好些，且她點的還是最貴的。可同自家的茶水比起來，差得多。那幾樣點心倒是精緻，只是吃了兩塊，便吃不下了。

「你二人坐著吃些吧！要了這麼多，我一個人也吃不下。」蘇木朝站在身旁的二人招手。

這幾日幾乎和小姐同桌吃飯，若被房嬤嬤知道，定要數落一番。可小姐那樣和善，他們忍不住親近。今兒在大庭廣眾之下，是不應該的，可桌上那些東西那樣貴，不吃完，是真的浪費。若打包帶走，那小二的臉豈不是要比茅房還要臭？綠翹不安地看向雙瑞，後者也是一臉糾結，二人內心正苦苦掙扎。蘇木簡直無奈，只得起身將二人拽到位子上，親自沏茶。

綠翹再不敢不答應，忙接過茶壺。「我們自己來就好，哪有讓小姐給我們沏茶的道理。」

蘇木睨了她一眼，玩笑道：「早這樣多好。」

綠翹吐了吐舌頭，感動得一塌糊塗。雙瑞也一般心境，和蘇木又親近了幾分。二人吃得歡，蘇木則細細打量茶樓的構造、擺設。沒什麼可挑剔的，是一般的茶樓構造，就是大些、講究些，點心精緻許多。再就是有上好的茶水，茶葉在京都同樣金貴，是以喝的不僅是茶，更是面子。

三人從茶樓出來，綠翹直搖頭。天哪！她剛剛吃掉了十幾兩銀子，就那麼兩杯茶、幾塊糕點，簡直就是搶錢啊！雙瑞也是嘖嘖讚嘆。二小姐是不是……太敗家了，知道她會賺錢，可也禁不起這麼花呀！就在他倆決定勸小姐打道回府時，蘇木帶二人進了一家首飾鋪子。

這間首飾鋪名曰翠玉軒，以整整五個鋪面打通，光貨架都十餘個，架上的首飾分門別類，耳環、戒指、髮簪、項鍊……各式各樣，許多蘇木都叫不出名字。那些樣式教人眼花撩亂，樣樣都精緻好看。

蘇木決定選出兩樣贈予杜雪瑤和魏紀瑩，作為回禮。昨兒二人上門皆送禮，有緞面、有首飾，她自然不能空著手去。至於大的贈禮，她已有打算。「綠翹，我許了妳一樣首飾，妳也挑件吧！雙瑞也選一樣，若沒瞧上的，便折現，綠翹的值多少錢，我便許你多少銀子。」

綠翹癟著嘴，一雙亮晶晶的眸子在鋪子轉了一圈。這間鋪子瞧著不便宜，她哪好意思要。昨兒的話也只當玩笑，並未真的放心上。「不要了，小姐給魏二少奶奶和魏小姐買就好。」

雙瑞也擺手，表示不要。

蘇木佯裝惱怒。「怎麼我說過的話就不聽了？」

「不是……」綠翹忙擺手。「我……」

「那就快去選！」蘇木綻露笑顏，將人推向櫃檯。

蘇木逛了一圈，給杜雪瑤選了一支金步搖，魏紀瑩是一條紅瑪瑙項鍊。兩件首飾做工精細，珠光閃閃，很是好看。她將東西給掌櫃包起來後，去綠翹身旁，見她一動不動地站在櫃前。「選好了嗎？」

想是太過專心，綠翹嚇了一跳，慌忙道：「沒……沒選好，這裡的首飾太貴重，我一個小丫鬟戴著可惜了。」

「什麼話！」蘇木白了她一眼。「妳挑不出，那我幫妳。」

綠翹忙拉住她，小臉糾結，湊到耳邊低聲道：「我問過掌櫃價錢了，要近百兩，太貴了。」

蘇木哂笑。「怕什麼，我掏錢，還怕把妳抵這裡不成？」

「可是……」綠翹都快哭了。她哪敢花那麼多錢啊！

「傻丫頭！」蘇木捏了捏她的鼻子。「今兒可是妳生辰。」

啊？她的生辰？十月二十四……還真是！眼淚便不爭氣地落下，小姐怎會記得她的生辰，還送她生辰禮……她從來不過，也沒人曉得……

「傻丫頭。」看到她的眼淚，蘇木的心也軟了，拿出絹子給她擦拭，一邊道：「快選吧！一年可就一次敲詐我的機會。」

綠翹破涕為笑，癟著嘴點頭，又哭又笑。其實她看上了一支白玉珠釵，珠釵上是一朵白梅，以細小的珍珠製成，她一眼便瞧上了，偷偷問掌櫃價錢，竟要九十兩，也太貴了！

綠翹瞧了半天，還是沒開口。可她的視線在同一處停留了三次，蘇木便明白了，是那白玉珠釵。「掌櫃，將那珠釵一併包起來。」

她話音剛落，便被一個身量高眺的粉衣姑娘重重一擠。那姑娘衣裳料子不錯，卻是丫鬟打扮，該是哪家有錢人家的下人。她撞了人，卻跟沒事人般，笑得一臉燦爛，對掌櫃道：「劉掌櫃，將那支白玉珠釵包起來。」

第七十章　提醒

這樣的稱呼，該是常客，但那劉掌櫃沒有馬上應下來，該是考慮到蘇木先前已經挑了兩支價值不菲的首飾，且模樣面生、衣著簡單，卻出手大方，摸不清身分，不敢貿然得罪。這個掌櫃顯然極有心思，也很懂場面。他以和氣卻不失身分的態度，回道：「翠蓮姑娘，這支珠釵是那位姑娘先看上，妳看……」

那個叫翠蓮的丫鬟一愣，顯然沒料到掌櫃竟然委婉地拒絕她，就為了她擠開的那個小丫頭。她哼了聲，昂著頭，側過身來。她身量本就高，這番作態，便顯得極其傲慢。「這支珠釵我家小姐瞧上了，妳選別的吧！」

蘇木眉毛挑了挑。一個丫鬟都用鼻孔瞧人，那身後的主子該是個怎樣高傲自大的人。不等蘇木回答，翠蓮便直接轉向掌櫃。「劉掌櫃，那位姑娘不要了，給我包起來吧！我家小姐還等著呢！」「小姐」二字咬得有些重，似是故意抬身分，給掌櫃施壓。

果然，掌櫃臉色緩和，歉意地笑了笑，而後轉向蘇木。「這位小姐，店裡還有別款，不如重新再選一樣，我給您算折扣，以表歉意。」

那丫鬟雖然撞了她，且態度不善，到底沒有給她太多難堪，是以蘇木並不太生氣，只是今兒許了綠翹生辰禮，且選了這支，她便不打算讓人。她不缺錢，為何要讓？「不了，就要這支。先來後到，掌櫃還是讓這位姑娘重新選一樣，您將折扣給她吧！」

掌櫃當即臉色就變了。他是嚇的，還沒有人敢得罪孟府，這個小丫頭是哪家的？翠蓮更是一臉錯愕，還是頭回有人這樣跟自己說話。她轉過頭，怒道：「妳是不長眼了？敢跟孟府的小姐搶東西，妳知不知道孟大人是誰？」

蘇木欲反駁，綠翹卻拉住她。「小姐，我不要這支了，咱重選一樣吧！」那丫頭一看就不好惹，那什麼孟大人該是很厲害的人物，小姐可不能為了自個兒得罪人啊！

綠翹這話一出，翠蓮更惱火了。合著這丫頭買這支珠釵，是給那小丫鬟？她家小姐看上的東西，竟要跟一個丫鬟搶？蘇木見她臉上紅一陣、白一陣，心裡舒暢不少，笑道：「也行，那妳再重新挑一支，白玉珠釵就讓給那位小姐吧！」

掌櫃抹了抹額上的汗，暗道：小姑奶奶，您倒是讓了，可這比不讓還要氣人！由此可見，那小丫頭買這樣昂貴的珠釵賞下人，身家地位該不比孟府低，可京都的閨閣小姐他少有不知道的，這小丫頭到底什麼來頭……

「哪裡來的賤蹄子，活得不耐煩了！」翠蓮惱羞成怒，揚起巴掌就往蘇木臉上招呼。

蘇木早有準備，在她出手時，腳步便往後退，一股帶著濃郁香脂味的疾風自面上而過，可見她用足了力氣。這樣突然的動作嚇壞了綠翹，忙拉住自家小姐，焦急道：「小姐，沒事吧？」

蘇木搖搖頭，一臉嚴肅，在綠翹看來，哪是沒事。她不是內斂的性子，只是在這樣不符合身分的首飾鋪裡，有些拘謹。可人都欺到自家小姐頭上來了，她還能忍？當即站出來。

「妳又是哪裡來的賤蹄子，這支釵是姑奶奶看上的，妳一邊去！」

綠翹年紀小些，同翠蓮比是矮了一頭，氣勢上並不占優勢，可方才的幾句話，卻喊出了不能讓人隨意欺凌的架勢。這處的異動將鋪子裡採買的小姐、丫鬟都引了過來，於門口等候的雙瑞自然也注意到了，忙撥開人群，至主僕二人面前，將人牢牢護著。

一對三，翠蓮顯然占下風。小姐在外等候，命她取釵，自然沒有小廝跟隨。可她並無半分怯意，因為孟家不是一般人能得罪的，而誰又不知道，她翠蓮是孟府最受寵愛的嫡女、孟三小姐的貼身婢女。

只是面前這三個有眼無珠的窮酸賤民不知是真不曉得孟府，還是故意打懵，竟這般無禮。那小丫鬟的話更是將她氣得吐血，她豈是吃素的，又要揚起巴掌打人。雙瑞到底是男人，自不會讓她得逞，箝住手腕，便往後退，翠蓮氣急敗壞，破口大罵。

蘇木見人越聚越多，且旁人皆是驚愕的神色，想來那孟府真不好惹。她拉住欲上前的綠翹，手上暗暗用力，綠翹便懂了，乖順地退到後頭。

「翠蓮姑娘，論打架，妳打不過我三人，我們對不懂禮數的粗鄙之人，可不會管什麼以多欺少損顏面。再者，妳可以出門搬救兵，倘若妳家小姐知道她要的珠釵是從一個小丫鬟手裡搶到的，會是什麼反應？」清脆嘹亮的聲音在堂上響起，傳入每個看熱鬧之人的耳中，齊看向那單薄的小身子，清冷的氣質教人不容忽視。三言兩語中無形將孟府大丫鬟說得啞口無言，大驚失色。

是啊！堂堂孟府小姐竟為了和一個下人搶珠釵，於大庭廣眾之下大打出手，傳出去該有多丟臉。翠蓮自然也反應過來，方才還豔若桃花的面頰忽地刷白，囂張的氣焰蕩然無存，身子微微發抖，顯然嚇著了。

蘇木淡淡瞟了眼，轉身不再理會，淡定自若地給掌櫃付過銀子，帶著雙瑞和綠翹，緩步離去。見人走了，看熱鬧的人也散去。翠蓮偷瞄門外，再看不見主僕三人的身影，才惴惴地到掌櫃那兒將珠釵取來。好在珠釵還在，仍好交差。

這時，在一群奴僕簇擁之下，一位妙齡少女走進來。她身著淺紫百褶裙，裙襬繡著幾隻蝴蝶。巴掌大的小臉上略施胭脂，眉間點綴著耀眼的蘭花，一雙眸子嫵媚動人，嘴唇不點自紅；一頭青絲用兩支紫色流蘇簪綰起，伴隨著身姿搖曳，發出垂墜的聲響。

她身旁跟了個四十上下的嬤嬤，通身打扮氣派，想來地位不低。只嬤嬤冷著臉，一雙眸子若淬了劇毒，瞪眼道：「翠蓮，小姐命妳取珠釵，妳要耽擱多久？」

翠蓮身子一抖，低下頭，眼神躲閃。「奴婢……奴婢知罪……」懷著一顆忐忑的心，邁著碎步上前，雙手將那白玉珠釵呈遞到少女面前，只因太過緊張，兩手微微發顫。

少女眼中寒光一閃而過，隨即嫣然一笑。「無妨，這支珠釵就賞妳了。」

若在平常，小姐賞自個兒首飾，定然樂得不行，可經方才之事，她便樂不出來，小姐定然發現了，只怕回去少不得一頓皮肉之苦。她是最得寵的大丫鬟，可損了小姐的聲譽，就是十個她也擔待不起啊！想到這兒，臉色更白了。

待一行人出門，那少女的腳步頓了頓，微微側過臉，露出長而鬈翹的睫毛，只聽她道：「是哪家的？」

翠蓮行在她身側，再是糊塗，也曉得自家小姐問的是誰，可是她也不知道啊……「回小姐……奴婢……奴婢不知道，該是才來京都的山野村婦，窮酸粗鄙不說，竟不知道孟府，所以才鬧出那樣的笑……」

她話未說完，少女一記眼刀飛過來，冷冷道：「這事不要再提了。」

綠翹挽著蘇木，腳下邁得飛快，且不住回頭，小臉滿是擔憂。

「綠翹，我走不動了！」蘇木無奈，兩腿發軟。

「再走兩步。」綠翹腳步不停。「前頭拐彎，那些人便尋不到咱了！」

雙瑞緊跟其後，一副將人牢牢護住的架勢。終於到了家門口，綠翹停下來，才覺氣喘吁吁，再看蘇木，後者已扶著腰，大口喘氣。她愧疚得不行，淚水在眼眶打轉，可憐巴巴地道：「小姐，都怪我闖禍，得罪了孟府的人。不該要那支珠釵的，害得小姐險些被打！」說到這兒，她咬牙切齒，那個叫翠蓮的丫鬟當真可惡！

「妳呀，方才的氣勢哪兒去了！」蘇木點了點她的額頭。「理在咱這兒，管他什麼孟大人、李大人，這樣的人得罪了便得罪。以丫鬟的品性足以看出一家的教養，這樣的人咱也不屑結交。」

綠翹吸了吸鼻子，巴巴望著她。「真的嗎？」

蘇木重重點頭，從懷裡掏出一支梅花琉璃釵塞到她手中，轉身進屋去了。綠翹愣在原地，入手是溫熱的一支，玲瓏剔透的簪身一頭以渾然天成的紅色琉璃雕成梅花瓣，下面墜著三股水晶珠，襯得梅花栩栩如生。這支梅花琉璃釵比自個兒選的那支更精緻，也更名貴。綠翹簡直不知道該說什麼好了，眼淚便忍不住，如決堤般傾瀉而下。「小姐……」

「這是怎啦？哭哭啼啼的。」

是唐相予和雲青。二人換了衣裳，洗去了半個多月路途的疲憊，此刻，盡是貴氣公子的風流倜儻。雙瑞落到後頭，聽見說話聲，回頭看是二人，忙小跑著過來。「唐少爺。」

他眼睛紅紅的，主僕二人的心提得更高。屋裡是他們心悅的姑娘，怎麼兩天不見，就受委屈了？唐相予一把拉住雙瑞。「出什麼事了？」

雙瑞癟著嘴，將市集的事娓娓道來，聽得主僕二人頻頻皺眉。還真出事了，好在三人行事低調，並未暴露身分，若對方要報復，一時半會兒也尋不著人。

這處宅子是他的私產，少有人知道，且一旁幾戶人家都是京中權貴，是以就算有人瞧見三人，也不大敢招惹。他撩起袍子，跨過門檻便進屋去了。堂內，蘇木正斜倚在榻上，垂著腿晃悠，一旁的綠翹不住抹淚，又哭又笑，惹得小人兒滿是無奈。

「咳、咳！」唐相予進門，清咳兩聲。

主僕二人聞聲看來，綠翹忙抹了抹眼淚，有些不好意思。「唐少爺來了，快裡邊坐，我去給您沏茶。」

雲青巴巴地望著她走近又離去，便道：「我……我去幫忙。」

是以幽靜的小樓，只餘二人。蘇木忙坐直身子，收好腿，理了理鬢髮。「虧得你來了，否則綠翹那丫頭得把我這小院淹了不可。」

唐相予揀了她身旁的椅子坐下，戲謔道：「聽說某人闖禍了？」

蘇木嗤笑。「哪是我闖禍，明明是那個叫翠蓮的丫鬟蠻不講理，先找事……」

唐相予見她這副噘嘴抱怨的模樣，可愛得緊，也擔憂。怎麼偏就碰上孟府的人？「孟家於京中舉足輕重，下回碰上可別硬碰硬。」他提醒道。

「我曉得。」蘇木吁了口氣。「這不趕緊開溜了，並沒碰上那孟小姐。」她故意將買簪子給綠翹的話說得大聲，就是要在場所有人都聽見，孟小姐自然不敢聲張，否則就坐實了同丫鬟搶簪子的事，她丟不起這個人。

「罷了，不提這個。」蘇木說著起身，朝二樓去。「你來，我給你看樣東西。」說完便跑上樓。

樓上是姑娘的閨房，按理說他不該去，可一雙腳愣是不聽使喚。蘇木將案桌上的卷軸推開，一幢三層雅閣躍然紙上。

「這是……」唐相予被吸引過來，伏在案上，瞧得認真。

「是我畫的草圖，預備開家甜品店。」蘇木解釋道。

「甜品店？」唐相予不解。那是什麼鋪子，專賣糕點？

「簡而言之，就是賣茶水、糕點、甜湯之類，都是女兒家喜歡的東西，自然也是談天說地的好去處。」

她分析過，賺男人錢無非酒樓和妓院，而女人可以是胭脂水粉鋪、布莊、首飾店等等。所以想要回本快，就要先賺女人的錢！她最拿手的便是做飲品和糕點，再配以清新、萌系裝修的店鋪風格，一定能在京都大紅。

「倒是有趣。」唐相予饒有興致，又道：「要賣茶水，便需要官府的文書，這點不難，過兩日就給妳拿來。至於店鋪，我已讓京都福滿樓的掌櫃留意，一有消息就回覆妳。」

在京都開間鋪子，不是只有銀子那麼簡單，文書是大難題，找鋪位也不容易，再就是招人手。蘇木早有準備，可在準備逐步攻克難關時，有他在，彷彿一切迎刃而解了。蘇木不知說什麼好，不過他的這份好，一直記在心頭，總有機會報答。

「行，」她坦然接受，隨即狡黠道：「你是偷偷溜出來的吧？」

唐相予臉色一閃而過尷尬。別提了，自上回他偷偷向爹請求調離京都，去了郡南，母親隔三差五地催他回京，好不容易回來，便把他看得死死的。這還是不曉得蘇木也進京了，若是知道，指不定又要鬧出什麼事。就在他苦惱不已時，母親領著什麼遠方表妹讓他瞧，他斷然回絕了。可母親竟道，成不得妻子，娶作側室也行，真是胡鬧。

蘇木見他一臉愁色，猜到幾分，便不再多問。

唐相予眉頭舒展開來。「明兒後，我要上翰林院述職了，該不常得空來看妳，有事便上福滿樓給我留信。」

他這般說道，倒像是丈夫與妻子交代，平平淡淡，卻覺溫馨。蘇木這樣想，臉便有些微微發熱。「嗯。」

再坐了片刻，唐相予起身要離去。出來的時間不短了，不免會惹人起疑，他不好多待。二人齊下樓，綠翹正好端著茶水進門，臉紅紅的，身後雲青緊隨，一副愣頭愣腦的樣子。

「唐少爺要走了？」綠翹忙斂了神色。「茶剛煮好呢！」

「下回吧！」說罷回頭朝蘇木看了看，後者衝他揮手。

他大步朝院外離去。雲青無法，只好跟上。餘下主僕二人，各懷心事。

次日大早，二人整裝待發。小院離魏府不近，杜雪瑤貼心地讓魏府轎子相迎。因著夜裡沒睡好，蘇木和綠翹有些沒精打采的，且魏府規矩頗多，她們不好四下觀望，要步平氣穩、目不斜視。這是杜雪瑤待字閨中時，教養嬤嬤教的，蘇木還記得，沒想到自個兒還用上了。

眼中是走不盡的廊腰縵回，不知經過幾道垂花門，終於在一院停下。「蘇二小姐，前頭便是二少爺的院子，奴婢領您去。」引路的丫鬟很恭敬，蘇木看她有些眼熟，像是前幾日見過，不是杜雪瑤的貼身侍婢，便是魏紀瑩的。

蘇木微微福身，客氣地應聲。

「蘇木妹妹！」

一旁有人喚，是兩、三個丫鬟簇擁著魏紀瑩而來。她今兒著了一身石榴色傘裙，活潑中帶著幾分豔麗。只聽她繼續道：「一大早，我給爹娘請了安，便巴巴地跑來嫂子這處等妳，倒是沒想到咱二人心有靈犀，竟同時到。」

那引路的丫鬟接過話。「今兒一早，少奶奶吩咐咱將屋子一通清掃，早早備好茶點，就等二位小姐駕臨哩！」

這話一出，眾人齊笑了。

第七十一章　魏府

丫鬟將人引進院，迎春歡喜地迎過來。「四小姐、蘇二小姐。」她先規矩地行禮，而後挨近蘇木，一番問候，很是熟稔。

這時，田嬤嬤引著杜雪瑤走出來，想是走得太急，田嬤嬤提點兩句，她的步子便慢下來，面上卻是歡喜。蘇木也不甚在意，知道活在大家族的不易，處處都是眼線，一個不注意傳到大院，怕是要生出沒規矩的話來。

待幾人進屋，田嬤嬤屏退了閒雜人等，餘下幾個小姑娘才放開手腳。杜雪瑤更是拉著蘇木不放手。「自見了妳，我便時時盼妳來。嫁了人到底不像從前，想出門、要見誰都要報備，真真是拘束。」

田嬤嬤看看窗外，又瞥了魏紀瑩一眼，而後謹慎道：「夫人慎言。」

魏紀瑩沒多想，附和道：「我沒二嫂那般拘束，若想蘇木妹妹，遣我去探望，也是極好。」

杜雪瑤笑了笑，拉過魏紀瑩的手。「小妮子打了小算盤，定想自個兒去玩，哪裡是幫我！」

魏紀瑩抿嘴，轉向蘇木道：「蘇木妹妹鋪子可選好了？何時開業？我定攜一眾姊妹給妳捧場去！」

蘇木笑道：「還早哩！快則月餘，慢則兩、三月也是有的。」

魏紀瑩有些失望。「如此便喝不上奶茶了，真真遺憾。」

杜雪瑤搗嘴笑，魏紀瑩不解。「二嫂，妳笑甚？」

她指了指綠翹手上的食盒。「妳二人方才走一路，是沒瞧見綠翹手上的東西？」

魏紀瑩仍一頭霧水。是瞧見了，可……那又怎樣？

「還是二少奶奶精明，這裡頭是小姐今早起來做的奶茶，有珍珠的、紅豆的。」綠翹咧嘴笑，說著端著食盒上前，俏生生道：「小姐說京都天氣比郡城涼許多，且少奶奶小日子要到了，便沒加冰。四小姐先嚐嚐，若想涼爽些，再讓後廚取些碎冰來。」

魏紀瑩先是一愣，而後驚喜不已，忙吩咐丫頭。「快去取些碎冰來，三哥道加了冰最好喝。」

丫鬟們一陣忙碌，二人面前各放一碗奶茶，精緻湯碗配小勺，細細品著，慢條斯理，別樣優雅。飲完，抽出手絹輕輕拭嘴，這才讚不絕口。有哪個女孩能拒絕奶茶的魅力？魏紀瑩被征服得妥妥的，對蘇木鋪子的期待多了幾分。

三人又說了京都的夫人、小姐圈子，同郡城的圈子差不多意思。不過各夫人、小姐的身分地位更高，聚會也不僅限於喝茶、聽戲，而是各家辦宴會；再就是一年中盛大的節日，像是七夕、廟會、燈會云云。特別是哪家夫人想給兒子選妻，更會隆重舉辦，邀請京都有名望的閨閣小姐，誰能拔得頭籌、脫穎而出，也可獲得好姻緣。魏紀瑩講到自個兒隨母參加過幾回，只是她年紀不大，生得雖然標緻，但不算頂突出。好在母親有三個兒子，對她期望不甚高，也就圖個熱鬧。

蘇木突然想到孟府，於是問道：「孟家小姐是怎樣的人？」

「孟家小姐？」魏紀瑩似乎意外她會問起，卻也老實回答。「這些聚會，她鮮少參加。不過我在唐夫人壽宴見過一回，生得頂美，氣質出塵，整個京該是找不到第二個比她好看的吧！」

能得一個女子誇獎好看，看來傳言不假。

杜雪瑤警醒起來。孟府和自家不對付，爹雖沒說，可她暗自向丈夫打聽了，古道陷害一事，十有八九和孟府脫不了干係。二哥也私下提點過，莫要同孟府的人關係過近，多加提防，是以蘇木提起孟家小姐，她便有些不安，忙問道：「木兒怎麼突然問起孟家？」

見她擔憂，蘇木拍拍她的手。「無事，就是同她丫鬟起了些爭執，並未同她本人照面。」

「起爭執？」魏紀瑩緊張起來。「可是孟小姐的大丫鬟翠蓮？」

說起翠蓮，綠翹便來氣，接過話。「可不就是那個翠蓮，蠻橫不講理，還推搡我家小姐，更要打人，跟條瘋狗似的！」

二人俱驚，杜雪瑤更是神色嚴肅。「那丫鬟打妳了？」

蘇木搖搖頭，也示意綠翹莫要再說了，而後笑道：「我又豈是任人拿捏的軟柿子，若非顧忌孟家身分，並不會忍讓，卻也讓她討不得好。」

「孟府的人跋扈。」魏紀瑩隨即放低聲音。「孟家小姐不曾聽說是那樣的人，然孟大人於朝中卻是不能得罪的，他寵愛孟小姐，沒人敢招惹。其母也是大家出身，家境殷實，是厲害的人物，若曉得妳讓孟小姐吃虧，定不會放過。」這些都是魏夫人說給她聽的，就怕女兒單純莽撞，得罪人而不自知。魏家雖說是朝廷的重要官員，可同孟家相比，卻是遙遙不及。

聽到這兒，綠翹方才的氣焰全無，又慌了神，巴巴看著自家小姐。

蘇木點點頭。「我省得了，往後小心些。」

杜雪瑤卻不放心，轉向綠翹道：「往後出門遇到可疑的人和事，要第一時間來魏府告知，可曉得？」

魏紀瑩也道：「找二嫂行，找我也可。」

綠翹抿嘴，忙點頭。

「妳們呀，都太過緊張了！」蘇木忽而一笑。「我又沒甚背景，與孟家更是八竿子打不著，只是同她丫鬟多了幾句口舌，又豈會大費周章地報復？這孟家的人，心胸未免狹隘了。」

這樣一說，倒也在理，兩人當即寬心，相視一笑。魏紀瑩忽而想到什麼，道：「方說起宴會，下月底有廟會，最是隆重，咱府上要去燒香拜佛，祈求平安。到時候各家夫人、小姐也會去。蘇木妹妹，可要同咱一塊兒？」

杜雪瑤也滿含期待地看著她。「是啊，木兒，我去年跟著去了一回，比郡城還要盛大、還要隆重，聽說廟裡的菩薩有求必應，很是靈驗。」

蘇木眨巴著眼。廟會？她心下有了計較。若能在廟會擺攤試營運，那樣大的人流，廣告效果定然翻倍；且都是京都有錢人家的夫人小姐，她有信心她們拒絕不了甜品的誘惑，於是沒有拒絕邀請。熱鬧的廟會，多了蘇木加入，二人歡喜更甚。

這時，院裡丫鬟進來。「少奶奶，前院的紫鵑姊姊來了。」

紫鵑是魏夫人身邊的一等丫鬟，除了平日傳重要的話、送賞賜的東西，並不怎麼會來她的院子。嫁進魏府一年多，紫鵑來的次數一隻手指能數得過來。倒不是魏夫人不喜歡自己，只是她要保持當家主母的威嚴，並不輕易到兒媳的院子抑或是遣人去，大都派個小丫鬟傳話，讓人著正裝上前院去，有個正式規矩。

杜雪瑤看了田嬤嬤一眼，後者搖搖頭，吩咐道：「快請進來。」

一身紫衣的紫鵑十分聰明幹練，眉目間更是透著穩重，她瞧著比迎春、綠翹長兩三歲。能當上一家主母的一等大丫鬟，自然不簡單，地位比起魏府管家並不低，可以說管家遇到她還要禮讓三分，連各房主子也不能小看了去，是以能讓紫鵑前來，定有什麼要緊的事。

杜雪瑤坐正身子，嘴角含笑，一副少奶奶的作派。教養嬤嬤囑咐過，她是主子，不要問奴婢話，要等奴婢自個兒稟報，否則便是降低身分。於是按捺住心中疑惑，等她開口。

紫鵑也不多抬姿態，微微躬著腰，輕聲道：「二少奶奶，夫人賞賜了一支珍珠玲瓏八寶釵、釵、一對玉鑲紅寶石手鐲。」

說著朝身後揮揮手，一個小丫鬟端著紅木托盤進來，盤中搭了一塊紅綢，綢上是一支珠釵、一對玉鐲，潤澤晶瑩，流光溢彩。一對玉鐲，潤澤晶瑩，流光溢彩。田嬤嬤詫異地看了杜雪瑤一眼，顯然不明白魏夫人突然賞賜是何意，忙上前說了感謝的話，將東西接過，而後規矩地站在一旁。

就在眾人等她開口告知魏夫人意思的時候，紫鵑又朝屋外揮了揮手，方才的丫鬟端了一對玉瓶進來。「夫人賜蘇二小姐羊脂玉頸瓶一對。」

在座之人再是一愣。倒是頭回有賞客一舉，就是大少奶奶娘家夫人來，魏夫人也只是慰問幾句。如此之舉，擺明是看中自個兒。杜雪瑤心下一喜，朝蘇木點點頭。

綠翹是個機靈的，見二人的小動作，也學著方才田嬤嬤之舉，將賞賜接過。蘇木比不得杜雪瑤的身分，站起身來，施施然行禮。「煩勞紫鵑姊姊代我向夫人致謝。」

紫鵑滿意地點頭。「夫人也有話託奴婢轉達，卑辭厚禮。」說完給幾位主子一一行禮，告退離去。

「卑辭厚禮……」魏紀瑩喃喃道：「母親道禮品豐厚，表示感謝……」

她來了興致，拉著蘇木的胳膊輕輕搖晃。「蘇木妹妹，妳送了什麼賀禮，讓母親這樣看中？」

杜雪瑤也好奇，連帶她跟著沾光，甚至被母親看重了幾分。蘇木笑而不語，田嬤嬤卻會意，立即讓迎春將蘇木送給二位小姐的禮物呈上來。除了兩樣精緻的首飾，還有兩罐立錐形紫砂罐，罐身以精緻的便條封口，上寫「蘇記普茶」。

「茶葉？」杜雪瑤恍然大悟。

宮中盛極一時的蘇記普茶，魏大人這等不近聖旁的官員是得不了賞賜的。這樣貴重的東西送過去，可不長臉面？就是她們女眷待客，泡上這樣的好茶，也是極有身分的事。

上月爹給她送了一罐，她全給夫君待客時用上了。為著這事，暗裡被大房的人告到魏夫人那兒去，魏夫人雖沒說什麼，卻冷了她近半月。事後她也反應過來，如此貴重的茶葉該要先孝敬公婆，可總共就那麼一點，她是有私心的。

魏紀瑩經常往二房院子跑，她認得蘇記普茶，也曉得名頭，雖換了包裝，仍錯不了。蘇木此舉，無非解了母親月前對二嫂的冷待，真真是聰明。不過她也不說穿，到底是自家私事。蘇記普茶出自蘇木之手，杜雪瑤雖未明說，隻言片語卻沒避著她，是以知道茶葉的出處，卻也知道不好到處說。

蘇木點頭，並不在魏家人面前將茶葉誇得多好，只道：「外頭買不到，圖個新鮮，給妳們帶了，也給府上多捎了一份。」

三言兩語，輕描淡寫，杜雪瑤和田嬤嬤、迎春卻是感動不已。若非一時大意，又怎會被冷落？這陣子幾人過得戰戰兢兢，生怕再犯錯。如今夫人派紫鵑給二房賞賜，無非就是表示原諒杜雪瑤的過失。

因著魏夫人的賞賜，又過了兩盞茶工夫，日頭偏西，已近晚飯，杜雪瑤便將人留下。魏紀瑩也讓丫鬟傳話，自個兒今夜不去前院了，就在二房蹭飯。不是規定一家子同用飯的日子，各房便在自個兒院子用，小廚房的飯菜比起大院也不差。田嬤嬤早早吩咐下去，待魏二少爺魏紀夫回家，正好用飯。

杜雪瑤的夫君瞧著是個溫和的人，年歲不大，卻成熟穩重，他看杜雪瑤的眼神也是滿含愛意。夫君在側，杜雪瑤收起了那份活潑，變得溫婉起來。夫婦二人瞧著情投意合，幸福美滿，蘇木也就放心了。

從魏府出來，天色已暗。等回到小院時，已月明星稀，各戶人家門口掛起燈籠，是以整條道上燈火通明。蘇木的小院只三人，且三人都赴宴去了，燈籠未點，便顯得黑漆漆的。然而三人卻遠遠瞧見門口有人影晃動，當即警醒。綠翹將蘇木護在身後，雙瑞走在前頭。「小姐，有人。」說著，輕手輕腳走過去。

門口的人早有警覺，停下動作，似等來人。雙瑞的腳步慢下來，嚥了一口唾沫，壯著膽子怒喝。「誰！誰在那兒?!」

夜色中，瘦高身影漸漸顯露。「是我！」

雲青？三人皆鬆了口氣。綠翹上前，喝道：「大晚上的，你待這兒做甚，怪嚇人的！」

雲青摸摸腦袋，在綠翹面前，全無平常的氣派。「少爺喊我來告訴二小姐，鋪子尋著了，於正府街街心，您瞧著好，直接同掌櫃道姓名即可。」

蘇木喜出望外。本以為尋鋪子少則個把月，沒想到唐相予效率這麼高。她研究過京都的地圖，京都劃分為上京區、中京區、下京區、東山區。正府街就處於最繁華的中京區，也是離皇城最近的地方。

「好，有勞了。」蘇木回道。

雲青欠了欠身，又看看綠翹，便告辭了。

次日，主僕三人前往中京區。小院離皇城近，是以到正府街不遠，不過這個不遠卻是按整個皇城來說，以他們的腳程，怕是也要走上一個時辰。雙瑞本打算租車，蘇木卻想著多走走，了解周邊鋪子及其營業狀況，是以邊走邊看，到正府街時便用了一個半時辰。不過三人不是那出門就要抬轎的嬌氣人，這點路程對他們來說，並不算累。

「小姐，是福滿樓！」綠翹指著前頭，歡喜地喊道，看到熟悉的名字便覺親切。

福滿樓坐落街心，同郡城的格局差不多，只是更大、更豪華。不過一旁的鋪子大都豪華，如此看來，福滿樓並沒有像在郡城的獨樹一幟，但看樓上樓下客滿，生意也不錯。走至此處，人多了起來。過了福滿樓，便見西北方有座茶樓，大門緊閉，蕭條的景象與這鬧市顯得格格不入。

雙瑞跑上前打聽，片刻返回。「小姐，就是這處。」

三人不再逗留，直接朝偏門走去。剛至門口，就見裡頭有人出來，衣飾華貴，商賈打扮，該是想買鋪子的人。他搖頭嘆息，想是吃了閉門羹。三人相互看了看，綠翹撇撇嘴，而後進門去了。裡頭坐了個小廝，見又有人來，不耐煩地揮手。「走走走，這茶樓不賣！」

雙瑞站在前頭。「咱還沒說話哩，怎就趕人了？」

小廝將三人從頭至腳打量，冷哼道：「前來買鋪子的人不是腰纏萬貫，就是大有來頭，瞧你們這窮酸樣，黃金地段的茶樓能買得起？」不等幾人回話，又道：「就算買得起，也不賣，早早有人訂去了！趕緊回吧！」

這番話，該是也同方才那人說了吧？這樣好的地段，就是再貴，蘇木也想買下來，可惜了。「走吧。」

見自家小姐失望地轉身，綠翹有些憤憤。「唐少爺真不可靠，說好讓小姐瞧鋪子好不好，怎地就被人訂出去了，讓人空歡喜一場。」

「小姐留步！」

第七十二章 安排

三人剛走到門邊，小廝喚住他們。「小姐可是姓蘇？」

蘇木回過頭來，點點頭，心頭生出希冀。

小廝立刻躬身，畢恭畢敬。「小的有眼不識泰山，樓上請，掌櫃恭候您多時了。」

三人喜出望外，忙跟人上樓，進了二樓雅間。見屋內佈置得極雅致，只是各式紅木架上空蕩蕩，原有的擺件該是被搬空了。那掌櫃背對門坐，身形消瘦，聽見門口動靜，緩緩起身，露出臉面。約莫三十五、六，臉頰瘦長，有著商人的精明，很是面熟，卻想不起在哪裡見過？

「蘇二小姐。」他先是一愣，沒料到來人是個年紀頗輕的小丫頭，卻也躬身作揖。

蘇木受寵若驚。她是來做買賣的，且這買賣十分搶手，想不通掌櫃為何這般態度？饒是唐相予暗中牽線，他是賣方，姿態也不致如此尊敬。「掌櫃有禮了。」

一番寒暄，二人落坐，方才的小廝周到地看茶。

「鄙人姓尹，名四維，祖籍郡城，家兄於郡城福滿樓任掌櫃一職。近日聯繫，提到蘇二小姐，在下頗感敬佩。」他說著起身，再是一鞠躬。

蘇木忙虛讓，十分意外。「原是尹掌櫃的胞弟，倒是巧。」

尹四維緩緩坐下，卻是惆悵。「早些年我也在福滿樓當管事，那會兒年輕，滿腔抱負，辭了職位，獨自跑到京都。闖蕩這麼些年，成了茶樓的掌櫃，倒也隨了心願。就是離家遠，不在爹娘身側，好在有大哥顧著家裡，我心裡也好過些。」

蘇木仔細傾聽，觀尹四維神色頹廢，該是心情鬱塞，有感而發。

他隨即反應過來自己失態，笑道：「瞧我說這些，該帶您轉轉茶樓。唐少爺打點好了，您若滿意，這契今日就好簽。」

「無妨，也不著急。」蘇木擺手。需要唐相予打點關係，那麼這間茶樓是關得蹊蹺，她好奇地開口。「這間茶樓……為何關了？」

尹四維先是猶豫，可問的人是蘇木，便如實回話。「茶樓的主人犯了事，說是私自販賣茶葉且數量不少，犯了死罪，已經問斬了。」他說著面色變了變。「茶樓好多人受了牽連，若非唐少爺顧及家兄的情分將我從牢裡救出來，怕是早早就嚥氣了。」

蘇木眉頭微蹙。又是販賣茶葉……再看尹四維落魄的模樣，怕是因著這層關係，再難找到活。至於為何不上唐相予的福滿樓，該是為了避嫌。福滿樓是五招子的全面酒樓，茶水自然要賣，若讓尹四維去福滿樓上工，只怕有心人要將賣茶葉的事做到唐家身上。

「這間鋪子我是要買下的，如今也沒有合適的人管理，若您不嫌棄，可願留下？」

尹四維一愣，喜出望外。「願意！自然願意！」這蘇二小姐是個商業奇才，滿腦子的稀奇點子，讓人敬佩不已。況且她背後還有唐家，這樣一個主子開的鋪子，怎能不紅火？不過，因著前主子的關係，他會不會帶來麻煩……「只是我……」

蘇木知道他要說什麼，搖搖頭。「不礙事，我不做茶樓生意。」她若做茶樓，這方圓十里的茶樓生意怕是都得被她搶去。沒點背景，她還真不敢搶那些藏在暗處之人的生意。

不做茶樓？那賣茶的事有心人想作梗也師出無名。尹四維放寬心了，忙道：「蘇二小姐，您既收了我，可願再收從前茶樓的人？他們都是我的心腹，能力沒得說，因主家遭罪，死的死、逃的逃，餘下的人也落得無人敢用的下場，在這京都難待下去了。」

侍茶的小廝也求道：「小姐就行行好吧！咱都是從外地來的，跟著尹掌櫃混了這麼些年，明裡暗裡都知道些，哪個貴人啥脾氣，也都摸得透，於您初來乍到是有幫助的。」

蘇木一愣。方才那個無眼色的小廝竟說出這樣一番話，她不禁再看過去。小廝不過二十上下，方才瞧著平淡無奇的一張臉，這會兒倒是剛正果敢，竟是個會隱藏自己的人。不過想來也是，出了那樣的禍事，人都跑光了，留下來的又豈是等閒之輩。「你叫什麼名字？」

小廝立刻答：「小的叫孫躍，以前跟著採辦辦事。」

蘇木點頭，是個會變通的。她又轉向尹四維。「尹掌櫃，餘下還有多少人？男女占比多少？」

「還有八人，五男三女。」尹四維回道，卻思慮是否人太多，忙補充。「跑堂、管事、後廚都有，都不是生手。」

蘇木想了片刻。「成，那便讓他們都回來吧。」

尹四維和孫躍相互看了看，面上皆是喜色。蘇木忙問：「咱說半天，這茶樓還未買下呢！」

尹四維不甚在意。這茶樓唐少爺早就買下了，若這位蘇二小姐看上，算三萬就是。於是他拿出房契擺在桌上，推到蘇木面前。「三萬。」

綠翹和雙瑞倒吸一口涼氣。三萬啊……這京都當真寸土寸金……

蘇木卻無奈地搖頭。「你可莫同我玩笑，這樣一座酒樓只賣三萬？」她甚至做好了超過十萬的打算，卻沒想到便宜大半，其中怕是有唐相予的關係。

「這……」尹四維見蘇木不是玩笑的態度，便拿不準了。價格便宜有什麼不好？況且是唐少爺交代，他也不算亂講。「這……上頭交代，確實是三萬兩啊！」

「你就照實說，該給多少，我分文不差。」蘇木神色嚴肅。她要憑本事發家致富，可不能因旁人的幫助，就心安理得地貪便宜。

尹四維無奈，只得如實回答。「這茶樓原本炒到十萬兩，後被官府抄了，如今壓價壓到六萬。唐少爺怕您資金不夠，為防別人捷足先登，這鋪子他就先買下了。而今再以一半的價格賣給您，也是出於好意。」

蘇木沒再說什麼，朝身後綠翹示意，她便從懷裡掏出銀票。蘇木數出一疊，遞給尹四維。「您點點。」

尹四維接過銀票，仔細數完，不多不少正好六萬兩。這個小丫頭，倒不為錢財所誘。他再將房契往前推了推。「您收好。」說罷，示意孫躍拿紙筆簽契。待流程走完，尹四維收好字據，這些都是要拿到官府備案的。

「尹掌櫃，幫我寫一份招聘啟事吧！」蘇木道。尹掌櫃字跡灑脫，是個練家子，自個兒那鬼畫符，著實難登大雅之堂。

尹四維不推脫，執筆就緒。「成，您說。」

「男工、女工各十名，另招點心師傅四名，男女不限。至於酬勞方面比市價高五成，要求麼，手藝要好，家世背景清楚，且上工要簽契，鋪子點心做法，概不外洩。」

她說著，尹四維瀟灑落筆，片刻成章，待寫完才問道：「小姐開的鋪子是……」點心師傅？難道做糕點賣？可一般人家都備有廚娘，做些小點心那是信手拈來，這樣的鋪子能有生意？

「往後你就知道了。」蘇木笑了笑，接過招聘啟事，流覽一遍，確認無誤，遞給雙瑞。「貼門口去吧！」說著又轉向綠翹。「綠翹，妳同尹掌櫃坐鎮，若有人應聘點心師傅，多留意。」

綠翹滿口答應，自個兒不僅伺候小姐，還能幫襯鋪子的事，別提多驕傲。

三人一走，便餘下孫躍和蘇木二人，蘇木朝他做了一個請的姿勢。孫躍有些受寵若驚，他從前是採辦身邊的小嘍囉，如今得東家賞識，如何不激動，於是畢恭畢敬坐下，拘謹得不知手腳該往何處放？

蘇木並不多費口舌，直截了當問道：「你對採買了解多少？」說起這個，孫躍來了自信。「上京區米糧貴卻精，若要實惠還是要至下京區。下京區近南城，那裡田地多，賦稅輕，是以比起其餘幾城，量多而廉。絲帛類則往東山區，那裡臨山、多樹，養蠶織布的人居多……」他的一番細說，將整個京都大致的物資出處說得完整，細到哪個街區的哪家哪戶，沒幾年跑活的功夫，是沒那樣的功底。

蘇木十分滿意。「明兒我讓雙瑞送一份採買單給你，你幫我出一份詳細的報價。可會寫字？」

孫躍有些不好意思。「唸過兩年書，到茶樓上工也離不開寫寫算算，會是會，寫得沒有尹掌櫃那樣好。」

書不是誰都能讀的，能識得幾個字已是極好，還能寫寫算算的，已算人才了。「成，那按你的習慣來，我只要清楚明白即可。」蘇木又道：「另外，你識的人多，幫我找個木工師傅，最好有幾個小工，我打算將茶樓重新修葺，且時間要快。」

廟會在十一月底，只有一月，緊迫非常。好在這個時代造房子多用木頭拼插，牢固非常。人手多的話，該不成問題。圖紙她都是畫好的，只消同木工師傅溝通是否可行。

孫躍鄭重點頭。「成，我明兒就去尋。」

熱鬧的正府街心，人聲鼎沸如常，只是這幾日眾人又多了一份談資。那便是被抄的茶樓冷了月餘，終於有人接手了。奇怪的是，茶樓周邊以帷幔遮擋，光聽見乒乒乓乓地響，卻瞧不見裡頭光景。唯一能獲得的訊息，便是門口那張招人啟事。只是看了更加奇怪，高價聘點心師傅，還男女不限，莫不是要賣糕點？可這三層高樓賣點心，那得擺多少？買下這座茶樓的，真是個怪異之人。

蘇木兩手提著裙襬，胳膊下夾了一卷圖紙，低頭往樓裡去。她身子小，腳步快，穿過人群便鑽了進去。想到外頭人的反應，她嘴角微微翹起。

「小姐，裡頭都準備好了。」綠翹迎上來，接過她手上的圖紙。

蘇木點點頭。「把這個給孫躍，讓他交給木工師傅，讓師傅先看，等完事我再同他商討。」這是她連夜改好的圖紙，先前那份大都可行，個別細節無法實現，她便做了些修改。

「誒！」綠翹快手快腳跑上二樓。

等她回到後院時，一眾應聘糕點的人站作一排，每人面前都放了一個小蒸鍋，以及麵粉、糖類食材。這些人都經過初試，或開過糕點鋪子，或在大戶人家做過廚娘，或在酒樓做過糕點，總之都是有經驗的，最重要的是背景乾淨。高出五成的酬勞吸引了許多人，男女不限，更讓一眾有好手藝的婦人動心。在後廚上工，不必拋頭露面，家人大都應允。

在尹四維的一聲令下，眾人開始忙活。眾人一致添水和麵、揉搓，幾個動作下來，逐漸顯露不同，有的人往麵粉中加糖，有的加油，有的加鹽……約莫半刻鐘，眾人齊揭開籠屜，各式糕點於團團白氣中顯露出來。尹四維和蘇木、綠翹一一品嚐，尹四維選出一人，綠翹選出一人，蘇木則搖搖頭。

過了二輪測試的二人吁了一口氣，餘下的人則搖頭嘆息後離去。考核又進行兩輪，選出三人。直至最後一輪，院中已空曠開來，再不似方才擠得都是人。然而餘下的人也越發緊張，糕點師傅只招四名，如今卻選了五名，意味著就算這輪進了，也要再淘汰幾人。於是最後十人挖空了心思，做出的糕點也越發精緻。

綠翹已不再選人，站到一旁，尹四維選出一名後，也越發慎重。最後一盤糕點是夏日青荷，以桃汁點染做成兩朵荷花，再是青梅汁揉做的荷葉，栩栩如生。尹掌櫃當即露出讚賞的神色，挾起一塊往嘴裡放，卻皺了眉，忙吐出來，無奈地搖頭，衝著做糕點那人擺了擺手。

那是一位婦人，一身舊衣，臉盤圓潤，眉梢眼角皆是富態，此刻卻愁容滿面，垂頭喪氣地離去。

「請留步，」蘇木喚住人，問道：「妳叫什麼？」

婦人腳步一頓，看過來。這個小丫頭不苟言笑，自進院便沒說兩句話。掌櫃和名叫綠翹的丫鬟對她倒是客氣。大家都猜測是後廚管事，可讓一個十三歲左右的小丫頭當管事，怕是背後有人吧……是以不敢輕視。「小……小姐喚我？」婦人恭敬回話。「我姓柳，小姐可喚我柳三娘。」

蘇木含笑。「嗯，留下吧！」

留下？柳三娘有些不可思議，詢問的眼神看向尹四維，後者眉頭皺得更深，建議道：

「這位婦人所做的糕點確實精緻，卻虛有其表，味同嚼蠟，實在不是可留之人。」

柳三娘咬了咬唇，有些難堪。其實她不會做什麼糕點，是個捏花樣的手藝人，可捏花樣能賺幾個錢？本以為能混過去，卻不想錄取這樣嚴苛，真是無可奈何。

蘇木不以為意。「無妨，先留下吧！」

鋪子的主子說留下，尹四維不再說什麼。柳三娘喜出望外，向蘇木連聲道謝，而後站在錄取六人的一排。她身形最胖，個子最矮，手藝又差，是以其餘幾人並不將她放眼裡。如此一來，應試的四、五十人只餘下七人。七人皆忐忑，除了那矮胖婦人，還要再淘汰兩人，誰會如此倒楣呢？

「小姐，這會兒超出咱要的人數了。」綠翹上前提醒。眾人的心也因這話而提到嗓子眼。

「無妨，都留下吧！」蘇木擺手，並和尹四維道：「你盯著簽好契，明兒便讓他們來上工，這期間都跟著柳三娘學捏形。」

啊？眾人俱驚。跟那婦人學？沒聽錯吧？幾人左右交頭接耳。

第七十三章 準備

尹四維看了那婦人一眼，也不解，卻不再多問。主家既然這樣規定，自然有她的道理。

交代完畢，蘇木便離開後廚去到二樓同木工師傅溝通。木工師傅正同孫躍說著什麼，且不住搖頭；十餘個小工也都閒散地站在一旁，並未開始做活計。木工師傅姓田，於京都還算有名，其父參與過宮殿建設，祖上都是木匠，插嵌的本事是傳承下來的。

地上堆得到處是木料，蘇木蹦蹦跳跳進門，女兒家的嬌態顯露，這讓木工師傅更無奈。這鋪子是他裝潢過最難的一家，小丫頭腦子裡想法稀奇古怪，昨兒才否定一個，今兒又出了一個，這讓他一月完工，怎麼能成？且一張圖紙改了數次，皆因他做不出那樣的效果，這要是傳出去，不是砸自個兒的招牌！

「哎喲，小姑奶奶，您淨給我整難題！」田師傅愁容滿面，將圖紙展開，伸至蘇木面前。「要在每桌上方懸掛琉璃燈盞，上哪兒去給您搭架子呢？再說，整屋透亮，再掛什麼燈籠，不是多此一舉？」

況且琉璃燈籠多貴啊！一層十餘桌，三層便是三十餘個，真是胡鬧。

蘇木接過圖紙，好脾氣地回道：「田師傅，別的鋪子確實沒有這樣的掛法，您便沒往那處想。這琉璃燈籠我是一定要掛的，您不妨試試搭鐵架子。」

鐵架子？田師傅納悶了。建屋造房從來都用木料，用什麼鐵架子？若在鐵架上掛燈籠……四方格鋪到頂，嵌至上層木板，倒不是不可以。當即來了主意，就著地上的木料撿起一根鐵棍，敲敲打打的，又喜上眉梢，忙道：「成！能成！我這就遣人去訂做琉璃燈籠，保准準時掛上。」

蘇木也笑了。她有現代見識，卻不知道能否同古建築結合？經他肯定，也放心了。「如此便好，您盯著些，務必要牢固，可莫出現搖晃破碎砸到人的事故來。」

田師傅擺手。「這您放一百個心，那家琉璃作坊專給宮裡供琉璃的，差不了！」他說著仔細打量蘇木，又看看孫躍，糾結於心的話，不知當講不當講？

「田師傅，有話直說。」蘇木見他為難，便主動開口。

有她這話，田師傅也沒顧慮了。「丫頭啊，瞅瞅旁的鋪子，哪家用了這麼多琉璃，這樓啊，上上下下起碼得花萬餘兩，划不來呀！」他看蘇木年紀小，也沒個大人在旁，由著她自個兒的想法胡來，便好心提醒。

蘇木只笑了笑。「銀錢不算事，您只管用最好的琉璃。」說罷看向孫躍，後者會意，跟著走出屋子。

「這……」田師傅見人不聽勸，無奈地搖頭。

孫躍道：「小姐，您要的那些器具都訂做了。不過約好今日送貨，這都下晌了，還沒送來，怕是耽擱了。」

蘇木訂的是做蛋糕的器具，量杯、量勺等，不同容量、不同尺寸都有。還有簡易的打蛋器、打蛋盆；再就是各種形狀的模具，吃甜品時所用的小湯勺、小刀叉，要求表面光滑，輕薄好用。這些東西自然比打一把刀或是熔個盆子來得難，是以不能如期完工吧！「無妨，這些都不是頂要緊。杯碟那頭呢？可有什麼問題？」

孫躍露出輕鬆的笑容。杯碟在交代他的活計裡頭，最是簡單。

「沒甚問題，就是那作坊老闆問起杯碟的花樣是誰繪的，實在別致，寥寥幾筆，一隻貓便立在上頭，卻又不似看到的貓，頭大身子小，不曉得是哪兒的貓？」孫躍如實將老闆的話轉達，說完自個兒也笑了。

蘇木掩嘴。她畫的是卡通形象，自然簡單。這裡的杯碟大都靛、白兩色，花樣複雜，她便反其道，以多彩的底色配上簡單的圖案，精緻又大方。

見蘇木發笑，孫躍不好意思地撓撓腦袋，突然想起什麼。「對了，您讓雙瑞拿來的採購單，我初步都談好了，只是您要的那些不產在京都的水果有些棘手，貴是其一，二來運到京都，馬車顛簸，都不成樣了。若您一定要用，我粗略估算，這一小碟糕點的價格可得上去三成，著實不划算。」

蘇木想了想，要做高級，就要稀有，這點錢不能省。她有製冰技術，倒是不怕壞，就是磕磕碰碰，會有損失。要是在京都有果園就好了……「無妨，先聯繫看看，鏢局不行，咱自個兒做幾輛貨車，不管用什麼法子，要將損失降到最低。畢竟不是一、兩回生意，長久買賣，這點錢不必省。」

孫躍心裡頭萬波湧動。小姐啊！您是不是花錢太爽快了些，哪個商人不是將本錢降到最低？反觀小姐，怎麼花錢怎麼來。不過，跟在這樣的主子身後，施展手腳，確實爽快！

「小姐、小姐！」綠翹跑上樓。「唐少爺來了。」

蘇木頓覺心情明朗，步子較平時也快了些。一下樓，便瞧見唐相予抱著一盆玉竹在堂內四處打量，一見她來，目光便頓在這方。「新得的品種，給妳送一株。本欲送到小院，雲青道妳時常不在，就直接尋到鋪子了。」

他說著走近，將玉竹遞到面前，忽而調笑道：「可莫再拿刀削了，有錢都買不著的。」

蘇木噗哧一笑，接過仔細瞧了瞧，確實生得比尋常的精緻細巧，形態優美許多。她遞給身旁的綠翹，囑咐好生看顧，才看向唐相予。「今兒個休沐？」

唐相予點頭，故作苦惱。「閒散慣了，宮裡的條條律律，真真讓人頭疼。」不只是律法，還有權力、人心，來往間的人無不話裡有話，綿裡藏針，處處是算計，稍不注意，便被人害了去。他不喜歡這樣的生活，可既已回京，便不能再閒散下去。畢竟不能總靠家裡，要了唐家的名譽地位，許多事便不能自主選擇，比如，自己的妻子。

那夜，他同父親秉燭長談，將自個兒的心思坦露，想得到認可。因為他覺得，他爹是個有胸襟抱負之人，絕不會只看一個人的家室。然而唐大人卻講了治國治家的大道理，一個人沒有能力，便不能自主選擇；所以想要娶蘇木為妻，他必須自個兒有能力，能和所有人對抗。心思千迴百轉，他看向蘇木的目光也越發柔軟。

蘇木難得見他這副苦惱樣，饒是假裝的成分居多，他眸中的疲倦還是看得真真的。她懂，能夠輕易買下茶樓，不就是他在背後的努力？她不能做什麼，唯一想到的是他愛吃魚，於是帶著誘惑問道：「想不想吃魚？」

唐相予嗤笑。這麼一說，倒真是想了，點點頭。

「雙瑞、綠翹，今兒收工，咱上菜市。」蘇木向身後二人招呼，哪裡還是方才義正詞嚴談事情的模樣。

蘇木的一切動向，唐相予瞭若指掌。於生意這方面他並不擔憂，尹四維和孫躍都是可靠的人，放心大膽地由二人幫忙。於是一行五人自樓裡出來，直往買菜的市集，一路好不開心。

「小姐，毓成齋將衣裳送來了！」綠翹抱著一套錦衣華服跑上樓。

蘇木此刻一身寢衣，臨窗而坐，正執筆回家書。蘇葉有身孕了，已三個月，蘇世澤將小倆口接回宅院，以便照料，是以入京耽擱了。尋思至年關不足二月，不如年後再上京，便問女兒何時歸？

鋪子趕在十一月底能試營運，她打算在年前正式開業，那時最熱鬧；且借廟會的東風，想一炮打響，是以至年後的一段時間都會非常忙碌，今年怕是要自個兒過了。先前攢下的銀子，加上今年兩次茶葉賣的總共十二萬兩，已所剩不多，得抓住機會賺錢才是。毛筆尖於硯臺上順了順，娟秀的字體在宣紙上鋪陳開來，綠翹上樓時，將將落筆，輕輕吹著紙上墨蹟。

「小姐，毓成齋做的衣裳果然好看，換上試試！」綠翹興致勃勃。

明兒就是廟會，這是今年最後一個，也是最盛大的活動，聽說為防發生動亂，宮裡連衛兵都出動了，昨兒開始就層層守在華嚴寺，維持秩序。京都的夫人、小姐幾乎都會前往，真是一幅百花爭豔的景象，她家小姐自然不能被比下去，是以她特意去毓成齋訂了一套成衣。

蘇木無奈，起身接過衣裳。顏色還算素淨，各樣細節卻十分精緻，屬於低調中的奢華，她還算滿意。畢竟隨魏府同往，穿得太寒酸，連人家丫鬟也比不上，倒真是丟面子了。「妳選的自然好。」她將衣裳遞回去，不打算試。「咱訂的那批素櫻衫裙可做好了？」

得到誇獎，綠翹笑眯了眼，對蘇木不試衣裳的執著也去了幾分。說起那衫裙，她更歡喜了。「好了，奴婢還試了呢！顏色真好看，衣裳上的櫻花也極精巧。經您一改，哪像是上工穿的衣裳，倒似與兒郎相會時的打扮。這會兒該是直接送到鋪子，把那一眾丫頭樂壞了吧！」

蘇木笑而不語。當初除了招點心師傅七名外，還有跑堂的男女各十，選的都是品貌俱佳之人，年歲不大。男的好招，輕鬆選出；姑娘們卻選了一段時日，雖然給出的酬勞頗豐厚，可一般人家哪捨得讓自家女兒拋頭露面，幹侍候人的活計，那與勾欄院的姑娘有何區別？是以來的都是貧苦人家、走投無路之人，雖再三確認上工的活計，卻仍是忐忑。

對此，她也十分無奈，且等日後她們便知道了。好在鋪子已裝修得差不多，整日一幫年紀相仿的年輕男女待在一塊兒，說說笑笑，倒是熱鬧。蘇木又是開明的主人，並不避諱男女接觸，反倒經常搞些小活動，類似聚餐、遊戲，促進大家感情。畢竟她想要給鋪子營造一種浪漫、溫馨的氛圍，除了在佈置上下工夫，員工接待的態度也至關重要。

綠翹性子活潑，雖是奴婢出身，卻同房嬤嬤等人伺候一幢空宅，是以性子還未被打壓，對主子的敬意是有，多的還是親近。蘇木當天教她的待客之禮，她隔天便原封不動教給眾人，言語間帶著對蘇木的親近。因此當知道這間鋪子是蘇木開的，他們多有驚訝和敬佩，卻不畏懼，反而覺得主子不像是尹掌櫃那般的老爺，更讓人覺得放鬆。

「替我梳洗吧，還得去趟鋪子。」

綠翹將手上錦衣掛好，取出蘇木隨身的一套，又加了一件小馬甲。近年關，氣溫驟降，尤其這兩日，日頭雖好，仍有些凍人。

正府街心照常人聲鼎沸，以帷幕遮擋的鋪子不再引人注意，只是偶爾傳來的歡笑，惹得人駐足多看兩眼。主僕倆掀開入口的帷布，黑漆漆的門口突然亮了，整個一樓大堂變了樣。各處是晶瑩剔透的琉璃，使得滿眼望去，如同一座水晶宮殿。這還是以白布遮住堂內桌椅以及吊掛的琉璃燈盞，並不能窺得所有。

尹四維和柳三娘迎了出來。柳三娘一臉笑呵呵，哪還是初見時唯諾的樣子。只聽她道：

「小姐還沒瞧見吧！昨兒夜裡來裝的，那些琉璃燈盞和屏風真好看，我尋思距咱鋪子開業還有半月多月，便扯了布蓋起來，莫要蒙上灰。」

蘇木打心底讚賞她的細心，含笑點頭。尹四維也點點頭，這個柳三娘瞧著木訥，倒是個做事的人，他拱手道：「小姐，廟會那頭都安排妥當了，咱上內堂詳談。」

幾人進了內堂，尹四維將明天的安排詳盡道來。廟會坐落京都城外南山，由於華嚴寺香火靈驗，即便並非每年盛大的廟會，平常走動的人也有。是以這條路雖不短，與京都城內的繁華相比，差不得多少，尤其近南山腳下，各鋪子更是爭相競業。一路趕來上香祈福的人多，生意十分火爆，雖是小本生意，可人多，賺得也不少，蘇木便是看上這點。

尹四維在南山腳下租了一間鋪面，原是個小茶館，撤了桌椅，經一番簡單佈置，成了試賣點心的攤子。茶館後頭搭了鍋灶，幾個糕點師傅已準備好明兒要用的東西，往那處去了。

一眾跑堂的此時正在後院換新衣，聽見一個姑娘脆生生地喊了一聲。「小姐、綠翹姊姊。」

門口探進一個粉面嬌俏小丫頭的腦袋，綠翹便上前將人拉進來。「這麼多丫頭裡，數妳最調皮，怎麼這會兒還羞起來？」

這個小丫頭叫香蘭，她是頭一個報名的，家住京郊一村落，村子多山地，多種瓜果，卻只是普通瓜果，雖臨天子腳下，卻過得貧困。村裡年輕的後輩大都往京都討生活，香蘭年紀輕，除了進府當丫鬟，也尋不著別的活計。可當丫鬟大都要簽賣身契，她不是走投無路，不打算將自個兒賣了，為了生計，便想著到這間修葺的茶樓碰碰運氣。

待了幾日，了解了大概，她喜歡鋪子的佈置，也喜歡這裡的管事和主子，便回村同小姊妹說道，這不，一傳十、十傳百，三五姊妹皆相約而來。然而鋪子不需要這麼多跑堂的，綠翘便挑了幾個面相好、性子活泛的留下。

第七十四章　搶道

香蘭起初有些不好意思，被綠翹一拉，也就大大方方地站在眾人面前。這身素櫻衫裙，顏色嬌嫩，很襯她們花兒一般的年紀。袖口收小，不耽誤做事；素青色的腰帶勒緊腰身，顯得身段玲瓏；水紋狀的裙裾，使得每走動一下，便似舞蹈般。

蘇木點頭。「真好看。」這樣一誇，香蘭又不好意思起來。

柳三娘卻提醒。「換下吧，莫弄髒了！明兒還要做買賣哩，這可是咱鋪子頭回亮相，定要仔細。」她生得和善，平日便是嘮叨性子，是以這樣的話並不傷和氣，大家都知道她的善意。

「誒！」香蘭笑呵呵，轉身出去了。

蘇木又想到什麼，看向尹四維。「馬車可租好了？明兒一早拉香蘭他們上南山，得四、五輛吧！」廟會這日多的是馬車出城，若不提早訂好，到時候準沒了。

尹四維回道：「小姐放心，早早訂下了，香蘭他們明兒趕早就來，趕在出行之人的前頭，為防堵在路上。」

其實像他們那樣的身分，大可步行前往，可蘇木心善，到底還是讓租馬車，這更讓一眾年輕人樂得不行。畢道許多人都沒坐過馬車，過往總想著坐在上頭是啥滋味。蘇木再問了些細節問題，尹四維一一回話，極盡詳細，一切妥當。

次日一大早，魏府的轎子便落到門前。院裡只有蘇木在，因著杜雪瑤的邀請，她自然要同魏府一道，然而綠翹和雙瑞天不亮便趕往鋪子去了，來接人的是杜雪瑤的大丫鬟迎春。她輕輕叩門，片刻一身粉白的人兒將門打開。迎春一愣，險些沒認出來，一貫清淡的蘇二姑娘著一身華服，竟不遜官家小姐。

等轎子落到魏府大門時，魏府一眾人才出來。迎春掀開轎門，蘇木提著裙襬，下了轎，並不亂瞄，由著迎春引過去。她不是魏府請的貴客，只是同杜雪瑤隨行，是以不用特意引到眾人面前行禮，而是直接到杜雪瑤身旁。

杜雪瑤同丈夫魏紀夫站在一處，蘇木微微福身同人行禮。魏紀禮眼中驚豔一閃而過，卻也只是一眼，便淡淡頷首回禮。杜雪瑤樂得不行，直衝她擠眉弄眼，若不是礙著一大家子都在，她定要挽著人不鬆手。不遠處，一身嬌豔打扮的魏紀瑩立在魏夫人身側，正踮著腳、探著身子，朝這處看。一看到蘇木，眼睛更亮了，拉著魏夫人說著什麼，後者便朝這方看來，而後向身側的紫鵑耳語。

紫鵑點點頭，移步過來，笑道：「二少爺、二少奶奶，夫人請蘇二小姐一見。」後半句話，她側了側身子，看向蘇木。

蘇木有些茫然，杜雪瑤開了口。「去吧！娘是喜歡妳，早說想見見。」

蘇木淺笑，隨紫鵑前往。魏府人口不多，除去一眾奴僕，主子及前來的遠親總共二十餘人，但見紫鵑引了一個嬌俏的小姑娘前來，很是好奇。

那人著月白色與淡粉紅交雜的錦緞長裙，裙襬與袖口以銀絲滾邊，繡著繁細的淡黃色花紋，腰間紮著一條粉白色腰帶，突出勻稱的身段；淺粉色披風在肩上，繡著大朵紫鳶花，煞是好看。足蹬一雙繡著百合的繡鞋，周邊縫著柔軟的狐皮絨毛，兩邊掛著玉物裝飾，小巧精緻。見她兩手交疊，微微福身，玉般的皓腕戴著兩只玉鐲，抬手間玉鐲碰撞發出悅耳聲。

「妳便是蘇家小姐？」魏夫人開口，語氣謙和。「快抬起頭來，讓我瞧瞧。」

「是。」蘇木輕聲回應，微抬俏顏。

一雙眼眸烏黑發亮，靈動的眼波裡透出靈慧，櫻桃小嘴上抹了蜜一樣的淡粉，雙耳佩戴一對流蘇耳環。墨色的秀髮隨意飄散在腰間，頸上僅戴一串乳白珍珠瓔珞。生得不算頂美，卻靈動聰慧，於眾人面前落落大方，並不怯場。魏夫人滿意地點點頭，伸出手。「真是伶俐，快到我身邊來。」

蘇木應了一聲，這才往魏夫人身邊去，也就看清她的模樣。一身錦衣華服，風姿綽約，絲毫瞧不出一絲老態，面上含笑，甚是和善，此刻正笑盈盈地看著自己。

「蘇二姑娘。」這時，一個清朗的男聲自一旁傳來。

循聲望去，不是魏紀禮又是誰？

「妳模樣可真是大變化，我險些沒認出來！」他驚喜道。

「你怎認得人家？」魏夫人身旁一位年輕的夫人問道。同樣的衣飾華貴，卻姿態風騷，面帶媚笑。魏紀禮的一雙桃花眼便是隨她，此人該是其母，魏府的某位姨娘。她語氣不甚客氣，似有責備之意。

魏紀禮笑道：「老朋友哩！我去郡城迎親時便見過蘇二小姐，她那會兒開了一間涼茶鋪子，真是好喝，整個京都沒有一家茶樓能做出那般好喝的涼茶。」

他講著那時在郡城的趣事，惹得眾人樂呵呵。然而那姨娘一聽蘇木是開涼茶鋪子，臉色當即冷下來。看夫人親暱的態度，原以為是個官家小姐，不承想是商賈之女。她自然不喜兒子同蘇木太親近，於是佯裝惱怒，將兒子拉過來。「莫要在這兒耍寶，耽擱大家出城的吉時。」

「我哪耽擱了，許久未見，還有好多話同蘇姑娘說呢！」魏紀禮絲毫不察母親的心思，仍同蘇木擠眉弄眼。

蘇木無奈。她再傻也看得出那姨娘不喜，便故作瞧不見，同魏夫人寒暄幾句，便回到杜雪瑤身側。魏紀瑩見蘇木離去，搖著魏夫人的胳膊撒嬌，魏夫人刮了刮女兒的鼻子，准許她隨二房兩口子一路。

京都沿街皆被規整出一條道來，供一眾前往廟會的行人和馬車過路。蘇木、杜雪瑤和魏紀瑩同坐一車，魏紀夫便於外頭騎馬，同魏紀禮一道。

「蘇木妹妹，妳這身衣裳是在毓成齋做的吧！也就他家能有這樣的手藝。」魏紀瑩仔細打量，稱讚道。

杜雪瑤附和。「早該這樣打扮，多好看。」

蘇木佯裝嬌羞。「可莫打趣了，真是不好意思。」

三人笑作一團，姑娘家在一塊兒可不就聊這些衣裳首飾，妝容護膚。

外頭是繁雜的人聲，車內是小姊妹間的耳語，忽而聊到此行的夫人、小姐，魏紀瑩道：「今兒唐府的夫人、小姐也在，方才娘讓紫鵑來遞話，上山時要隨她一道，好跟唐夫人照面。」

杜雪瑤了然。唐、魏兩家雖是遠親，然而隔代久遠，並不能攀上什麼關係；且唐家於官場保持中立態度，是各家族爭相拉攏的對象，明面上行不通，私底下的活動卻層出不窮，親近唐夫人便是一條路。若得她垂愛，許了兒子當妻房，有了親家關係，那身分地位不可同日而語了。只是……杜雪瑤看向蘇木，不清楚她同唐相予間有無別樣情愫？二人關係這樣好，若真是那樣，以唐府的地位，只怕是瞧不上太過普通的出身。

蘇木神色未變，似懵懂無知，卻道：「一會兒拜完菩薩，再來尋我倆。」

她說得一臉神秘，魏紀瑩來了興趣。「好妹妹，可有什麼稀罕物，快告訴我。」

蘇木笑而不語，杜雪瑤也好奇。綠翹那丫頭平日從不離身，這樣熱鬧的廟會，她哪會不跟著？今兒不見人影，著實奇怪。

寬敞的京都大道因著行人太多，顯得擁擠，馬車也行得緩慢。出門約莫一個時辰了，還未出城門，到達南山腳下，怕是得趕上晌午飯了。華嚴寺的齋飯定然不夠接待如此多上香之人，能有座的都有身分、有地位；若趕不上座，有的人講究，便從自家帶吃食，大都光臨沿邊的小飯館，蘇木已料想到甜品攤子的火爆。就在她美滋滋地想著時，轎子一晃，重重落到地上，像是撞到東西，又像是在避讓什麼。

車內三人不受控制地朝左側傾倒，魏紀瑩和杜雪瑤坐在右邊，這一晃，二人便牢牢攙扶，才沒被甩過來；蘇木坐在左側，便重重撞到車壁上，胳膊一陣生疼。

「誰那麼不長眼？」魏紀瑩惱怒道。

蘇木眉頭微微一皺，掀開車簾，正對上一輛豪華馬車，車上主人也正掀簾子往外看。一張芙蓉臉，嬌美豔麗，星眼如波，此時正直直望過來，高傲冷漠的眼神讓人瞧出一絲輕視。只是輕輕一瞟，便收回了視線，也收回了手，那馬車便擦身而過，行於前頭。行過之處，一旁車馬無不避讓。

魏紀瑩悻悻地收回不悅的神色。「原是孟府的馬車。」

蘇木揉了揉仍有些疼的肩膀，若有所思。方才那位該是孟家小姐吧！果真生得傾國傾城，可惜性子不討喜。因著方才的不愉快，馬車內一時陷入沈悶，可臨近南山，車外變得安靜，時而鳥叫，又有微風相送，三人裹緊披風，並不凍人，心情卻暢快不少。撩開轎簾，趴在窗口往外看。

青山綠水，山明水秀，杜雪瑤和魏紀瑩直呼好看，想是在府裡拘得太久了，這樣的景致讓二人覺得放鬆。蘇木倒不是那般驚喜。福保村的山，郡城的村落，以及入京都的沿途，都是這樣的景致。很快地，道路兩旁出現行人跡象，隨即酒旗招展，景象越來越熱鬧。隨行的嬤嬤便過來，將她們的轎簾放下，囑咐人多眼雜，莫要露面。三人吐吐舌頭，坐回馬車。

約莫再行了半盞茶工夫，馬車停下，紫鵑叩響轎門。「四小姐，夫人喚您過去。」

魏紀瑩無奈，癟癟嘴，有些不情願。那樣的場合她是不喜的，還是同二嫂待在一塊兒自在。

「快去吧！行過禮了再回來，我倆等著妳就是。」杜雪瑤說著撩起轎簾。

「那妳們可要等著我。」魏紀瑩說著看向蘇木。得後者肯定，才苦著臉，牽起裙襬，由紫鵑攙扶著下車到魏夫人身旁。

馬車已到山腳，並不能行上山道，倒不是道路不平坦，而是為表虔誠，這段路是需要走上去的。魏紀瑩走後，迎春也掀開轎簾。「少奶奶、蘇二小姐，咱也下車吧！」

二人一前一後下車，立於魏家隊伍中間，那頭魏夫人帶著小女兒應酬，餘下一眾原地等候。魏紀夫下了馬，來到二人身旁。本是女人家的熱鬧，可魏夫人特意提了讓二兒子一道跟來，該是為了求子還願。

山腳下的人越聚越多，魏家一行人卻遲遲沒有動靜。迎春機靈地去打聽，被紫鵑告知先行，夫人隨了唐夫人等人同往。於是一家子開始隨人流上山。進了山口，蘇木瞥見魏夫人和魏紀瑩跟在一旁隊伍。

路有兩條，一條寬敞崎嶇，一條窄小卻修建平坦。魏夫人等人便是跟在平坦那道，周遭都是同她們一般衣飾華貴的官家夫人、小姐，該都是同唐夫人招呼去的。她仔細瞧了瞧，並未發現唐府女眷的蹤影。再往前行，才瞧見旁道行至最前，悠閒恣意的一行人。

一身鵝黃裙衫的唐相芝挽著一位端莊夫人，那夫人雖美豔，卻不苟言笑，有些嚴肅。唐相芝時而嬌憨說笑，她才牽牽嘴角。一旁一位嬌豔的女子隨行，不就是方才搶道的孟府小姐？她挽著孟夫人，蓮步輕邁，姿態萬千。

孟小姐的嬌豔該是隨其母，孟夫人一雙丹鳳眼隨意一瞟，便讓人覺得柔媚入骨。她此時正笑容滿面，熱絡地同唐夫人說話；反觀唐夫人仍舊神色淡淡，似乎對她說的話不感興趣，卻還是礙於禮貌，稍微回應。唐相芝倒是活泛，和孟府的人有說有笑，對孟家小姐更是親近。蘇木瞧了個大概，又於那群人中找了找，並沒發現唐相予的身影，該是沒有跟隨而來。

魏府一家除魏夫人和魏紀瑩還在後頭，都已上香完畢，於嚴華寺門口等候。魏紀夫詢問寺裡，歇息的院子已沒有了，於是一眾家眷只好下山覓食、歇息。好在南山風光不止嚴華寺這一處，蒼翠的竹林、山澗的小溪，以及冬日的田野，總之地方廣闊，散步的地方有許多。

既然決定下山尋吃的，那幾房人家便分頭行動，約好時辰再一同回府。然而魏夫人未到，總要留人等候。一群人中，獨魏紀夫理事，他便主動留下來；至於魏紀禮，倒是想隨蘇木一道，卻被姨娘扯著耳朵拉到一旁去了。於是下山道上，只蘇木同杜雪瑤二人，身後跟著迎春和田嬤嬤。至山腳，蘇木帶領三人尋找攤子。

只見前頭幾間不大的茶樓、飯館中間圍滿了人，走近一瞧，卻不是亂七八糟一團，一根麻繩套樁，牽出三條道來，那些人便順著道排隊，井然有序。迎春往前走了兩步，而後轉身道：「少奶奶，前頭排了好些人，該是有什麼熱鬧可瞧，我去探探。」

杜雪瑤也探著身子瞧過去，除了人海，什麼也沒瞧見，便道：「去吧！」

蘇木笑了笑，視線遞到那處，見很多人排隊，大多是丫鬟、小廝，每人手中皆捧個紙盒，有的拿一個，有的拿兩個、三個。片刻，迎春回來了，手裡也捧了兩個紙盒，身後還跟著一身素櫻衫裙的綠翹。

綠翹手裡拎個食盒，脆生生地喊人。「少奶奶、小姐。」

「綠翹？妳怎麼在這兒？」杜雪瑤不解地看著她。

迎春接過話。「我走近一瞧，發現是賣點心的攤子，那點心真好看，可要排長隊。少奶奶和二小姐定要餓壞，正糾結著，綠翹便拉住我，還給了這些。」說著將點心往幾人面前伸。

「那得排到什麼時候？」綠翹笑了笑，有些得意，隨即轉向蘇木。「小姐，點心賣得極好，就是一回只能買三個，好多人怨聲載道，說數量太少了；還有自稱是官家，想要都買了去。尹掌櫃記得您的叮囑，硬是回絕了。既然有人買，咱何不多賣些？」

蘇木搖搖頭。「莫要貪圖一時之利，咱今兒可不是為著賺錢。行了，回去忙活吧！告訴他們，再辛苦辛苦，晚間吃烤魚，發賞錢。」

「誒！」綠翹笑瞇了眼，給杜雪瑤福身後，轉身小跑著融入人群。

第七十五章 糕點

尋到來時的馬車，二人上車，才將糕點拿出來。杜雪瑤揭開食盒，就見裡頭擺著四方幾片，綠色的糕點其上有紅豆點綴，瞧著便讓人覺得清新，淡淡苦澀的氣味中又帶著香甜。她好奇地看向蘇木，也問出心中疑惑。「妳擺了攤子賣這些糕點？」

蘇木笑了笑，並不否認。她揭開食盒下層，是圓形糕點，男子拳頭般大小。糕點上層鬆軟的膏狀物若雲朵般綿密鬆軟，其上撒了綠色粉末和水果，還有霜糖、蜂蜜，泛著光澤，再配上空中瀰漫的奶香氣，讓人忍不住欲嚐其美味。

「這些都是什麼糕點，從未見過。」杜雪瑤再發問。

「自然是我新搗飭出來的。」蘇木從食盒裡拿出小勺，遞給她。「嚐嚐。」

「妳打算賣這些？」杜雪瑤將信將疑，卻也接過勺子嚐了嚐那圓形糕點。口感滑膩香軟，那綠色粉末竟是茶粉，奶油的甜膩沖淡了茶粉的苦，使得奶香氣中帶著清新茶味。

真好吃啊！不僅好吃，還好看！她不是貪嘴的人，卻生生將一整個糕點吃個精光。「妳的腦袋瓜到底裝了什麼，饒是宮裡的御膳房也做不出這味糕點吧！」杜雪瑤拿出絹子輕輕拭嘴。

蘇木衝她擠了擠眼，才將鋪子的境況一一道來。杜雪瑤一是驚訝，再是敬佩，論起做生意的腦筋，木兒滿腦子都是想法。
「二嫂、蘇木妹妹。」是魏紀瑩。她小跑而來，由著迎春掀開轎簾便鑽進馬車。二人忙接應，生怕她這般莽撞的動作磕著、碰著。
魏紀瑩滿不在乎，邀功般道：「我給妳們帶好吃的了！」說著朝轎簾探出手，喚自個兒的丫鬟，接著手裡多了個紙盒。
杜雪瑤和蘇木相互看了看，掩嘴一笑。魏紀瑩不察，仍樂呵呵道：「這是唐夫人給的。」
蘇木眉毛一挑。糕點限量，每人最多購買三盒，唐夫人怎麼買了那麼些，還分給旁人？瞧方才魏夫人離唐夫人一行人的距離可不算近，若挨個兒發放，不知需要多少？不等她發問，魏紀瑩便包不住事，一股腦兒全說出來。
「就這些糕點，還是唐夫人派人一趟一趟去買的。買糕點的人太多，等了老半天，好在唐府隨行的下人不少，全被派去排隊買糕點了！可還是耽擱了許久，將唐夫人氣得夠嗆。妳們說，那賣糕點的老闆是不是個有趣人，有錢不賺，非得要人排隊，偏人們還就心甘情願。」
二人再也忍不住，捂著肚子大笑出聲。
「我說的不對嗎？」魏紀瑩一頭霧水，看著捧腹開懷的二人滿是不解。
「妳說的都對，只是那有趣的人，遠在天邊，近在眼前。」杜雪瑤說著將食盒打開，精緻的糕點出現在魏紀瑩眼前。

「妳們……」她想說妳們竟先買到了，還買這麼多盒……難道……遠在天邊，近在眼前？她一把拉住蘇木，又看向杜雪瑤。「二嫂，妳可莫告訴我，這些糕點是蘇木妹妹做的？」

杜雪瑤揚了揚臉，算作回答。

魏紀瑩簡直驚喜。「好哇！虧我得了糕點，巴巴地跑回來同妳們分享，原來妳二人早早享用過了。」說著又置氣般不理會，拿起食盒中的小勺子，獨自享用起來。

只一口，一雙眸子變得晶亮，也不裝氣了，直呼好吃。「蘇木妹妹，妳可真能幹！」她嘴裡吃著東西，含糊道：「不過，妳今兒可把唐夫人得罪了！」

蘇木真覺無奈，先前不曉得怎麼得罪了唐相芝，今兒又惹唐夫人不悅，她怕是八字和唐府犯沖。不過，唐夫人讓人一趟趟買糕點分給諸位夫人、小姐，卻也達到了她推廣的目的。至於惱怒與否，便不關她的事了。

「做生意得罪一、兩個人，那是常有的。再說了，唐夫人惱的是糕點攤子，她可不曉得那是木兒的主意。」杜雪瑤接過話，看看蘇木，繼續道：「不說這個了，好不容易出來，咱去南山走走。」

魏紀瑩拍手稱好。「走，就咱三個。娘同大嫂一道，二哥和三哥也在一塊兒，說是還要等唐夫人。我最不耐煩，溜出來就不打算回去了。」

唐府有少爺、小姐，魏府自然也有，上午帶了魏紀瑩前往，沒瞧見唐相予，卻有唐相芝隨行。唐府小姐是外嫁，雖比不得嫁入唐府，卻仍有親家關係，是以魏夫人帶了魏紀禮相隨。雖說魏紀禮不是她親生的，也不是嫡子，唐府應該也瞧不上，可男女之情誰又說得清呢？只要有一線希望，她就要抓住。倒不是為了自個兒，也不是為著姨娘，而是整個魏家。只有魏家好，她的子女才會好。也因為她的這些考量，使得姨娘後輩都信服她，尤其魏紀禮的親娘，更是唯魏夫人馬首是瞻。

「妳呀！」杜雪瑤伸手點了點她額頭，無奈地搖頭。

蘇木也笑了。魏紀瑩比杜雪瑤小不了多少，性子卻比杜雪瑤未出嫁時還要嬌氣、任性，卻也同樣心思單純。三人再用了些糕點，飲了食盒底層裝的幾杯奶茶，大感滿足，而後才下了馬車，緩步朝南山深處而去。

南山最有名的是紅楓，入了楓林滿眼都是蒼黃一片，很是壯觀。三人相攜行走，腳底是厚厚的楓葉，踩上去十分鬆軟。迎春、田嬤嬤等人拿著主子的披風落於後頭，一面照看，一面也欣賞起山色。前後皆是三三兩兩的行人，同樣信步慢踱，悠閒恣意。忽然，自一旁岔道迎面而來主僕三人，卻是嬤嬤和丫鬟，簇擁一位嬌豔的小姐，那丫鬟便是翠玉軒遇到的翠蓮。

是孟府的人。蘇木眉眼顫了顫，隨即恢復如常。旁邊二人自然也瞧見了，杜雪瑤當即想拉著人就走，生怕讓她們認出蘇木。偏偏魏紀瑩在孟家人面前露過面，此時偶遇，若不招呼一聲，便是輕待。若是孟家小姐不在意，倒是沒甚；可若她計較起來，告到孟大人那裡，魏大人於官場怕是得受些排擠了。

魏紀瑩大抵也想到這一層。母親時常交代，萬事要以爹為先，若因這點小事讓魏府遭難，她同二嫂怕是得狠受責罵。可若帶著蘇木見人，又會引起先前的恩怨，屆時遭罪的定是毫無背景的蘇木。二人矛盾、掙扎，就在這呆愣的瞬間，孟府三人走得更近，顯然也瞧見了她們。

「去招呼兩句吧！」蘇木知二人顧慮，主動拉著人走過去。

二人心跳如擂鼓，面上卻裝出和善的笑來，微微向孟家小姐欠了欠身。後者只是微微頷首，算作回禮。她認得魏紀瑩，依杜雪瑤的妝髮能猜出一二，該是魏家新媳。至於安靜落後一步、年歲稍小的蘇木，卻是猜不透。衣飾不俗，生得不算頂美，卻靈動聰慧，其不符年紀的清冷氣質，教她多瞧了兩眼。

只是對方垂著眼簾，不驕不躁，不親也不敬，讓她生出一絲不悅。哪家小姐見她不是爭相追捧？這人……細細想來有些面熟……隨即想起，不就是京都大道上，搶了人家的路，還撞停了轎子，那會兒她便撩起轎簾，一臉哀怨。想到這兒，孟小姐心裡的不悅也就散開了，不再理會三人，側身往前去。翠蓮腳步稍有遲疑，她看蘇木面熟得很，卻怎麼也想不起哪裡見過。這樣的穿著打扮該是哪府小姐，偏一點印象也沒有……

杜雪瑤和魏紀瑩見狀，忙拉了蘇木向另一條道離去。二人拍拍胸脯，真是驚險。為著孟家小姐在，三人也沒了閒逛的興致，停留片刻，也就往回去了。

魏夫人想是身子困乏，早早回來，如此魏家一行人便先一步打道回府。回去路上也有轎子馬車陸續返程，不似上午那般擁擠，是以回程快了不少。

回了唐府，唐夫人脫了一身華服，換上便衣，將今日在華嚴寺求得的平安、順遂符拿出來，放進一個精緻的錦囊。仔細繫好繩，又輕輕撫了撫，喚來親近的丫鬟。「大少爺可回來了？」

丫鬟低眉順眼道：「才回來，往老爺書房去了。」

唐夫人點點頭，不苟言笑的面上露出一絲柔和。她將錦囊遞給丫鬟，道：「給大少爺送去，叮囑要日日佩戴。」

「是。」丫鬟雙手接過，福了福身，退了出去。

這時，唐相芝進來了，手上端了一碗羹湯，俏生生喊道：「母親。」

「妳怎麼來了？」唐夫人瞥了女兒一眼，兀自到羅漢榻上倚靠著躺下。她今日外出，想是一身汗，有些頭昏腦脹，提不起勁。

唐相芝將羹湯放置唐夫人手側的几上，乖巧地挨她坐下。「芝兒聽說您晚間沒用兩口飯，特意燉了蓮子羹，您用點。」說著，端起碗就要餵她。

念及女兒一片孝心，象徵地喝了兩口，卻再也吃不下。不知怎的，想起白日的糕點，有些想吃。她喚來白日跟隨的丫鬟。「今兒在南山下買的糕點可還有？」

那丫鬟一愣。夫人少有想吃的東西，白日的糕點賣相極好看，味道也獨特。可人家限購，好不容易排隊買了那些，都分給眾夫人了，哪裡還有餘下的？於是老實回話。「回夫人，糕點本就不多，各家分了兩份，便沒有餘下的了。」

唐夫人身子本就不舒坦，好不容易想吃糕點，竟還沒有，當即更加煩躁。唐相芝見狀，朝自個兒丫鬟使了使眼色，後者退了出去。「娘，您想吃，咱再派人去買就是。」

唐夫人沈著臉。為了一塊糕點，興師動眾派人跑至南山，偏那賣糕點的還是搭了簡易棚子的，就是這會兒去了，也不曉得人還在不在？她惱怒，沒有答話。

片刻丫鬟返身，手上拿了個紙盒，卻是白日裝糕點的盒子。唐夫人眼睛一亮，隨即黯淡下來。盒子鬆垮垮，只是個盒子，裡頭哪有什麼糕點。

「母親，您瞧。」唐相芝說著，示意丫鬟將盒子拿上前。

「蘇記甜點」，盒上是飄逸的四個大字，其下有一排小字，詳盡寫著鋪址及開業時間。糕點做得那樣精緻，味道又好，唐相芝本就愛吃這些，可不得一番打聽。只可惜人家鋪子還未開業，不然回府路上就遣人去買了。「下月十二開業，眼下是吃不上，屆時咱再一道前往。」

唐夫人卻看出不同。正府街……那處先前不是茶樓？聽丈夫道，因牽涉私賣茶葉，東家已被斬首，鋪子空了月餘，上月才賣出，是兒子出的面。兒子名下產業不少，酒樓於各地十餘處，京都自然也有，他出面買鋪子不稀奇，可牽涉朝廷重罪，朝中官員能避則避。雖說唐府出面正經買個鋪子，不若旁的小品官職之人要走數十道程序，可老爺一向重視清譽，儘量避嫌，竟不曉得為何允了？

不過，買就買吧！做出那樣好吃的糕點，竟還瞞著她，莫不是要給個驚喜？想到於南山受到的冷待之氣，便散了幾分。既是兒子的鋪子，那再讓廚子做上幾塊又有何難？她今兒還就想吃了。「去把大少爺叫來。」

片刻，去而復返的丫鬟領著唐相予進門。他一身朝服，回家還未來得及更換，便直接到父親書房議事，被母親喚來，才覺有些餓了。「母親、芝兒，喚我來何事？還未來得及用飯，餓得緊。」他喊過人，便端起几上的蓮子羹往嘴裡送。

唐夫人大驚，顧不得穿鞋，起身奪過碗，羹湯便灑了些出來，濺到二人手上，丫鬟忙上前接過碗。

「沒正形！母親吃過的，你怎好往嘴裡送！」唐夫人抽出絹子將兒子的手擦拭乾淨，對一眾奴僕道：「快去給大少爺備飯菜。」

「母親含辛茹苦將我養大，我吃母親剩下的又有何不可？」唐相予討好道。

唐夫人當即心花怒放。這句話甜到了心口，可讓如此驕傲的兒子吃剩下的羹湯，她仍不允許。

「哥，你可真會講話，瞧把母親哄得。」唐相芝打趣，而後道：「母親想南山腳下糕點攤的糕點，若此刻遣人送來，才真是哄到心坎上了。」

唐相予將唐夫人扶上榻，又挨她邊上坐下，漫不經心道：「什麼糕點？可是今兒去廟會吃的？我這就遣人去買。」

唐夫人拉住兒子。「去什麼南山！讓廚子進府，往後府裡的糕點都換成那樣的。」

唐相予一頭霧水。那糕點就如此好吃？好吃到要挖人家廚子？

見兒子一副裝傻充愣的樣子，唐夫人便直截了當問道：「我問你，於正府街開了糕點鋪子，為何瞞著我？」

正府街……唐相予反應過來，該是說那間茶樓。「母親，正府街的茶樓不是我買下的，只是出面說了幾句話。」

「不是你的？」唐夫人眉頭一蹙。「那是何人？」

唐相芝也目不轉睛看過去。原是相熟的人，除去官場之交，自家大哥也就同杜家公子走得近些，莫不是杜家？

「郡城的故人。」唐相予含糊道，不欲多解釋，便扯到糕點上。「您若愛吃，我讓雲青去取就是。」

郡城的故人？母女二人自然而然聯想到杜家。杜家於朝中勢頭漸盛，不容小覷，那杜二公子與唐相予是同窗，關係極近，若幫著兩句話，倒也不為過，於是不再過多追究。

說起取糕點，唐夫人不禁嚥了嚥唾沫，似覺有些餓了。

第七十六章 相識

蘇記甜點的內堂正熱火朝天。一眾人坐足了三桌，桌上酒肉豐盛，桌子中間的烤魚盤內正咕咕冒泡，整間屋子香氣逼人，直教人食指大動。如此這般，跟過年似的，比起過年還要熱鬧。今兒預備了五千份糕點，全都賣了出去，收益兩萬兩銀子，晚間後廚備菜時，尹四維同蘇木對帳，計算下來，直教他咋舌。

一塊糕點是半兩白麵都用不上，卻賣出三、四兩銀子的高價，說句不中聽的，簡直是搶錢啊！偏那些夫人、小姐還一個勁兒地搶購，太可怕了。他本還為鋪子做糕點生意擔憂，照今日的勢頭，不出三月，這成本全都回來了，往後可是純利啊！照今日估算，在沒有那麼大人流的平常，一個月五到十萬不會少，那一年……他不敢想，簡直比茶樓還賺錢！且主子出手闊綽，每人賞了十兩，是別的鋪子一月的工錢了。雖說這一日大家很辛苦，嗓子都喊啞了，可包裡沈甸甸，肚裡暖烘烘，哪還顧得上辛苦，就是日日這般，他們也願意。

就在大家極盡歡笑時，鋪子裡走進一人，是雲青。他進門便看到這熱鬧場面，有些不好意思。「我叩門半天，無人應答，便自個兒進來了。」

大家熱鬧說笑，哪裡聽見什麼叩門的聲音？

「無事。」蘇木起身走過去，關切道：「出什麼事了？」

雲青越發不好意思了，撓了撓腦袋。「少爺讓我問問，白日在南山賣的糕點還有嗎？」

綠翹聽見，走過來。「怎麼，唐少爺也覺得咱鋪子的糕點好吃？」

綠翹仍是白日的素櫻裙衫，很是俏麗。雲青看了一眼，便移不開了。「不、不是，是我家夫人想吃。」

「唐夫人？」蘇木愣住了，想起那張端莊過頭有些肅穆的面龐，竟為著吃一塊糕點讓兒子來取，驕縱的性子同她外表有些對不上。

雲青點點頭。「夫人今兒身子不適，啥也不想吃，獨想今兒南山的糕點。」

蘇木讓綠翹裝了滿滿一盒給雲青帶回去，還附贈奶茶。雲青回去後，唐夫人用了不少，吃到想吃的，心裡舒坦，身子也鬆快許多。

很快地到了十二這日，蘇記甜點開業了。遮了月餘的茶樓，變了大樣貌，於一眾古樸平常的茶樓、酒樓中，坐落一幢三層高的小洋樓，從外觀來看以素櫻混白為主，處處透露一股清新、淡雅的意味。尤其每個樓層廊下掛的琉璃燈盞，饒是白日不點，牽了一排，隨風輕搖，泠泠作響，也極為養眼。若是夜幕低垂，華燈初上，該是如何一幅繁星點點的精美畫面。

廟會那日做足了廣告，京都民眾早就翹首以盼，這不，還未開業，門口便圍滿了人。店門一開，還未進門，外頭的人便窺得裡頭樣貌，竟若水晶宮殿般亮眼，布局十分奇特，一張張琉璃屏風將桌椅隔開，桌是上好的梨花木雕長桌，椅子卻生得奇怪，似鋪了墊子，又似墊子同椅子合一起，瞧著十分鬆軟，配上淡淡的青草綠，讓人覺得十分舒服。每桌正上方吊了一盞水晶琉璃盞，是簡約的花傘狀，一朵不稀奇，可吊得滿堂都是，便讓人覺得匪夷所思了。

等候的人已迫不及待想要進去，尹四維卻帶著一眾著素櫻衣裙的年輕人迎出來，男男女女混站兩旁，他落於正中。開業儀式沒請有臉面之人剪裁，甚至連老闆都未露面，實在低調，只有掌櫃的講了幾句吉祥話，便扯開遮擋招牌的紅綢，「蘇記甜點」四個大字映入眼簾。在旁的小廝點起鞭炮，一眾跑堂的男男女女將客人迎進門，個個面帶微笑，舉止和談吐都不俗，教人心生愉悅。如此簡單的開業，因著圍滿的客人，其熱鬧之勢不亞於任何一位有地位之人駕臨。

蘇記甜點的開業吸走了大量顧客，一旁鋪子的掌櫃、管事皆雙手環胸，以一種探究姿態望著那幢標新立異的高樓。福滿樓也不例外，從來都是京都生意最好的酒樓之一，饒是鋪裡排了新曲、新戲，來客也不過如此。掌櫃心跳若擂鼓，好巧不巧，今兒東家上門巡店，此刻正在二樓雅間，那雅間還正對蘇記甜點正門，如斯場面，是打他這個掌櫃的臉啊！

掌櫃抱著帳本，戰戰兢兢地上樓，敲響房門進入。唐相予兩手撐在欄上，探著身子往外瞧，正與旁側雲青說著什麼，面上帶笑，似乎……心情不錯。「東家。」掌櫃喊了人，便規矩地立在一旁，等候吩咐。

唐相予只擺了擺手，並未要查帳的意思，頗有興致道：「走，咱去對面瞧瞧。」

掌櫃不敢多言，亦步亦趨跟上。

三人剛到門口，立即有人迎過來，是香蘭。瞧清來人是唐家少爺，熱絡神色又多了幾分。「唐少爺，小姐給您留了雅座，樓上請。」

她一貫伶俐，唐相予來不到兩回，她卻暗暗記下了。這人和魏家二少奶奶、魏家四小姐一般，同小姐交情匪淺。她一路領著三人上樓。「小姐猜準了您會來，囑咐咱好生接待，且一應費用全免！」

唐相予笑了，打量鋪子布設的同時，也在搜尋小人兒的身影，卻沒瞧見。「她人呢？」

「在後廚呢！」香蘭回道：「這會兒人多，人手顧不上，小姐便換了衣裳跟咱一道跑堂。」

唐相予嘴角牽起。還真是她的作風。一旁的雲青和福滿樓掌櫃的嘴角皆抽了抽。一間大點心鋪子的老闆，竟去幹跑堂的活計……

到了雅座，香蘭細心道：「唐少爺，屋裡暖和，一會兒出門要受涼了，您將披風脫下，奴婢幫您收起來。」

唐相予頓了片刻，屋裡不見暖爐，卻溫暖如春，只待片刻，便覺有些發熱。見自家主子沒有反對，雲青便上前脫下披風交由香蘭。褪下厚重的風衣，落坐於柔軟的椅子上，桌上的珍珠梅散發幽幽香氣，讓人覺得放鬆，周身的倦意都退去了。

素櫻裙衫的人去而復返。「唐少爺，要吃點什麼？」卻不是收起披風的香蘭，而是蘇木。

唐相予不由得笑了。「坐。」

她將點單放置他面前，繞到對面坐下。

「妳可真是讓人意外！」唐相予讚賞道。

南山擺攤已讓他敬佩，再看到鋪子的修設，已不知說什麼好。放眼整個京都，再也找不出這樣好看的鋪子，和那些讓人吃了便忘不了的糕點奶茶；還有讓他更好奇的是，這如春般的暖意，從何而來？不過，他沒問，拿過單子隨意選了幾樣。香蘭也正好回來，接過單子，便返身回後廚了。不過三兩句話的時間，糕點上桌，速度之快，讓人咋舌。

蘇木笑著起身。「我今兒可陪不了你。」

想到她要去招呼別人，唐相予心有不願，可觀鋪子大多是女眷，心裡稍稍放鬆了些。罷了，她喜歡的事，便不多干涉。人一走，唐相予看向福滿樓的掌櫃。「可瞧見人家鋪子和咱有何不同了？」

掌櫃抹了抹額上的汗，一半是緊張的，一半是熱的。至於不同，真是大大的有，光迎賓待客就差得老遠。「我這就回去商討改善。」

唐相予擺擺手，沒再說什麼。自家掌櫃也不是無能之人，酒樓和甜點鋪到底有差別，只是他從來都了解，蘇木腦子裡的點子不一般，特意帶掌櫃前來，是有私心學習一二。甜點到底不是正餐，開在左右都不是等閒之輩的地段，很好地避免了競爭。初立京都避免樹敵，不得不說，這是很明智的做法。且店客大多是女眷，按點心價格來講，能吃得起的還不是普通女眷，倒不失為一個結交的好機會。

唐相予見一切安好，便兩三口將點心吃完，打算離開。就在他剛站起身時，雲青湊近，低聲道：「少爺，是孟三小姐。」

二樓樓梯口款款走來一位著紫綃翠紋裙、披著軟毛織錦披風的小姐，一旁跟著俏麗丫鬟和嬤嬤。來向正對唐相予的雅座，顯然是瞧見了他們。孟三小姐對引路接待的小丫頭說著什麼，那小丫頭便直接將人引了過來。

「相予哥哥。」孟小姐蓮步輕邁，搖曳生姿，款款而至，微微福身。

「蓁蓁。」唐相予含笑。「許久不見。」

孟家三小姐，閨名蓁蓁二字，人若其名，桃之夭夭，其葉蓁蓁。孟蓁蓁同唐相予幼時便識，初見於宮裡的御花園。彼時皇后娘娘壽宴，宴請百官，作為當寵的孟家、唐家，自然受邀在列。那是孟蓁蓁第一回入宮，聽說御花園百花爭豔，有著天底下最美的花，她偷偷跑去，卻迷了路。恰逢同樣目的的唐相予，一個找花，一個覓竹，也算志同道合，便結伴巡遊，最終雙雙迷路，累倒在桃樹下，相擁入睡。

怒氣沖沖也擔憂不已的孟大人、唐大人見著這幅情景，嘴角都抽了抽。二人在官場算不得水火不容，卻也不是交好的關係。回到家中，孟蓁蓁被狠狠訓斥，作為孟家最有前途的孩子，這樣的任性行為無疑是給孟府蒙羞。不過她卻不難過，腦子裡從那一刻起便埋下了唐相予這個人。

無奈往後孟家和唐家關係越發緊張，每每赴宴相會，二人都不得接觸，只是遙遙相望。是以京都夫人的宴會她少有參加，一是來自於孟家小姐的驕傲，二來她對那些攀孟府關係、想娶她過門的人毫無興趣。但唐夫人辦宴會、出遊，她必然要到的，只可惜少見得到心上人，每每被告知外出求學。

這一晃便是十多年，他一直存在眼中、腦海和心裡。然而唐相予對孟蓁蓁的印象還停留在御花園，那個粉妝玉琢的小娃娃，而今也是，只是小娃娃長成了姑娘，仍是粉妝玉琢。

「可不是，去年你回來，唐夫人設宴，我來了你可知？」孟蓁蓁解開領口的結，由著翠蓮褪去厚重的披風，玲瓏的身段顯露眼前。她委屈道：「我等到人都散盡，也沒瞧見你。」

孟蓁蓁於對面坐下，唐相予不好離開，也就落坐，解釋道：「過年嘛！鋪子忙，好多帳本要看。」

瞥見將要離去的人停下步伐，孟蓁蓁嘴角露出一絲不易察覺的笑來，通情達理道：「正事要緊。」

唐相予將手邊點單遞給她。「少見妳外出吃這些，怎麼，也被這蘇記的甜點吸引了去？」

孟蓁蓁接過單子，笑道：「廟會那日同唐夫人相會，夫人贈了幾塊糕點，確實好吃。如今鋪子開業了，我便尋思買些送到府上，以表當日謝意。」

「倒是巧了，我也打算買回去，母親那日回來便心心念念。」唐相予回道。

孟蓁蓁有些著急。「你可莫與我搶，好不容易在唐夫人面前有表現機會……」說著，竟嬌羞起來。

這時，蘇木端著糕點過來。「不是要走了，怎麼——」話未說完，瞧見面上含羞的孟家小姐坐在那處，二人似相熟。

「遇到朋友了。」唐相予解釋，有些尷尬，生怕小人兒誤會。但見她只是一愣，倒是沒有別的情緒，也就放心了。

孟蓁蓁收起笑容，露出一貫的高傲，睥睨地望著一身跑堂打扮的蘇木。不就是那日跟著魏家的人？她記得很清楚。原以為是哪家小姐，不承想竟是個跑堂的下人，便有些看不起。可相予哥哥為何會認得她？二人間的對話頗自然，像是認識許久了。

她怎麼不知道有這樣一個人存在？神色忽而變得柔和，問道：「相予哥哥，她是……」

相予哥哥？蘇木眉毛一挑。二人不只相熟，似乎……頗有淵源。

「喔，是魏府二少奶奶的好友。」唐相予避重就輕。

蘇木也不是傻愣的人，微微福身，將甜點放置桌上。「孟小姐，請用。」

孟蓁蓁也不客氣，輕笑道：「魏家二少奶奶倒是個有趣的人，交友甚廣，妳叫……」

唐家何時與魏家關係這般近了？大抵是因著杜二少爺的關係。可嫁到魏家的杜小姐和唐相予何時熟到她相熟之人，他也這般熟了？根本說不通，唯一可能，二人關係不若表面那般簡單。定是這個小丫頭勾引，以她的身分妄圖嫁進唐府，簡直異想天開！一想到她心念已久的相予哥哥那般溫和對待另外一個女子，她便嫉妒得發瘋，看向蘇木的眼神也越發淩厲。

「姓蘇，單名一個木字。」蘇木垂著眼簾，無視那道充滿敵意的目光。

「蘇小姐，」孟蓁蓁笑道：「麻煩將我方才點的糕點再打包一份，一會兒我要去唐府探望唐夫人，她最愛吃這些。」

「是。」蘇木仍垂著眼簾。

如此順服的模樣，讓人挑不出毛病。孟蓁蓁雖然得逞，心裡卻不暢快，就似在南山見她時，莫名就心裡不舒服。

「先去忙吧！」唐相予輕聲道，神色一如平常。

蘇木點點頭，轉身離去。孟蓁蓁直勾勾地望著唐相予，除了含情脈脈之外，還多了一分審視，想瞧出些端倪。可讓她失望卻又欣喜的是，什麼都沒有。

「蓁蓁，我還要回福滿樓對帳，若妳要探望母親，可先行。」方才蓁蓁的語氣不甚客氣，小丫頭心性高，定不舒坦了，他得解釋一二。

「我等你就是，你我二人這麼久沒見，可不能放你走。」孟蓁蓁撒嬌道，而後語氣變得哀怨。「今日若別，下回也不曉得何時再見……」他雖已回京述職，卻整日忙碌，早出晚歸，想要偶遇不得。若非今日來這個蘇記鋪子，也是見不著的。

「這……」唐相予無奈。帳目不過是藉口，若真就回去對帳，讓孟蓁蓁坐在鋪子裡等他，傳到孟大人耳中，還道對他不敬呢！如今局勢艱難，還是不要生事的好。

「那便隨我一道回府吧！」

第七十七章 解釋

至了戌時，各鋪子陸續關門。蘇記送走了最後一桌客人，也開始打掃，鋪裡員工陸續離去，皆同櫃檯前的蘇木和尹四維招呼。二人算盤打得響，正在計算白日盈利。不出所料，較廟會那日賺的多了一倍，人流不似那日大，卻因著打響名頭後的頭一日開門，是以來的人不少，又因不再限量，便著勁兒地買。

糕點不是正餐，往後怕是不若今日這般火爆，不過下晌及夜幕低垂，休閒的人不少。尤其夜晚，整個蘇記三層高樓燈火通明，隔著琉璃窗瞧見裡頭光景，直讓人想一探究竟，因此，生意也不會差到哪裡去。

「小姐。」雙瑞從門外進來，手上多了一個精緻的匣子。

蘇木手上仍忙不停，抬頭看了他一眼，應了一聲，又低頭忙活。

雙瑞便走過來，將手上匣子放置櫃檯，巴巴地望著她。「唐少爺送來的。」

「唐少爺？」蘇木才停下手上動作，看過來。「他人呢？」

「人沒來，雲青送到門口的。」雙瑞有些鬱悶。東西送來，怎沒捎句話？今兒在堂內，大家可都瞧見唐少爺和一個美貌姑娘親近。旁人不曉得唐少爺和自家小姐的關係，可他知道呀！綠翹整日在他耳邊叨叨，唐少爺心儀自家小姐，而小姐似乎對唐少爺也十分信任。

可……偏偏跑出一個美貌的姑娘，這算怎麼一回事？雙瑞不解。

這匣子送來，他有些明白過來，是賠罪呢！可賠罪怎一句話都沒有。那姑娘是誰，二人又是何種關係，不得解釋？他小心地看向蘇木，後者接過匣子，「喔」了一聲，又埋頭忙活了。

「小姐，雲青還在外頭等著哩！」

「嗯？」蘇木再次抬頭，一臉呆愣。「還有什麼事嗎？喔，你讓綠翹裝些糕點給他帶回去吧！拿新款，今兒沒賣那些。」

「……誒！」雙瑞見蘇木再沒別的話，只好往後廚去，片刻又拎了個食盒出來。路過櫃檯，見蘇木頭也不抬，他便死心了。

雲青若一棵青松定定站在蘇記門口，門口的琉璃燈盞投下斑駁的燈光，將他影子拉得老長。見人出來，忙快走兩步迎上去。雙瑞將食盒塞到他手中，就要轉身回屋。雲青忙拉住他。「欸……怎麼走了，話哩？」

雙瑞微微側過頭，不客氣道：「啥話也沒有。唐少爺不解釋，咱小姐能有啥話說！」

「你……」他鬆了手，也犯難。是啊，少爺，你這賠禮認罪，倒是帶句話呀！

待他將刻著「蘇記」的食盒放在唐相予書房桌上，將此行經過鉅細靡遺稟報，本以為自家少爺會發愁，哪想少爺竟是一臉愉悅，讓人納悶。

唐相予揭開食盒，拿出兩塊，一番端詳，不是今兒吃過的，於是道：「給夫人和小姐送去。」

雲青一頭霧水。這就完了？這兩日，兩方親友團盡心伺候，暗暗觀察，操碎了心。當事人卻一如平常，啥事也沒有，各忙各的，也不相見。

再幾日就要過年了，各家各戶開始買年貨。蘇記接了好幾個大單，其中唐府、孟府、魏府，還有杜府，四家為最，且要貨之日挨得極近，該是為了辦家宴，抑或是宴請賓客。七名糕點師傅加班加點，忙得腳不沾地，跑堂的也都拉去後廚充當勞力。鋪子生意如此火爆，是他們不曾料想的，可忙活過後有賞錢拿，自然盡心盡力。

一車一車裝好的點心往外拉，蘇記帳上的銀子也往上漲，照這樣的勢頭，明年下半年也好在京郊買地了。茶葉利潤最高，她仍想著種茶。蘇記名下只有普茶一種，自明年新茶出，她尋思製出白茶、黃茶、黑茶、青茶，如此又要尋找新的母茶樹，引導嫁接，都不是短時間能完成的。若土地多，各種茶樹同時栽種，倒是省時。

如今蘇記普茶雖未得皇上加封為貢茶，卻連續三年專送宮裡。前不久得了杜大人訊息，明年茶葉照收；若無意外，至明年年底，賜名加貢順理成章。有了御賜貢茶的名頭，她開採新茶種無疑是推波助瀾。若其餘幾種茶獲得成功，她便將壟斷整個大周的茶行，將改變官府製茶的壟斷，因為那麼些茶葉，他們吃不消。如此必將實行官商互利，至於有何條件，最大可能便是納稅。這些都是蘇木的大致規劃，想要實現這些，眼下還是要賺錢。今年一年收支平衡，鋪子開了近一月，賣茶葉的獲利補上虧空，至明年開始，便是正式收益了。

蘇木坐在床上，望著窗外發呆，耳畔是此起彼伏的鞭炮聲。她忽然覺得有些孤寂，沒有蘇世澤和吳氏的叮嚀，沒有吳大娘的嘮叨，沒有虎子在她跟前撒嬌，沒有蘇葉坐在火盆旁縫補衣裳的溫柔模樣，耳畔更聽不到六月的牙牙學語。雕著精美花樣的窗格上貼著「年年有餘」的窗花，是綠翹剪的，吳氏教她的。簷下也掛了燈籠，卻是街市上買來的。院子一片寂靜，綠翹和雙瑞該都睡了，這個年，一點也不熱鬧。

這時，微亮的燭光自樓梯口閃爍。綠翹披著棉衣，一手提著燈籠，一手端著木炭。她見蘇木直愣愣地坐在床上，先是一驚，後覺心疼。小姐到底還是個十三歲的孩子，別家姑娘，誰不承歡爹娘膝下，撒嬌逗趣？別看小姐在生意場上如何雷厲風行，性子其實最軟了。她將燈籠掛上，走至床邊，將手裡的炭加到盆裡。小姐最怕冷，一盆炭燃不過整夜，她便半夜起來加兩回。

「小姐，可是睡不著？」她輕聲道。

蘇木裹著被子，點點頭。炭火加滿，綠翹用鑷子將草木灰攏了攏，而後倚在榻旁。「奴婢陪您說會兒話吧！」

蘇木不是個善於聊天的人，大都綠翹在說，從她原先的主子講到現今，從郡城的街道講到京都的鋪子，只要她想到的，就說不停。蘇木不知道什麼時候睡著的，等她醒來，天已透亮。綠翹不在，床邊的炭盆又添了新炭，屋子仍舊暖和，著寢衣也不覺寒冷。

窗外白茫茫的，天上飄著大朵雪花，整個院子已雪白一片，想是後半夜開始下的。蘇木撥開窗閂，一把推開窗，寒風便呼嘯而至，將大朵雪花帶進房裡，飄落在窗臺、案前，而後融化成一道水跡。

「小姐，郡城來信了！」雙瑞穿著厚厚的蓑衣推開院門，身上雪白一片。他昂著頭，咧著嘴，衝蘇木喊道。大朵雪花便落到這個小夥子面上，那笑容越發顯得單純。

蘇木打了一個寒顫。雪景再美，奈何身子扛不住，忙關上窗，落了門，蜷縮上床，展開厚厚的一疊信紙。信，是蘇青寫的。雖說不愛唸書，字跡飄逸，到底還是用功了。

他先講到莊園，茶樹已全部換完，今年冬來得特別早，於是莊園的茶樹早早綁了稻草禦寒。莊園周邊的小河渠已開通，吳大爺養了好些魚，打算明年開春種些藕，等她回來，就能看到荷田碧連天的景象，還有肥美的魚肉吃。紫砂壺罐都已談妥，開年便開始燒製，萬事俱備，不必擔心，只是茶葉製作，還需回來監工，他雖已記熟各步驟，茲事體大，他沒有信心。

再講到一家子，該是吳氏口述。六月已會喊人，最先學會的是二姊，整日跑到蘇木的小院找櫥櫃的衣裳，口口聲聲喊二姊。虎子在書院的年末考試中得了甲，蘇世澤獎勵了他一隻小馬駒，小娃子樂壞了；只是沒人教他騎，盼著蘇木回去教他。夫婦倆都好，只是想念，叮囑要按時吃飯，天冷添衣。勿要掛念，盼歸。

最後，蘇青講到自個兒爹娘，道二人將老宅買回來了，這會兒正打地基，年後蓋新房。

等她回來，兩口子該是離了草棚，住進新房了。二人明面上不再說大房什麼，心裡還是有埋怨，他代爹娘致歉，總有一日，會明白蘇木的一番苦心。至於蘇丹也被接回來，好似變了個人，不似從前憊懶，勤快不少，就是不愛說話。爺、奶本讓她同住小院，大伯也這般說，可她不願，仍同爹娘擠在草屋。蘇木一口氣看完，一會兒哭，一會兒笑，心頭也沒那麼堵了。有人掛念，真是暖心。

大年三十這日，鋪子早早關門，家中有親人等候的，便拿了賞錢和年貨回家團圓。像蘇木、尹四維這樣離家萬里的，便留在鋪子吃團圓飯。尹四維已成家，膝下二子，今年突逢變故，又接二連三出現轉機，返鄉過年便不必想了。蘇木讓他將妻兒接到鋪子，大家吃團圓飯，雖有些不好意思，卻還是照做了。

香蘭家中只一母親相依為命，綠翹便喊了馬車同她一道回村，將香蘭的母親接來。還有兩個點心師傅和三個跑堂，大都這般情況。他們將一樓大堂整出三大桌，坐得滿滿當當，男人們擺碗筷，女人們端菜上桌，好不忙碌。只是，桌上肉菜有，卻都是生的。

「爐子來嘍，當心燙手！」雙瑞嘴裡吆喝著，端著一個奇形怪狀的炭盆自後院而來。他耍帥般故意晃悠，帶起的微風便吹起炭灰，露出猩紅的火炭，點點火星子濺起，引得堂內眾人驚呼。尤其是幾個小娃子，新奇地圍著雙瑞跑。

炭火爐子上桌，綠翹等幾個小丫頭端著裝了鍋底的鐵盆出來，盆似八卦，隔開兩層，一邊是紅湯，一邊是清湯。

「丫頭，這怎麼吃？」有人問道。

綠翹圍著裙，麻溜地將鐵盆放在爐子上，笑著向大夥兒解釋。「這叫古董羹，肉菜往鍋裡涮涮就好吃了。」

眾人俱驚，聞所未聞。瞧著沒甚稀奇，有啥好吃？

「羊肉、牛肉來嘍！」香蘭端著一碟肉片，紅白相間，薄若宣紙，捲成片。這是凍成坨的牛羊肉片，小姐特意叮囑而製，說最是好吃。

待菜上齊，眾人落坐，蘇木走在後頭，和綠翹端了冰凍的果汁出來，她道：「吃這古董羹可莫急著吃飯，將桌上的菜都吃完，果汁咱也能邊飲邊吃。」

「小姐，我來！」香蘭勤快地上前，接過蘇木手上的東西。

大家都喊蘇木莫要忙活了，快入座。只是她坐下後，並無一人動筷子，大抵是敬畏，抑或是不曉得這個古董羹怎麼吃？蘇木便頭一個拿起筷子，挾起一片羊肉於鍋裡涮一涮，沾著碗裡調好的醬料，往嘴裡送。嗯……是那個味，只是羊肉更嫩，味道更鮮。

原是這般吃法，一桌人不再客氣，如法炮製，挾起菜就往鍋裡燙。尹四維見蘇木一臉享受，將信將疑，等他吃上一口，眼睛亮了。湯裡一攪和，真就好吃百倍！不禁讚道：「妙妙妙！」

一旁兩桌，也依樣往鍋裡放菜，無不稱讚。幾口下肚，拘謹的眾人也就放開了。敬酒的敬酒，說笑的說笑。蘇木被敬了好幾杯，她酒量不好，可大家高興，也就喝了幾杯。綠翹哪能由著自家小姐被灌酒，上前去擋，自個兒也被灌了幾杯，雙瑞也喝得暈暈乎乎。

席將散時，主僕三人醉成一團，相互依靠著說說笑笑，嘴裡含糊不清，不知在說些什麼，竟也能對答如流，真是讓人好笑。等唐相予到鋪子時，幾位婦人將將打掃乾淨離去，主僕三人則在堂內長椅上睡得正香。蘇木睡相極好，安靜地蜷在一側，毯子蓋在身上，滑落到肩頭，露出白淨的脖頸。

「木兒……」唐相予輕聲喚她，卻得小人兒一聲呢喃。

「綠翹、雙瑞，快醒醒。」雲青拍拍二人。

綠翹翻了個身，嘟囔兩句，紅著小臉，又睡過去了。

雙瑞倒是睜開眼，只是眼前混沌，他甩了甩腦袋，四、五個影子終於重合在一起。「唐少爺、雲青哥，你們怎……怎麼來了……嗝……」他迷迷糊糊，話也說不清，打了一個大大的嗝，難聞的酒氣讓二人直皺眉。

雲青捏著鼻子，嫌棄道：「這是喝了多少！」

「你家小姐休息的內堂在哪兒？」唐相予問道。

「在……」雙瑞踉踉蹌蹌地站起來，伸出手，在大堂指了一圈，終落到一處。「在那兒！終於找著了……」

唐相予一把將小人兒抱起，大步流星往那處走去。身子驟然離了溫暖的地方，蘇木皺了皺眉，輕輕掙扎。淡粉色的桃花項鍊墜子自脖頸滑落出來，那桃花含苞待放，像極了蘇木的第一支木簪。懷中人兒很軟、很輕，就像外頭飄落的雪瓣，只是雪瓣冰涼，她很溫暖。

「別動，一會兒就不冷了。」他湊到小人兒耳邊輕聲叮嚀，手也不由得收緊。不知道是聽到他的話，還是懷抱傳來的溫暖，蘇木乖順下來，不再亂動，乖巧地靠在寬闊胸膛。

「你……你把我家小姐，帶……帶哪兒去！」雙瑞有些著急，腳卻不聽使喚，明明朝離去的人追，卻怎麼也走不對方向，反而兩腳打顫，自個兒把自個兒絆倒，摔到柔軟的椅子上，再也爬不起來。

雲青無奈地搖頭，看向綠翹，將方才蘇木身上的毛毯搭到她身上，又掖了掖被角。

此刻，萬家燈火，照亮了京都的天，閃爍的亮光從內堂的窗戶，照到熟睡人兒的面上。此刻的蘇木安靜卻孤寂，唐相予輕輕撥開她額前細碎的髮絲，滿是心疼。別看她性子沈靜，卻最愛熱鬧，頭一回離家，孤苦無依，心裡定然不好受。

他於家中守完歲便偷偷溜出來，猜到她在鋪子，卻沒想到醉成這副模樣。唐相予坐了一夜，就這般守著她、望著她，直至天際泛白，於她額前輕輕落下一吻，才離去。

第七十八章　交易

京都的鋪子過年大都不放假，至多早關門。當蘇木醒來時，已聽到前堂熱熱鬧鬧的招呼聲。綠翹拿衣裳進門，見她正起身，忙走過去。「小姐醒了？這是換洗衣裳，奴婢打水去。」

綠翹眼睛有些腫，顯然沒睡好，收拾乾淨，倒也精神。出去片刻，端了熱水進門。這時香蘭疾步匆匆而來，有些著急。「小……小姐，孟府來人了，說要訂糕點。」

又是孟府！想起那個叫翠蓮的丫鬟，綠翹就來氣。「這些事找尹掌櫃就好，怎麼巴巴跑到內堂？」

「尹掌櫃也在外頭哩！可那丫鬟指名道姓要小姐親自做，親自送去。」香蘭悻悻地回話。

「丫鬟？」蘇木看看綠翹，後者也正轉過頭。不會這麼巧吧！

翠蓮神氣地站在大堂櫃檯處。她暗暗咂舌，整幢樓大都用琉璃裝飾，連櫃檯也不例外。櫃檯由琉璃櫃子和桃木櫃組成，櫃上結帳，那琉璃櫃則放糕點，足有五層，每層都擺了精緻的點心。花樣不同，無不精緻；櫃底放有碎冰，絲絲涼氣往上冒。堂內暖和如春，吃上冰冰涼涼一口倒是舒適。

「喂！」

身後不客氣的一聲，讓翠蓮回過神來，轉身卻見到她記恨了月餘的人。「是妳！」

綠翹冷哼，不予理會。

「孟小姐指名要我做？」蘇木淡淡地看著她，並不驚訝，似早就知道她的身分。

翠蓮的怒氣被堵在胸口，想要追究，卻發現無半點說辭，如此氣焰已少了大半。「不錯，唐夫人於正月十六過生辰，我家小姐要訂做一道最華麗、最美味的糕點賀壽，且那日要妳親自送去，代表蘇記。」

綠翹不高興了。「妳說的什麼渾話，我家小姐可不是供妳孟家使喚的下人，糕點要買就買，不買拉倒，沒了妳孟家，咱還做不成生意不成！」

翠蓮氣得夠嗆。「不知天高地厚，妳以為得罪了孟家，這破糕點鋪子還能開得下去不成？」

「妳——」綠翹氣結，正欲反駁，卻被蘇木伸手一擋。

看來孟家小姐已查清她的身分，翠玉軒的初識、南山下的偶遇，直至蘇記遇見，同唐相予相識該是點燃她怒火的導火線吧！她心悅唐相予，是以要在唐夫人面前打壓自個兒，讓自個兒看清地位，根本不配站在唐府，根本不配和唐相予相識。這個孟小姐，還真是睚眥必報。

只是她蘇木又豈是同她計較兒女情長的人？做生辰糕點不難，她不僅要做，還要做得一鳴驚人，在京都貴夫人圈打響名頭，將蘇記做得更有名！至於唐夫人對她的態度，此時不好，又有何妨？畢竟現在確實沒有和唐府旗鼓相當的實力，被小瞧了去，也在情理中。她反而更期待唐夫人厭棄的鄉下丫頭在她壽宴之日做出驚喜，該作何反應？

「我做。」蘇木一點也不驚慌，似在答應賣一塊小糕點。

綠翹愣了。她是小姐，怎麼能做那些事？翠蓮也愣了，她到底懂不懂這個糕點不是普通糕點，做得好，是個低賤的商女；做得不好，唐夫人會降罪。答應得這樣爽快，簡直不知天高地厚。

翠蓮冷笑。「如此便好，於十六那日直接送去唐府吧！」說完，看向綠翹，狠狠瞪了一眼，這才轉身離去。

「且慢！」蘇木喊住人。

翠蓮回頭，不悅地看向她。「還有何事？」

蘇木笑道：「不知道孟小姐要何種價位？」

翠蓮樂了。「孟府是什麼人家？自然要最貴的。」

蘇木點點頭。「那請付訂金，五千兩。」

「五千兩?!」翠蓮聲音陡然變高。什麼糕點要賣五千兩，簡直就是搶錢啊！

蘇木點點頭，認真道：「嗯，只是訂金，所以妳要不要回去同孟小姐稟報？」

「一萬兩？」孟蓁蓁坐在玫瑰椅上，腰背挺直，身姿端正，儼然一副極有涵養的大家閨秀模樣。

「是……」翠蓮苦著臉。「什麼糕點能賣一萬兩？她這分明是耍詭計，不想答應。」

孟蓁蓁想了想，錢她出得起，花一萬兩買那丫頭的臉面，值得。「一萬兩給她便是，我倒要看看，唐夫人壽宴上她能做出什麼樣的糕點來。」

「是……」翠蓮應道，眼中閃過一絲陰霾。「值一萬兩銀子的糕點，若非金子做的，誰能認同？那蘇姓丫頭就等著丟臉吧！」

孟蓁蓁眼中也流露一抹恨色，只是快速垂下眼簾，讓她很快恢復大家閨秀的端莊模樣。「翠蓮，妳將蘇記要做一萬兩壽宴糕點的事傳出去。」

她要讓蘇木沒有退路。花一萬兩為唐夫人慶生，算不得什麼了不起的事，可一萬兩別出心裁的糕點卻讓人期待。她要的是別出心裁，可不是一馬車一馬車的糕點往唐府拉。若成了，人人只會稱讚她孟蓁蓁豪擲萬金的爽氣，以及逗了唐夫人歡喜；若做不出來，那便是砸了蘇記的招牌，以及唐夫人的壽宴。當然，此樣賀禮不成，她還備有後招，總歸不會丟顏面。

「是……」翠蓮有了盤算。這也算是報了上回翠玉軒的仇，只是搶簪的人是蘇木，她猶豫要不要告訴自家小姐？

孟蓁蓁何其聰明，只一瞥，便瞧出翠蓮的異樣。「有何不妥？」

陡然一問，翠蓮嚇破了膽。自家小姐不常動氣，可真要追究起來，不是三言兩句就能完事的。上回簪子的事，小姐該是察覺了，否則也不會賞她。可也不追問，就這樣平息過去，卻不是她好強的作風。不過那姓蘇的丫頭確實厲害，三言兩語讓人追究不得，只得讓人吃啞巴虧。「上回……在翠玉軒和奴婢搶簪的就是姓蘇的主僕二人……」

孟蓁蓁猛地站起來。「是她?!」那個頭回讓自個兒吃虧的人，呵，還真是冤家路窄！

本以為只是個跑堂的小丫頭，有幾分靈氣，引得相予哥哥多瞧了幾眼。派人一查，才曉得二人相識已久，相予哥哥在郡城唸書便識得，算來已有兩、三年。而自己呢，待在京都整日盼啊望啊，能見一面便是奢求，她憑什麼，一個村姑，一個商女，根本不配！

「小姐，要不咱稟明老爺，這樣一個不識抬舉的鄉下丫頭，咱犯不著和她兜圈子。」翠蓮頭回見孟蓁蓁失態，想來也記恨得緊，如此這般，何須大費周章，直接安個罪名將人綁了，還不是想怎麼整就怎麼整！

孟蓁蓁一記冷眼遞過來，翠蓮忙閉嘴。「妳懂什麼，蘇記剛紅火起來，各家夫人、小姐都是常客，貿然被抓，不會引人懷疑？難保沒人幫著說話。人言可畏，爹縱使權力再大，朝中對抗的人又豈會少？」孟蓁蓁話說完，才覺不對勁，她跟一個丫頭解釋這麼多幹麼，真是被惱昏了頭。「行了，下去吧！」她緩緩坐下，仍是方才端正的姿態，只是一隻纖蔥般的手輕輕揉著額頭，顯得有些懨懶。

蘇記接下孟府萬兩壽辰糕點的事不脛而走，能賣到一萬兩的糕點那是聞所未聞，一口入肚的東西賣得那樣價錢，該說孟蓁蓁錢太多，還是蘇木心太黑？不過，一個願打，一個願挨，眾人便以吃瓜的心態翹首以待正月十六的到來。

唐府，自然也聽到這個消息。書房內，唐相予握著筆，半天沒動，眼神飄忽，不知在想些什麼？

「咳、咳！」唐大人清咳兩聲。與唐夫人的不苟言笑相比，他倒是和善許多，只是為官者的氣勢依舊不容侵犯，眉宇間有著多年風雨沈澱的沈穩和淡然。歲月雖已在他面上刻下痕跡，同樣也讓一襲黛青色的寬袖錦袍，穿出年輕人難以駕馭的胸襟無垠。

唐相予回過神來，將筆放下，而後繞到唐大人身旁。「父親，木兒要為母親做生辰糕點，您可聽說了？」

唐大人翻著案上文牒。「你母親昨兒在我面前提過，她道蘇記的糕點確實不錯，可一萬兩的糕點，確實讓人匪夷所思。那丫頭若非奇才，便是狂妄自大之徒。」

「木兒不做沒把握的事。」唐相予接話道。

唐大人抬眼看他。「那你是何意？」

唐相予嘆了口氣。「近日，母親明裡暗裡提起親事，讓兒子不堪其憂。聽芝兒道，母親似有意孟府小姐。此回萬兩銀子置賀禮更是鬧得滿城皆知，旁人我不怕，母親那頭，還望父親多擋著些。」

唐大人忽而一笑。自家兒子為了那蘇姓丫頭，當真是費盡心思。他性子一貫高傲，放眼京城，也就孟家那丫頭配得上。他雖與孟大人不同道，卻也不得不承認，二人不論外貌，還是學識、家世都極為般配，若夫人提起，他也是不會反對的。可自家兒子偏就稀罕一個鄉下丫頭，起初以為他只是圖一時新鮮，男人麼，能理解，千篇一律中，自然會偏愛那個不同的。

只是那丫頭一步步走至今，卻不是平庸之輩。若無意外，今年末，蘇家會被御賜皇商，蘇記普茶會被奉為貢茶；若皇恩浩蕩賜了官名也未必不行，屆時她不再是商女，而是官家出身便不一般了。只要她再努力一些，配自家兒子未嘗不可。唐府是世家大族，兒子又是唐家最優秀的孩子，延續唐氏一族榮光，娶妻生子，已不是他一個人的事。若到最後，二人仍走不到一起，他也只得狠心，一切還是看兩個孩子的造化了。

唐大人敲了敲桌上卷宗。「兒女情長乃人之常情，可你身為唐家長子，切莫讓這些心思誤了正途。你母親那兒，我自會說道。」

唐相予有些羞赧，卻也放下心來。他靜了靜心，又執筆批閱案桌上的卷宗。

批不完的卷宗，忙不完的事務，等接到雙瑞的信時，距離唐夫人壽宴只有三天了。

「香菱，妳快點！」唐相芝提著裙襬，腳步邁得飛快，不住回頭朝自個兒的貼身丫鬟喊道。

那喚作香菱的丫鬟，正抱著燭臺緊趕慢趕，氣喘吁吁道：「小姐，您等等我。」

唐相芝無奈，只得停下腳步。「妳快些，奏樂師傅要到了，可不能去晚了。」

香菱從不知自家小姐步伐何時那樣快，更不曉得怎麼突然對唱曲感興趣，昨兒還道上不得檯面。「小姐，咱院子離後花園近，大少爺、二少爺、四小姐、五小姐、小少爺他們住得遠，不比咱們早。您就是慢慢走去，奏樂師傅也不能不等人齊了再開始呀！」香菱喘著粗氣。

唐相芝噘著嘴。「我可不管。哎呀，妳就快些。」說著便扯著香菱疾步而去。

雲青從一棵大松柏後走出來，探著身子朝唐相芝離去的方向望了望，見人走遠，才回頭招呼。「少爺，三小姐走遠了。」他說著拍拍胸脯。幸虧自己機靈，聽見腳步聲，否則可不就被發現他們去的不是後花園，而是後廚。

唐相予自暗處走出來，問道：「後花園沒什麼不妥吧？」

「您放心，得老爺首肯，只稱在修葺，不便往來。夫人那兒自有丫鬟周旋，您就放心吧！」雲青道：「咱快些走，一會兒三少爺、四小姐他們來了，又要躲進草叢裡去了。」

咳咳，唐相予輕咳兩聲，掩飾尷尬。他堂堂唐府大少爺為了躲人，竟鑽到草叢裡，虧得是自己人，若被人瞧見，臉丟大了。於是側身，朝唐相芝離去的反向通道走去。

這條路通向唐府後廚，自昨日起，後廚的一間便被隔開，門口還有人看守，不曉得裡頭在做什麼？上頭明令禁止議論，傳出一個字便要賣了趕出府去，於是不知是誰牽的頭，反正後廚的人無一敢靠近，不僅不靠近，還繞道走。只是屋子裡悄無聲息，卻時不時傳來一股甜膩的香氣，十分好聞，似是某樣糕點，可後廚以往做出來的糕點沒那般香、那般甜膩。

「大少爺。」眾人正議論著，卻見唐相予跨進門來，忙噤聲，低頭行禮。百年難得一見的主，今兒降臨後廚，莫不是來找吃的？

眾人心裡犯嘀咕，等著他發話，卻見他揮揮手。「都去忙活，只當沒見過我。」

眾人如鳥獸散，霎時間沒了影。他去到那扇緊閉的後廚門前，輕叩兩聲。片刻聽見腳步聲，隨即門嘎吱一聲開了，卻是一身青灰襖子的蘇木，頭上戴著一頂怪異的白帽子，身上套著白褂子，連臉上也以白布遮擋。

見她將面上的白布往下拉，小巧的鼻子和粉嫩的嘴唇露出來。只是那白布仍舊掛在面上，巴掌大的小臉越發顯得小了。「你怎麼來了？不是該在後花園學曲，都會了？」她直勾勾地盯著他，眼中帶著審視。

唐相予訕訕地吐了吐舌頭。「都會了。」

什麼會了，他壓根兒就沒去！和弟弟妹妹一道唱曲，那是怎麼回事？他們年紀都還小，確實無妨，可自個兒都已出仕為官了，唱曲什麼的，確實難為情，被人瞧見像什麼話？

雖說給樂曲師傅的曲子簡單，朗朗上口，可照唐相予的性子，能乖乖去學？蘇木一臉不信。「真的？」

唐相予信誓旦旦。「自然是真的！保准不會誤了妳的事。」

「那成吧！我這兒還在忙活，且回去等著吧！」蘇木說著又將面上白布罩上，欲關門。

唐相予好奇得不得了，伸手擋著門，腦袋往裡鑽。「欸欸欸，妳讓我瞧瞧！」

蘇木哪能讓他進來，自然要擋，挪過身子，將他視線擋得嚴嚴實實。「保密！」說著，砰一聲將門關上，落了閂，這才忍不住大笑。

第七十九章　驚喜

「小姐，您來瞧，這糖漿凝不住，落上就化。」柳三娘喊道。她周身裝扮同蘇木無二，裹得嚴嚴實實。

不止她，一屋子的點心師傅皆這般打扮。這也是他們的一貫裝束，為防髮絲或身上雜物落到糕點裡。且蘇記的糕點大都賣給達官貴人的家眷，哪個是省油的燈？因此這些小失誤，要完全杜絕。

三日後，唐夫人壽宴，整個京都的夫人、小姐幾乎都會受到邀請。除了拜壽賀喜，蘇記一萬兩的糕點也是一大看點，小姐想出妙招，這一切都要保密進行。為著方便，才問唐少爺借了這後廚，一行七、八人日夜兼程，要在壽宴那日趕出來。

「哪兒呢？」蘇木忙走過來。

柳三娘拿著一幅畫軸示意。畫上是一個人高的六層大蛋糕，每層不同，合在一起卻又似一體，七、八人便忙活著依樣做出來。蘇木不會那些手巧的活計，便進行技術指導，比如顏色搭配、奶油調製等等。主要掌手的還是柳三娘，她的一雙巧手於考核那日展示過，又經過月餘教授，原是捏泥，捏啥像啥，如今擠這奶油，也是栩栩如生。不光她，其餘幾人也有出類拔萃的，總之大家一起幹活，各展所長，誰都離不開誰。

糖漿不是普通糖水，而是用牛奶、砂糖和水果熬製，利用糖在高溫下焦化的性質，使其發生焦化反應，產生金黃到棕黃的顏色。這裡沒有色素，想要做出顏色多種的糕點，只能利用水果的顏色。可那樣微量的色素根本達不到預期的效果，於是蘇木便想到了熬製焦糖醬，一來顏色純正，二來口味佳。

「瞧。」她說著將糖醬滴到蛋糕上，上層的奶油果真融化，原有的形狀也沒了。蘇木鬆了口氣。「剛熬製的焦糖醬溫度高，奶油本就是輕薄之物，自然會融，且凍上一夜，明日變得黏稠，也不會與之相融了。這一層，留著明日再做吧！」

原是如此，柳三娘忙將糖醬裝好，放進原本準備好的冰桶裡，以待明日使用。

正月十六，元宵第二日。元宵是個重要日子，於正月十五這日祭祀天神，以保一年順遂。除了祭祀，還有熱鬧喜慶的燈會，出門賞月、燃燈放焰、共吃元宵等等。然而今年因著唐夫人的壽宴大肆操辦，元宵會倒是被比下去了。

唐府上下張燈結綵，佈置得極喜慶，地上鋪著厚厚的金絲地毯，梁上掛滿了精巧的彩繪宮燈，結著大紅的綢花。大堂四周由六對高高的銅柱支撐，銅柱旁都設著一人高的雕花盤銀絲燭臺，天色還看不見一絲黯淡，但上面早早點起了兒臂粗的蠟燭，燭中摻著香料，焚燒起來幽香四溢。

外頭已是熱鬧非常，屋內的唐夫人正襟危坐，由著雪雁給她梳妝。屋裡安靜得出奇，雖有雪雁時不時說幾句，唐夫人卻總覺一絲不同尋常的不妥，又想不出哪裡不妥，望著銅鏡裡盛裝的自己，怔怔出神。忽地想起來，可不是兒女不在身旁，哪裡會有熱鬧？往年生辰就自家人過，兒女早早環在身側逗趣，對她說吉祥話，怎地今兒一個不見人影？

她問道：「大少爺呢？三小姐又去何處了？」

「大少爺隨老爺招待賓客去了，三小姐像是也遇著小姊妹，估計在院裡說話吧！」雪雁低著頭，從匣子裡拿出一支雲鳳紋金簪在唐夫人髮間比了比，問道：「夫人，簪上這支如何？」

唐夫人眼簾未抬，情緒有些低落。都長大了，自個兒在他們心裡也變成老婆子，再不想親近了吧！心裡一陣難過，哪有心思選簪子，敷衍道：「這支就這支吧。」

這時，外頭丫鬟進來通報。「夫人，孟三小姐來了。」

唐夫人抬起眼，有了些神氣。這丫頭，倒是來得早。於是朝雪雁示意，後者點頭，衝著外間喊道：「快將孟三小姐請進來。」

片刻，伴隨著珠簾的泠泠作響，一個身材纖長的紫衣女子進來，只見她微微福身，行了一個標準的拜禮，柔聲道：「蓁蓁祝唐夫人福如東海，壽比南山，萬事順心。」

唐夫人笑得和善。除去兩家不對盤，她還是挺喜歡這孩子，該是個大家閨秀的樣。且知道她一心討好自個兒，自幼對兒子上心，如今已十六，早已到了成婚的年紀，是以對自個兒越發殷勤，那一萬兩糕點的事鬧得滿城皆知，也表明了她的心意。

唐夫人微微起身，伸手虛扶。「好孩子，快起來。」

孟蓁蓁眼珠子轉了轉，見屋裡沒有唐相予的影子，剛於院中也沒瞧見，便有些失望。不過今日他母親壽辰，定不會缺席。一想到能見到心上人，心裡竟跟吃了蜜似的甜。見唐夫人髮髻素淨，而一旁的雪雁手中執一支鳳雲紋金簪。於是上前一步，衝雪雁笑了笑，接過她手中簪子。「夫人著一身盤金彩繡衣裙，配這支鳳雲紋金簪再合適不過。」

這話一出，雪雁心裡熨貼不少。她長年侍候唐夫人，自然知道什麼頭飾配什麼衣裳，什麼場合該是什麼妝髮。不得不說，這個孟小姐很討人喜歡。

孟蓁蓁將那支金簪給唐夫人簪好，左右瞧瞧，似在思索，而後道：「夫人一貫質樸，只是今兒是您的壽辰，打扮得喜慶些才好。」她從匣子裡拿出一支鑲寶石蝶戲雙花鎏金銀簪，簪於髮髻另一側。

唐夫人瞧了瞧鏡中模樣。這支簪配得極好，不顯得累贅，卻隆重不少，是個心靈手巧的丫頭。不過，她心裡這般想，嘴上卻道：「這簪原是芝兒那丫頭買來送我的，我嫌太過年輕，不適合我這個老太婆，便一直擱著。」

「您不老！」孟蓁蓁忙道：「您一頭青絲正盛，膚若凝脂，哪有一絲老態！」

哪個女人聽見誇讚容貌的話不動容的？唐夫人笑容更甚。「妳呀，小嘴跟抹了蜜似的甜。」

孟蓁蓁嬌羞一笑，姿態優雅地微微退回，左右望了望。「說起芝兒妹妹，今兒怎不見人？」

問起這話，唐夫人面上笑容一僵，卻也立即恢復如常。「將將還在，小姊妹來了，我讓她招呼去了。一會兒席間，妳二人再照面。」

孟蓁蓁不疑有他，點點頭，隨即揚起小臉。「夫人，想必您已知道我給您訂製糕點的事了。」

「妳呀，真是破費。」唐夫人故作不悅。

孟蓁蓁立即上前，蹲下身子，挽著唐夫人手臂撒嬌道：「能逗夫人一樂，不算破費。我特意囑咐要別出心裁，只盼著在您壽宴上大開眼界。」

「怎麼，連妳也沒瞧見那糕點的樣子？」唐夫人一愣。

孟蓁蓁一臉委屈。「可不是，那製糕點之人揚言要一鳴驚人，誰也不讓瞧。這沒瞧見，我心裡也沒底，一會兒若糕點不盡如人意，您莫要怪罪的好。」

這話說起，唐夫人又想到南山腳下，自個兒被那糕點攤子打臉的事，不禁忿忿。此行若糕點做得好就罷，倘若稀鬆平常，真得追究一番。一萬兩銀子就那麼點能耐的話，那鋪子便吹噓過頭，往後也不必做生意了。縱使是兒子認識的，她也不留情面。

「好，一會兒作主，絕不教妳白白受人欺騙。」

「是。」孟蓁蓁乖順地致謝，依偎在唐夫人身側，親近非常。

這時前院傳話來，宴席開場了，請唐夫人前往。雪雁和孟蓁蓁便攙扶著唐夫人起身。前院，人已到齊，所見之人無不拱手道賀，見孟蓁蓁立於旁側，不禁起了猜想。唐夫人一面客氣回應，一面掃視人群，仍不見兒女。不僅她的一雙兒女沒人影，連二房、三房的小輩也都沒瞧見。這是怎麼回事？她壽辰開場，該是湊到身前說吉祥話，怎麼全都不見了？按捺住滿心疑惑和失落，於眾人注視下，走完這長長的一路。

剛至堂前，便聽見此起彼伏的砰砰作響聲，循聲望去，見後花園方向，是漫天的煙火。一朵朵五顏六色的煙花飛升降落，忽明忽暗，五彩繽紛。最好看的是煙花飛上天，變成一大朵牡丹花，一眨眼，這花又化作無數朵小花，四處散開，變幻莫測。一會兒黃色，一會兒紅色，就像一群變化多端的蝴蝶在高空飛舞。滿堂來賓無不讚嘆，如此盛大的煙火，一年難見幾回，如今整個京都怕是都能瞧見。

唐夫人也被這突如其來的畫面驚呆了，看向旁側的丈夫，問道：「怎麼回事？」

唐大人笑而不語，牽起唐夫人的手，便往那處去。孟蓁蓁似覺不妥，忙跟上，低聲問向一旁的翠蓮。「蘇記的人呢？」

「沒瞧見呀！」翠蓮咬著唇，也有些焦急。這幾日派出不少人暗中監視，半點動靜也沒有，只當那丫頭誇海口逞能耐，壓根兒做不出什麼糕點。

孟蓁蓁皺了皺眉，沒再說什麼。滿堂的人見主人家往後花園去，也都起身跟上。剛到院口，忽見道路兩旁百花盛開，煙火將整個後花園照得十分亮堂。眾人俱驚，在這春寒料峭獨獨梅花盛開的時節，唐府後花園竟若暖春，百花爭豔，香氣撲鼻。

唐夫人何曾知道自家花園是這般景象，丈夫只道在修葺，她已有半月未來，莫不是一切都是他的安排？疑惑和感動統統化為滿眼的驚喜，她目不暇接地觀賞院中盛景，由著丈夫牽她往前。行了幾步，前頭光線更甚，似點點星光閃耀，距離不近，她瞧不真切，只瞇著眼探視。忽而聽見身後有人驚呼。「呀！是大少爺！還有二少爺、三小姐！」

「我道這般盛大的宴會，不見府裡公子、小姐，原來在這處呢！」

唐夫人不敢相信，腳步快了不少，也瞧清了前頭的點點星光，可不就是一眾子女秉燭而立，正樂呵呵地望著自己。這時唐相予從腰間抽出一枝玉笛吹奏，悠揚輕快的曲調流瀉而出。片刻，隱在一旁的樂師擊鼓伴奏，輕快的曲調便忽而激烈，變成一首熱鬧、喜慶的祝賀曲。唐府的少爺小姐們一手舉著燭臺，一手捧著鮮花，緩步上前，口中唱道：「祝您生辰快樂，祝您生辰快樂……」

這樣溫馨的場面，配上漫天閃爍的煙火，讓人既震撼又感動。唐夫人已立在原處，哭成了淚人兒。「母親，福如東海，健康長壽。」唐相芝走至面前，將鮮花雙手奉上，說著吉祥話。

一眾晚輩皆上前說吉祥話，直至最後，唐相予推著一輛小車上前。那小車上置了一個六層糕點，第一層乃一幅闔家歡聚圖，第二層是無數個不同形態的「壽」字，第三層是百花爭豔，第四層是洪福齊天，第五層是福如東海，最頂層則是一個大大的壽桃。每一層周邊都以小蠟燭點亮，使得人人能瞧清其上的每一處裝飾。這哪是什麼糕點，分明是精美的畫卷，是一幅栩栩如生的實景圖啊！壽桃最頂端還插了一枝較別處不同的蠟燭，淡淡燭光隨風搖曳。

唐相予帶著笑意道：「母親，許個願吧！再吹滅這蠟燭，定能心想事成。」唐夫人感動得不知所以，兒子說什麼，便是什麼。

蠟燭一滅，唐相予將蛋糕稍稍往後移了一小步，忽見壽桃自頂部散開，金黃的漿液噴射而出，順著六層糕點傾瀉而下。就在眾人驚呼可惜時，卻見那糕點變化形態，出現大大的「壽」字。這……方才的景象還歷歷在目，怎地憑空變成另一幅景象？跟變戲法似的，卻更精采千百倍，直教人讚嘆。響亮的煙火聲加上熱烈的掌聲，這蘇記糕點值不值一萬兩，不言而喻。

驚喜過後，唐夫人拉著兒子，問道：「蘇記的人呢？」

唐相予笑而不語，只道讓人先回宴會，而後再正式請人一見。於是眾人返回宴席，剛落坐，菜餚上桌，方才後院所見的糕點也化作盤中精緻一塊，擺到每個人面前。所有人一致先拿起備好的小勺品嚐，香甜鬆軟，方才那傾瀉而下的漿液此刻已凝固到糕點上，入口香脆，卻在頃刻間融化，若絲綢般絲滑，真是妙不可言，稱讚之詞，讚不絕口。這份禮是孟府送的，誇讚的卻是蘇記。

孟蓁蓁嘴角的笑快掛不住了。萬萬沒想到那丫頭竟能將糕點做得這般出神入化，讓人始料未及。只是，那又何妨？禮是她孟蓁蓁送的，讚也只是讚蘇記的技藝高超。一個商女，又有什麼身分可言？只盼唐夫人見到那丫頭，知她身分時震怒，再不許二人來往吧！

唐夫人也嚐了糕點，不住點頭，是蘇記一貫的做法。她看向兒子。「予兒，那蘇記的人呢？」

唐大人也看向他，萬分期待。方才的場面教他大為驚喜，這丫頭甚是聰慧，心中認同多了幾分，難怪兒子那般著迷。孟三小姐亦不是庸俗的，今日再見，端莊大方，舉止談吐極有涵養。不知二人一較，孰高孰低？

唐相予放眼整個大堂，見眾人碟中糕點吃得差不多了，才對雲青點點頭。雲青得令，退了下去。

第八十章　責問

片刻，院道走來一行人，足有七、八個。眾人恍然大悟，原以為這糕點是一人所為，竟是幾人合製。想來也是，這糕點無論口感、色澤都極新鮮，定然這兩日將將完成，一人之力，斷是不能。只是一行人最前頭有個十三、四歲左右的女娃，一身素色，面帶微笑，清冷的氣質哪像是做糕點的，難道就是接下孟家單子的蘇記老闆？可紅極一時的糕點鋪子之主，只是個小女娃？

唐夫人也納悶，看看兒子，又看看丈夫，二人一個含笑，一個探究。卻見堂下人施施然行禮，脆生生道：「蘇記祝唐夫人天母長生，福海壽山，北堂萱茂。」

「妳是？」唐夫人問道。

蘇木仍保持行禮姿態，不卑不亢。「小女子姓蘇，單名木字，乃蘇記的東家。」

饒是做了猜想，滿堂的人皆譁然，唐夫人也驚訝。「那方才的壽辰糕點，皆是妳做的？」

蘇木沈吟片刻，遂道：「壽辰糕點乃蘇記所有糕點師傅共同完成，不過整場設計乃小女子構思，是孟小姐為祝賀夫人壽辰訂製。」

提到自己，孟蓁蓁忙上前一步。「能博夫人一悅，是蓁蓁的榮幸，且蘇記果真名不虛傳，那一萬兩值得。」

眾人可不就看這份熱鬧，雖說有了唐家人的幫助，可到底還是那份心思珍貴。孟三小姐親口承認，倒是大方有禮。

唐夫人也點頭。確實值得，那小丫頭甚是聰慧，可惜是個商女……「快快起身吧！」

「是妳！」唐相芝忽地一聲驚叫，引得眾人齊齊看去。

唐夫人眉頭皺了皺。「芝兒，莫要失禮。」

唐相芝這才反應過來，忙低下頭，往後退縮。眾人不明所以，紛紛猜測，這唐家三小姐的一句「是妳」是何意思？莫不是二人認識？可又為何那般驚訝？孟蓁蓁卻了然於胸，有些遺憾唐相芝臨場反應太快，若當場戳穿，才叫大快人心。不過也無妨，該知道的總會知道。

謝過禮，蘇記等人便退下了。宴席還在繼續，觥籌交錯，推杯換盞，極盡熱鬧。唐府給蘇記一干人也備了席，大家忙活了幾日，終於能坐下盡情享用。蘇木卻沒什麼胃口，該是甜食聞得太多，生了膩味。她只用了幾口，便吃不下了，無其他事，打算先離去。他們只是做工的，不是客人，離開時自然用不著招呼。

她來的這幾日，自後廚出府走了許多回，早已熟悉。然而這會兒宴席在另一處，路便不同了，這彎彎繞繞竟尋不著地方。這時迎面走來兩個下人模樣的女子，她忙上前。「請問出府該往哪兒走？」

二人將她上下打量，卻是眼生，周身氣派該是來赴宴的哪家小姐迷了路，於是熱心指引。「這是後書房，是咱老爺、少爺辦公的地方，您要出府，順著這條路往前去。穿過迴廊，有一道垂花門，過了門，往右一百尺就能瞧見大門了。」

蘇木聽得仔細，原是方才多拐了彎，否則也不必繞這麼大一圈了。「多謝。」她道謝後便往那處去。剛穿過迴廊，聽見人聲，抬頭見唐大人攜一僕自垂花門走來。

眼前突然竄出一人，唐大人顯然也是一愣。蘇木忙福身行禮。唐大人點點頭，卻沒有要走的意思。他不走，蘇木自然不好離開，只等人發話。

片刻，就聽見他問道：「妳上過學堂？」

雖有詫異，蘇木仍老實回話。「不曾，只是家父識字，教了小女子一些。平日喜看話本，長此以往，也就會幾個字了。」

唐大人眉毛挑了挑。只看看話本，就能說出「天母長生，福海壽山，北堂萱茂」這樣的詞來？若非提前準備，那就是聰慧過人。又問道：「還會下棋？」

蘇木不由得抬頭看過去，驚訝之色溢於言表。二人秉燭夜戰的事，他怎麼同唐大人講了！臉微微有些發燙，聲音便低了些。「會……會一點……」

唐大人轉過臉去，嘴角忍不住抽了抽。「咳、咳！嗯，有空到府上來，妳我二人切磋切磋。」

「啊？」蘇木再次大驚。「……好。」

唐大人點點頭，再沒什麼話，大步離去。蘇木撓撓腦袋。這唐大人對自個兒似乎……不討厭。

「哎喲！蘇二小姐，您怎麼跑這兒來了，小的一頓好找。」雲青急匆匆跑來，見到傻站著的蘇木，才重重吁了一口氣。

「我迷路了。」蘇木回道。

「少爺一猜就準，特讓我來迎迎，送您回去。」雲青一陣好笑。他一直將蘇木送到門口，也早早備好了馬車。

與此同時，孟蓁蓁也出來了，由雪雁相送。「蘇姑娘。」她喊住人，自然瞧見了熱絡的雲青。雲青是唐相予的貼身侍從，從不幹這樣的下等事，如今親自相送，可見對蘇木的重視。雖有唐夫人的周到，可孟蓁蓁還是嫉妒得發瘋。

蘇木回過頭來，淡淡道：「孟小姐，可有事？」

孟蓁蓁粲然一笑。「只想多謝妳罷了。賀禮，唐夫人很喜歡。」

「孟小姐何須客氣，收了銀子，我自然要辦好差事。」蘇木報以微笑，一副正經語氣。

送客的雲青和雪雁相互看了看。似乎……有火藥味……

孟蓁蓁不再說話，欠了欠身，上了馬車，只是暗自瞥了她一眼，心中冷哼。看妳能囂張到什麼時候！

蘇木也不和她糾纏，上了自個兒的車。兩車同時行駛，背馳而去。門口二人再相互看了一眼，各自回去覆命了。

唐府內堂，唐夫人於堂前正襟危坐，胸口起伏不定，顯然是氣的，旁側的唐相芝也是一臉忿忿。見人還沒來，唐夫人怒火中燒，吼道：「人呢？再派人去喊！」

「是！」門口的丫鬟忙小跑著出去。

人去了一撥又一撥，唐相予終於姍姍來遲，進門便委屈道：「娘，您這火燒火燎的做啥？兒子在送客呢！」

「你爹呢？要你送什麼客！」

唐相予更委屈了。「爹不勝酒力，早早回院子歇息去了。」

「回院子？回什麼院子，她一早就回來了，壓根兒沒人！這爺兒倆，沒一個省心！」

唐相予故作疲倦，伸了個懶腰，於旁側坐下，衝雲青揚了揚頭。雲青得令，伸手幫他捶肩膀。

唐夫人見他這副模樣，軟下心來，火氣散了大半，卻仍是一副責問的語氣。「我問你，為何騙我蘇記的東家是杜家？」說著，指示雪雁倒茶。到底還是心疼的，今兒來的人多，大都是達官貴人，一晚上應酬下來，定然累得緊。

「我何時說蘇記是杜家的？」唐相予一臉疑惑，接過茶盞，飲了一口，是蘇記普茶。

唐相芝上前，搶著回道：「上回廟會，娘問你茶樓的時候。」

唐相予故作沈思，而後道：「原是那回。我只道是郡城故人，不承想讓妳二人誤會了。」

誤會？母女二人氣得夠嗆，不過他話確實是這麼說的。故人除了杜家，如何會想到是那個鄉下丫頭！如今人家鋪子在京都開業，不僅聲名大噪，生意都做到他們唐府來了。一想到她巴巴念著吃那丫頭做的糕點，又一面嫌棄人家的出身，唐夫人就像吃了蒼蠅般難受得緊。

她沈下臉。「我不許你再見她。」

唐相予倒是不驚慌，笑道：「我公務繁忙，也沒空瞎溜達。」

同自個兒預料的情節不一樣，唐夫人竟被噎住。「我……我說你從今往後不許再見她！」

「為何？」唐相予斂了面上的玩笑。

「什麼為何？」唐夫人瞪著他。「她配不上你，你二人也不可能有結果，不再見面，早日斷了她的癡心妄想！」

唐相予嘆了口氣，面上滿是憂傷。「這您就多慮了，人家還沒瞧上我哩！」

「你說啥？她竟敢瞧不上你？」唐夫人語氣陡然變得尖銳。唐府的大少爺，人中龍鳳，整個京都多少官家小姐想嫁進來，她竟瞧不上？回想起方才那丫頭的模樣，倒真是一副不冷不熱的態度，滿口都是糕點、銀子，眼裡哪有她這個夫人？不知是因這話遷怒，還是南山腳下的不給面子，讓唐夫人直接否定了方才她對蘇木的讚賞。

唐相予憂傷更甚。「是啊，咱家室不錯，兒子長得也還過得去，她偏就不愛搭理。也不曉得是我魅力不夠，還是怎麼回事……」

唐相芝一臉不相信，彷彿聽到什麼天下奇聞。唐家她都瞧不上，還能瞧得上誰？八成就是欲擒故縱，故意讓人對她念念不忘，好深的心思啊！「哥，你可莫讓她騙了，故意不搭理就是想勾著你。若真不想同你相交，為何又要接受你的鋪子？」

唐夫人點頭表示贊同。這樣出身的人家定然滿心就為著錢，否則一個沒有背景的小丫頭，哪有資本在京都開鋪子？

「你們說什麼呢！我何時送她鋪子了？那茶樓是她自個兒買的，不信讓管家查我的帳，可有大筆支出？」

兒子從不撒謊，他道不是真就不是，便是那丫頭自個兒買的？她哪裡來這麼些錢？唐夫人眉頭皺起。「有錢又如何？沒有你從中斡旋，她能拿下？」

「說起這個，兒子就更慚愧了。」唐相予一臉挫敗。「您大概知道蘇姑娘和杜家三小姐交好，實則與杜大人有生意往來，這都兩、三年的事了。她若真要拿下茶樓，自有杜大人相助，兒子哪能挨上邊？我這還是捷足先登，想要得她一份人情。」

「你！」唐夫人噌地站起身。「你就這點出息！」她一貫傲氣的兒子，唐家引以為榮的嫡長子，竟為了一個商女低頭，簡直有辱家門！

唐相予憤憤道：「我何等身分，她竟瞧不上，如何能甘休！母親，您支支招，兒子真是無法了！」

這丫頭故作清高，引得兒子神魂顛倒，唐夫人明白過來，兒子哪是什麼喜歡，從小就沒有他得不到的東西，如今碰著一個不順意的，可不得降服了，那是作為一個男人的驕傲。

「那我問你，若那丫頭回心轉意了，你當如何？」

唐相予沈吟片刻，才道：「蘇姑娘聰慧過人，兒子確實有幾分喜歡，可家境差太多，配不上唐府大少奶奶這個位置，就是平妻也太過抬舉，姑且納為妾室吧！」

唐夫人點點頭。倒是想得明白。兒子年過十九，竟連個通房丫頭都沒有，這點教人擔憂。如今好不容易有個瞧上眼的，雖然出身差了些，可就如他講的，有幾分聰慧，當個妾室倒是能應允。「如此，我就不多加干涉了。」她想了想，繼續道：「那丫頭年紀小，不懂男女情誼，你送些衣裳首飾，女兒家都愛那些。她是個清高的，莫揀俗氣的送，樣式簡單大方點。」

對於唐夫人態度的轉變，唐相予簡直想大笑。他這個娘太重視唐府榮耀，對自個兒要求又高，卻也都是身為人母應該的打算。他故作為難。「那些東西兒子哪懂……」

唐夫人無奈。「你一門心思唸書、忙公務，自然不懂女兒家的心思，也難怪人家不待見你！」說著，轉向身邊丫鬟。「雪雁，去把我的妝匣拿來！」

唐相予忙阻止。「不成，哪能要娘的首飾送人，我讓雲青去翠玉軒隨便挑幾個就好。」

「啊？」突然提到自己，雲青忙點頭。「是，我明兒就去。」

「雲青懂什麼，能挑得好？」唐夫人白了他一眼。「雪雁，去拿！」

雪雁得令，福了福身，往內堂去了。片刻回來，手上多了一個精緻的妝匣，她將匣子打開，置於唐夫人面前。唐夫人認真選起來，足足挑了五、六件，示意雪雁拿給唐相予。「不要一回都送光，見上一面送一件；若不得空，就讓雲青去送。若是可以，再作首小詩。聽那丫頭談吐，該是個識字的。」

唐相予嘴角的笑意快壓不住。他這娘簡直太可愛了！面上卻不顯露半分，調笑道：「這些招式，莫不是爹當年求娶娘時用的？」

「莫要瞎說！」唐夫人慍怒，面上卻爬上了淡淡紅暈。

當唐相予和雲青離開唐夫人的院子時，手上多了五支珠釵。「少爺，高！實在是高！」雲青讚道。夫人本是要責備，甚至會遷怒蘇二小姐，如今倒好，幫著少爺討好，簡直大逆轉，他還未從方才的精采對話中回過神來。

唐相予笑了笑。「明兒將珠釵給木兒送去。」

雲青可是將方才唐夫人的追娶之路聽進了。「夫人說要一支支送！」

「讓你送去，你就送去，照實說。」唐相予大步朝前。這些都不是自己挑選的，一支支送又有什麼意義。

雲青愣在原處。照實說是啥意思？說簪子是夫人送的？他無奈地搖頭。夫人說得對，以少爺的性子，難怪蘇二小姐不待見！

第八十一章 回禮

次日，五支名貴的珠釵整整齊齊擺在蘇木面前。她眨巴著眼，問向面前一臉苦澀的雲青。「你說，這些珠釵，都是……唐夫人送的？」唐相芝顯然認出了自個兒，該是被她們認為一心想要嫁進唐家，飛上枝頭變鳳凰，強烈反對才是，送珠釵做甚？

雲青鄭重點頭。「千真萬確。」

「這是為何？」蘇木不解。

雲青愣了，腦海中浮現自家少爺的話，便照實說：「夫人想要幫少爺取得您的歡心。」

「啥?!」蘇木和綠翹異口同聲。

綠翹拉住他。「你沒搞錯吧？」蘇木同杜雪瑤交好，綠翹和迎春自然也親近，二人私下說話時，了解到那年自家小姐上京，被唐府二小姐奚落，為著不讓蘇木同唐相予來往，就是瞧不起蘇木的出身，篤定她瞧上了唐府的地位和錢財。

「這怎麼能搞錯，我人就在，親耳聽見的。」雲青解釋道。

「這……」綠翹懵了，看向蘇木。

後者想了想，衝她點頭。「將珠釵收起來吧！另去後院取一盒咱新出的『奶香南瓜派』給唐夫人回禮。」說著看向雲青。「煩勞回去同唐夫人致謝。」

雲青原本鬱鬱的心情豁然開朗。蘇二小姐收下髮釵，還送了回禮，是否表示歡喜？還是夫人有法子，女兒家果真喜歡這些東西。他看向離去的綠翹，尋思也去買一支。可夫人道自個兒啥也不懂，挑不出好的，這就犯難了……

今日陽光甚好，唐府後院一眾女眷齊聚一起，說話逗趣。唐府乃世家大族，旁支眾多，唐老爺子乃開國功臣，唐家子孫也都能幹，整個家族逐漸興起，那份榮耀延續數十年，老爺子去世後，各支也就陸陸續續分出去了。

唐大人這支，兄妹四人，一貫和睦，雖也分了家，卻仍同住唐府大院。唐大人是嫡長子，整個唐府他說了算，唐夫人自然而然是當家主母。她坐在主位，一旁是二房、三房等夫人、小姐，滿滿當當地坐了整個亭子。大家圍在一起，逗弄桌上的八哥。這八哥是昨兒赴宴的人送的，會說人話，什麼恭喜發財、健康長壽，此類的祝詞能講十句，據說還能教牠學嘴，唐夫人新奇得不得了，請大家一同來逗趣。

「八哥，給咱吟詩一首。」唐相芝立在籠下，眨巴著眼，盯著這隻黑不溜丟的鳥兒。

眾人哄笑，一貫嚴肅的唐夫人也合不攏嘴。「妳這丫頭，就是這鳥兒再通人性，作詩也太為難牠了。」

唐相芝忍不住笑了，卻不甘休，真就教起來。那八哥起初不搭理，吃了兩塊香瓜子，還真開始吟誦，教人大呼驚奇。

雪雁跟在唐夫人身邊，瞥見亭下不遠處一棵楊柳樹下的雲青，退了出來，朝那處走去。片刻回來，手裡多了個食盒。「夫人，」雪雁將食盒遞上前。「是蘇姑娘送來的。」

唐相芝停下餵食的動作，將視線投過來。唐夫人也是一愣，那丫頭是巴巴討好上了？母女二人的反應讓眾人不解，相互看了看，皆一臉不明所以。那蘇姑娘……是何人？

唐相芝往亭子外望了望，瞥見雲青的背影，問向雪雁。「這東西是我哥讓人拿來的吧！」一定是她又跑去找哥哥，不知有無哭訴自個兒不待見她？

雪雁搖頭。「回三小姐，這盒糕點乃蘇記新品，是蘇姑娘的回禮。」

「回禮？」母女二人聽出不對勁。什麼回禮，不曾送禮，何來回禮？

「這……」雪雁語塞。「話是這般傳的，奴婢也不曉得。」

莫不是自家兒子將珠釵送出去，那丫頭猜到珠釵的主人了？唐夫人的臉青一陣、白一陣。她只是出主意，送釵的名頭怎麼安到她頭上了？她可不待見！那丫頭竟這般聰慧，是好還是不好？若進了唐府，往後後宅怕是不得安寧，可兒子喜歡，又有什麼法子！她矛盾極了。

「伯祖母，瓚兒好餓。」二房的小子撲到唐夫人懷裡，揚起小臉，眨巴著眼睛，可憐巴巴地道。

唐夫人心頭一軟，感嘆不已。二房都有孫兒了，自個兒連媳婦的影子都還沒瞧見。她腦海浮現蘇木那張聰慧的小臉……忙搖搖頭，暗自腹誹。在想什麼呢！唐家是世族大家，那丫頭如何配得上？

「伯祖母……」二房的小子見一貫寵溺自己的唐夫人發愣，便晃著她的胳膊撒嬌。

唐夫人回過神來，撫著他的小臉，吩咐道：「雪雁，將糕點分給大家都嚐嚐。」

「是。」雪雁屈膝，而後上前揭開食盒。

只見青瓷碟上奶黃色圓形一塊，上頭撒了若雪般的椰蓉，隔老遠就聞到一股奶香。討吃的小子眼睛都亮了，歡呼雀躍。雪雁將糕點端出來，發現已細心切好，分發給眾人，無人不讚。唐夫人斜眼瞧了半天，終拿起一塊，一番猶豫，還是往嘴裡送了。不得不說，蘇記的糕點真的好吃，比起宮裡的點心有過之無不及。方才調整好的心情，此刻又亂了。

唐相芝見母親的反應，不禁鬱悶得跺腳。就一塊糕點，怎麼態度就變了！

陽春三月天氣新，湖中麗人花照春。每到這個時候，人們會穿上青色衣服，出遊乘的車亦刷成青色。三月的京都不似江南的桃花惹人醉、青草綠油油，只是地面逐漸解凍、萬物萌動，著青色也是為了迎接新春的到來。此時，天氣漸暖，拘了一冬的各家夫人、小姐準備出遊踏春。

所謂入鄉隨俗，綠翹早早給蘇記一眾訂了青色春衫，樓上樓下青色身影走動，雅座間的夫人、小姐也都是一身青色，倒是一幅充滿生機的景象。鋪子生意越發好了，過了年依舊客滿。那些踏春的人，早早讓下人備好出門的吃食，蘇記的點心和能打包的奶茶，自然成為首選。這些日子，最忙碌的時間從下晌換成清晨，因直接將糕點買走的人逐漸增多，櫃檯便專門設了二人賣點心，這幾日已增至八人。

一大批人接待完，大家終於得空歇息、喝口水。尹掌櫃朝一眾夥計看了看，不禁眉頭皺起，又看向裡間，決定還是如實彙報。蘇木正著手開分店一事，正為地段本錢發愁，見尹掌櫃進來，放下手上活計。「有事？」

尹掌櫃有些發愁。「香蘭那幾個丫頭，好幾天沒來了！鋪子裡忙作一團，那些男娃子嘴手都笨，很耽擱工夫。」

「不是說家裡出了些事，怎麼，還未解決？」蘇木細想。是好幾日沒見到那幾個丫頭了，只知道家裡有事，請假了。

「可不是，說是關於賦稅，今年又加重了。香蘭家的村子本就貧瘠，收成又怎麼會好？如今稅收加重，能餘多少糧食？飯都吃不飽，似乎村民去鬧了，結果一身傷回來。」尹掌櫃嘆息。

蘇木眉頭微微皺了皺，沒想到天子腳下還會發生這樣的事。「香蘭幾個家裡也遭了難？」

尹掌櫃點頭。「香蘭的母親說是都起不得床了，還有幾個丫頭家裡多多少少也都有傷。」他一面嘆息，一面無奈。「是可憐人，可拖著不來上工，咱鋪子也亂作一團。長此以往，不是辦法，您看要不要重新招人？」幾個丫頭是勤快本分又機靈，鋪子的一干事物都做上了手，這說換人，他也捨不得，只是沒辦法，生意一日好過一日，著實忙不過來了。

蘇木搖搖頭。「本就遭難，如今連活計都丟了的話，往後她們可怎麼過活？」只怕走投無路的時候，要麼賣身做丫頭，要麼……她不敢想。

「這樣吧，」她想到了現代速食。「巳時之前，只賣糕點，不接待堂食。巳時之後，堂食繼續，糕點照賣。那時，時候已不早，外出的人也少下來，兩批客人不會撞到一個時辰，咱也不會手忙腳亂了。」

尹掌櫃細想，倒是個辦法，可巳時前停了堂食，那也要損失些。小姐到底心善，憐憫幾個丫頭。「成，我這就布告，通知下去。」

下晌，蘇木喊上綠翹、雙瑞，買了些農副食，乘著馬車出城了。綠翹一臉愁色，她同香蘭最要好，如今好友遭難，心裡也不好受，嘟囔道：「稅收年年漲，咱皇上到底有多缺銀子？垣村本就貧瘠，這還讓不讓老百姓活了！」

蘇木叮囑道：「這話在我面前說說可以，可莫見誰都抱怨，禍從口出。」

綠翹忙掩住嘴。「是，奴婢大意了。」她矛盾極了，希望能幫幫幾個丫頭，又怕自家小姐身陷官場的泥潭。不過，心思還是偏向後者。

幾人一路無話，直至到了垣縣。還未到路界，已是荒蕪，平地逐漸減少，山地高起，是不同京都幾處近郊村落的蒼涼。馬車停在村口，雙瑞跳下車，尋人打聽。「大爺，您曉得香蘭家往哪兒走嗎？」

「你是哪個？來村子做甚？」一個老態的聲音，帶著戒備傳至車上。蘇木撩起車簾一角，望去，是個乾瘦老者，正擔著桶，衣飾已分不出顏色，周身都是補丁。

雙瑞客氣道：「我們是京都蘇記的，香蘭在那兒上工，說是家裡出事，咱來探望。」

「蘇記？」老者想了想，恍然大悟。「哎呀，是菩薩廟啊！」

「菩薩廟？」雙瑞不解。

老者放下戒備，換上和善與感激。「蘇記收留了咱村的丫頭，她們回來都說鋪子好、掌櫃好、東家好。那些糕點她們拿回來，各家都分了，真是好吃啊，咱一輩子都沒吃過這麼金貴的東西！香蘭丫頭說一個要賣二兩銀子，真嚇人。咱捨不得吃，尋思便宜賣了能得幾個錢。可香蘭不准，說這些都是隔夜的，不准賣，會壞了蘇記的名聲，咱也就不敢那般想了，卻仍是捨不得吃。」

蘇木笑了笑。那些白日沒賣出去的糕點，都分給鋪子裡的人了，自然囑咐不可二次售賣。這麼些日子沒傳出不新鮮的流言，便知他們都照辦了，都是實誠的人。

老者說著，望向馬車，問道：「車裡坐的是……」

雙瑞一臉自豪。「就是東家小姐。」

「啊！」老者忙放下扁擔，不住作揖。「菩薩小姐啊！」

誇兩句還好，可又是作揖又是菩薩的，蘇木承受不起，忙掀開簾子。「老人家，可莫這般，擔不起、擔不起。」

雙瑞上前攙扶二人下轎。這時，聞訊的村人圍過來，都是感恩戴德的話。人口不多，大都年長，也普遍貧窮。再觀這村，屋舍破舊，坐落在山腳下，顯得有些陰幽。連路都不平整，昨兒剛下了一場小雨，幾個鄉鄰不過自家門出來，已是一腳泥濘。與別村相比，垣村彷彿是被京都遺忘的角落。老者將三人引至香蘭家，村人都放下手上活計跟過來，其中就有鋪子裡的幾個姑娘及其家人。

老者喊道：「香蘭丫頭，東家小姐來了！」

話音剛落，香蘭便推門出來，見門口圍著許多人，一雙靈動的眸子在人群中搜索，見到蘇木、綠翹還有雙瑞，她忙奔過來，驚喜道：「小姐、綠翹姊姊，你們怎麼來了？」

「家裡出了那樣的事，也不吭一聲！」綠翹上前，嗔怪道。

香蘭一臉笑意，眼中一片晶瑩。「讓你們擔心了。」模糊的視線中，瞥見三人腳下的泥濘，慌張道：「哎呀，路不好，把小姐的鞋弄髒了，快屋裡坐。」

綠翹便攙著蘇木朝裡走。蘇木道：「不妨事，車裡有些補給，帶得不多，妳瞧著分些給大家。」本是探望鋪裡的幾個丫頭，可一眾鄉里瞧著都不大好，且跟了一路，眼巴巴地瞧著，不分說不過去。

「這怎麼好意思？」香蘭不動。平日送那些糕點已極好，如今還買了禮，她過意不去。

「有什麼不好意思的，咱大老遠拉來，難不成還要拉回去？」綠翹心直口快，同雙瑞一道搬起車裡東西，有米糧、肉菜，都不是輕巧的。

眾人面面相覷，卻是不好讓兩個客人做活計，於是也就搭手搬貨。綠翹主動攬了分發的活計，自然也拉了香蘭一道，她知道有幾戶人家，每戶人家又有幾口。一番忙活，對村子概況已了解。垣村共八戶人家，四、五人一戶，因地處偏僻，鄰近鄉鎮都不肯接手，是以上頭有什麼福利政策都落不到他們頭上，他們有苦有難時自然無處申訴。然而每年的苛捐雜稅卻是一分都不能少，上頭查得緊，每至年關，都是主動上門來要。

山地能有什麼收入，此地種的果子也都稀鬆平常，賣不得什麼錢，甚至賣不出去，大都爛在地裡。按理說，地都是他們自個兒的，沒有交易便不用繳稅；偏偏國策有最低繳稅一條，意思就是，就算沒有交易，按土地大小，一樣要繳稅，只是少些。本就沒進項，反而要出錢納稅，娃子們外出幹活賺的銀子除了衣食，每年還要支付稅金，日子怎能過得好？今年又漲稅了，才有了聚眾鬧事一說，卻沒討到什麼好，反而落得一身傷。

第八十二章　對弈

說起這些，村人偷偷抹淚，綠翹和雙瑞的眼眶也紅了。蘇木想到唐大人，御史中丞，內領侍御史，外糾察百僚，一個小村落於他而言該是小事一樁。宴會那日，他讓自個兒有空進府切磋棋技，那是否可以……

看著面前一張張無助的面孔，她下了決心，於是道：「可莫再去衙門鬧了，在他們眼中，垣村只是個麻煩，並不會理會。我和一位大人有一面之緣，且去問問，可有法子解決？」

「真的嗎？」香蘭早已淚流滿面。老娘躺在床上起不了身，家裡已揭不開鍋，她分不開身去鋪子，已走投無路。本以為再兩日鋪子就該辭了她，不承想小姐竟親自上門關懷，還送了好些補給，如今又要出面解決村裡的難題，不管成不成，總多了一分希望。

「自然是真的。」綠翹扯出帕子給她擦淚，忍不住告訴喜訊。「小姐做了整改，巳時前不做堂食，大家都去櫃檯賣糕點，巳時後再接待客人。妳們幾個只管顧家裡，待他們身子好轉，再回鋪子上工。小姐說了，一個都不辭，就等著妳們。」

香蘭哪裡還站得住，撲通跪地，磕頭致謝；另外幾個女娃也都站出來依樣跪下。鄉鄰們也不住作揖，直稱蘇木是活菩薩。蘇木無奈又心疼。菩薩，於他們而言是希望，如今喊自個兒菩薩，是把這份希望都寄託在她身上了，又如何能讓他們失望呢？唐大人，她找定了。

到離開時，垣村所有人將三人送至村口，還立在原處，依依不捨地揮手，眼中滿含希冀。蘇木一言不發，正尋思對策。綠翹見她不說話，自然不敢開口打擾，只是想著同尹掌櫃和鋪裡人商量，過夜的糕點都送給香蘭她們，度過這難關再說。

三人各懷心思回到鋪子，蘇木當即修帖一份，讓雙瑞送至唐府。只是拜帖並未直接送到唐大人手中，而被唐相芝瞧見了。雙瑞她認得，那麼拜帖的主人也就不言而喻。簡直不可思議，那丫頭是瘋了嗎？竟要直接見她父親，哪裡來的膽子！唐相芝拿著拜帖，徑直去了唐夫人處。後者也是不可置信，多的更是憤怒。當即拆了帖子，只見求見之名竟是切磋棋技？

她犯什麼渾，竟要找老爺下棋？前頭送自個兒糕點，這會兒又討好丈夫，看來那丫頭說什麼不待見兒子都是渾話，分明滿心想嫁進唐府，痲雀變鳳凰！唐夫人想狠甩自己兩耳光，先前怎麼就覺得她是個清高又聰慧的？不行，這樣的女子，就是兒子的妾室也做不得，太過市儈，她瞧不上眼。

「雪雁，」唐夫人喚來貼身侍婢。「將帖子退回去，再去帳房支五萬兩銀子，給那姓蘇的丫頭送去，讓她今後都不要再見予兒了，也不要再同唐府有任何瓜葛！」

雪雁接過，應下，就要往外走。

「等等。」唐夫人喊住她，沈思片刻。「支十萬吧！」

雪雁愣了，提醒道：「夫人，十萬不是小數目，怕是得同老爺知會一聲。」

唐夫人擺手。「就說是我的意思，自會同老爺說，讓帳房支給妳就是。」

「蘇姑娘。」雪雁手裡捧著錦盒，盒上正是蘇木的拜帖。「這是我家夫人送您的。」她立於蘇記內堂，目不斜視，一絲不苟地傳達自家主子的意思。

蘇木正坐在堂前，只抬眼瞟了一眼，心下了然，隨意道：「綠翹，把東西收起來。」

綠翹自然瞧見了盒上的拜帖，氣得夠嗆。那可是救命的！心裡便恨極了唐夫人攔下帖子，只是蘇木未發火，自然輪不到她一個小丫頭妄加評論。於是氣鼓鼓地上前，不客氣地一把接過。

雪雁有些驚訝。就這般收下了？那裡頭可是十萬兩銀子啊！「蘇姑娘，不問問裡頭是啥？」她試探問道。

「我還是問問夫人有什麼話要交代的吧。」蘇木淡淡回道。

這樣直接，倒是讓她省去了諸多麻煩話。「夫人希望您離開京都、離開少爺，也遠離唐府。」

「嗯。」蘇木點點頭。「回去跟唐夫人說，我會考慮。」

雪雁再一愣。這蘇姑娘真就是那等貪婪之人？可先前瞧著不像啊……話已說盡，東西也送到，她只好揣著滿肚子的疑惑回去覆命。

人一走，綠翹便暴跳起來，一把拿過盒上帖子，打開一看。「那唐夫人什麼意思！先前還巴巴送髮釵，今兒怎擱下咱的拜帖？還有這個破箱子，裡頭裝的……」說著打開一看，頓時沒了聲音。半晌才抱著箱子，去裡間找蘇木，結巴道：「小、小姐，是……是銀票，好多……」

「我知道。」蘇木並不在意。

這種豪門太太甩出支票打發人的橋段，電視劇不是經常上演？用腳趾頭想也知道。什麼唐夫人幫著唐相予求娶自個兒這種話，她一個字都不信。回禮，也不過礙於禮節，她要忙的事多著呢，沒空玩這種內宅爭鬥。

綠翹嚥了一口唾沫，將匣子合上。「方才那丫鬟傳的話，您是應下了？」依照小姐的性子，該是不會，可將銀子收下，不就是那意思嗎？

蘇木拿出棋盒，將棋子擺上。「自然不是，我若不收下，指不定唐夫人還有一二三四招。」

綠翹若有所思，卻也不懂。是又不是，那到底是不是呢？她覺得腦子不夠用。「要不咱去找唐少爺，把事情都告訴他，他定會幫忙的。」

蘇木再次搖頭。她正以白棋、黑棋互搏，練練手感。垣村一事可大可小，只能找唐大人。因為找唐相予，他最終還是要利用家族關係。她知道他不是那種吃軟飯的人，如今在官場兢兢業業，便是想自個兒做出成就。若總是要他用家族關係幫忙，便是拖累，她不能這麼做。

「妳找雲青，跟他說有事需要幫忙。」

唐府臨北的院落是大片竹林，品種百餘，姿態各不相同，唐相予每每閒下來，都要往竹林走一趟，唯有那處能靜心靜性。他還年輕，心性不若年歲大的人那般沈定，時而覺得壓抑，唯有待在竹林，還能尋回自我，在那丫頭身邊，也會有一絲安定。

「她找父親？」唐相予閒步慢踱，側過頭問道。

身後，雲青立刻快走兩步跟上。「是，聽綠翹說，是為了垣村的事。」

雲青也是納悶。蘇二小姐同少爺交好，有事為何不直接找少爺，非要費一番波折求見老爺？老爺日理萬機，哪會管她的事呢？

唐相予卻笑了。「人在書房？」

「是，該是剛到不久。」雲青猜測著回話，而後道：「您要不要去看看？」

「不去，她既找爹，我湊上前做啥？」說完，袖子一甩，兩手背在背後，繼續踱步。

春日的竹林冒出新葉，翠嫩至極，將青衫二人掩映其中，若不細看，真就混為一體。

纖細二指撚著一枚白棋舉在空中，片刻落下，圈出不少黑子。唐大人撫著鬚髯，瞇著眼，見自己的棋子被吃掉大半，不由謹慎了幾分。

「唐大人若下上三步，不僅局勢穩固，方才的棋子也不會被吃掉了。」蘇木坦然收起自己的戰利品，淡淡道。

這個小丫頭，竟說他下錯了棋？真是狂妄至極。「看似有利，殊不知最後，卻是一步錯棋。」他舉起黑子再落，方才的劣勢稍有回轉。

蘇木再落，根本不給他翻身的機會。「輸贏只在一念之間，大人若一味求安穩，又如何贏得局面？」

唐大人不慌不忙，沈著破解。「丫頭，求得安穩，已不是容易的事。妳瞧，上方圍堵，下有追擊，妳棋雖多我近半，卻依舊不能置我於死地。」

「若大人挽回方才的棋子，至少局面不會像現在這般艱險。」蘇木目光一凜，乘勝追擊。

「非也，」唐大人搖頭。「若我挽回棋子，局面太過持平，反而會引得妳進一步圍堵，只怕比現在更慘。」說著，竟無奈地大笑起來，似不打算繼續方才的對白，玩笑道：「老夫下了半輩子棋，少有對手，妳算一個。」

蘇木也收起方才的鋒芒，語氣滿是謙卑。「勝負未分，大人過譽。」

「說吧，今兒找我何事？」唐大人仍盯著棋局，冥思破解。

蘇木卻已無心對弈，正欲放下棋子，起身拜求。唐大人伸手阻止。「把棋下完。」

蘇木只好坐下。「大人可知道垣村？」

垣村？唐大人仔細想了想，似乎近日聽說有個村子鬧到公堂，差役將人打回去了。村縣理事不屬他的管轄，一個小村落鬧事，自然引不起大人物的注意。「可是鬧事那個？」

蘇木忙道：「正是。垣村貧瘠，因先前劃分失誤，旁縣都不承認歸屬。如今獨門獨戶，日子過得艱難，今年又逢稅增，再難過下去了。」

唐大人稍有驚訝。她一個商女，怎地管起村落的事？本以為是為著兒子來尋，竟道出這番話。「所以……」

蘇木眼中露出希冀。「希望您能出面，對垣村進行劃分，讓村人得以過上安定日子。」

唐大人眯眼似在思考，後道：「京都城外像垣村這樣的村落數不勝數，妳如何管得過來？」

蘇木搖頭。「我不是當權著，那些不是我的事。垣村有我的員工，她們喊我一聲東家，我便有責任幫她們度過難關。」

「所以，妳就找到我？」唐大人反問。

「是。」蘇木直言不諱。「我知道這樣很冒昧，可您位高權重，顧及民生，難道不是一個為官者分內之事？」

唐大人眉眼一抬，不怒自威。「妳好大的膽子，竟敢這般跟本官說話。」

蘇木垂下眼，並不致歉，一臉倔強。場面一時安靜，一旁侍候的丫鬟、小廝早已額上冒汗，大氣不敢出。唐大人少見發脾氣，可真就沈下臉，那股混跡官場數十年的威嚴毫髮畢現。

見面前的小女娃並無半分懼意，唐大人心下讚賞，隨即大笑，方才的威嚴之氣散得一乾二淨。「丫頭，救一個垣村，我一句話的事。可若因這句話，使得朝廷數十年的平穩局面打破，恕我幫不了這個忙。」

蘇木抬眼。那些局勢她不懂，垣村只是個無人問津的村落，怎會變成明爭暗鬥的導火索？

「村縣劃分，人口部署，屬工部要務。工部卻是孟大人管轄，我若貿然插手，是逾越了。」

孟大人……蘇木有些明白過來。各方權利制衡，才保局勢安定。若有人企圖打破平穩，便會被千方百計找碴。是以越是當權著，越要行好每一步。她嘆了口氣，看來求助無望了。

唐大人見她神色，便知這丫頭懂了。果真聰慧，心下讚賞又多了幾分。他頓覺心情舒暢，執起黑子便落，大片白旗被他圍堵，已然成為敗局。「妳輸了。」

蘇木一驚，心思這才回到棋局，方才想事入神，走錯好幾步。無奈地撇撇嘴。「願賭服輸。」

「哈哈哈！」唐大人愉悅更甚。真是個有趣的丫頭。

一干丫鬟、小廝看得雲裡霧裡，方才還劍拔弩張，怎地片刻又好了？唐大人似乎心情不錯，該是贏棋了吧？

天色不早，蘇木打算告辭，還有一事，也該交代好。「綠翹。」

綠翹得令，捧著一個錦盒上前。唐大人身邊的小廝立即上前接過，立於一旁。

唐大人不解。「這是……」

「這是唐夫人贈予，小女子愧不敢當，特請轉還。」蘇木解釋道。

夫人？唐大人不明所以，卻也應下，又多問了句。「這件事，妳為何不找予兒？你二人關係親近，他定會幫妳。」

聽到「親近」二字，蘇木面上微微有些發燙。「我不願他做違背意願的事。」說罷，微微曲膝，轉身離去。

唐大人愣了神，反覆斟酌她那句話。一個小女子竟懂男人的抱負，該是兒子的福分啊！

他朝門外望去，已沒了人影，只留手邊一匣，打開一看，厚厚一疊銀票，怕是有十萬……

第八十三章 租地

蘇木大搖大擺出了唐府，自然傳到了唐夫人耳中。她怒不可遏。收了銀錢，竟還敢上門！簡直不把她放在眼裡。正欲發作，卻聽見門口傳來腳步聲。

雪雁往外探了探，回頭道：「夫人，是老爺來了。」

唐夫人賭氣般地坐下，並不理會來人。

「夫人。」唐大人喚道，見她一臉不悅，自然知道原因。他將懷中匣子放置她面前。「那丫頭讓我還給妳。」

自個兒的匣子，自然認得。唐夫人忙打開，見裡頭原封不動裝著銀票，驚訝不已。那可是十萬兩，竟送回來了？好哇，是打定了主意賴上唐家！唐夫人冷哼。「好話聽不進去，別怪我不客氣了！」

唐大人看過來。「妳要做啥？」

「什麼做啥？那賊丫頭把心思打到你兒子身上，巴巴地要進府。現在都討好上你了，這樣一個心思不正的人，如何能容她？」唐夫人氣急敗壞。「我要把她趕走，走得遠遠的，再莫讓人瞧見！」

「妳莫不是搞錯了？」唐大人落坐後，端起桌上茶盞，對妻子的怒氣不甚理解。

「搞錯？」唐夫人站起身，立於丈夫面前。「不是為著予兒，來找你做甚？」

唐大人嘆口氣。「是為垣村的百姓請願，希望能劃分歸地，讓村裡幾口人有個安生處。」一沒幫上忙，他心有遺憾。那丫頭說得對，解決民生疾苦，是為官者的分內之事，可是他顧忌太多，早就忘了為官者的本意。數十年來閱了無數卷宗，查了無數案件，協助皇上處理宮內外事務，大權在握，德高望重，卻連一個小小的垣村都救不了。

「垣村？」唐夫人滿腦子都是疑問。她不懂什麼百姓請願、劃分歸地，卻聽出來那丫頭千方百計見老爺，不是為了兒子，竟是別的事？有什麼事比唐府大少爺重要？難道……難道她心裡真就沒有兒子，一點也不稀罕唐府的地位？

唐夫人懵了，卻不死心。「她真沒有一字半句求你接納？」

「夫人何出此言？都說是為民請命。」唐大人心情鬱塞，不欲同婦人之見多言，起身離去。

「老爺！」唐夫人挽留不得，更加糊塗，於是道：「雪雁，妳去打聽打聽，那丫頭今兒到底同老爺說了什麼？」

片刻，丫鬟帶信回來。得知二人於書房種種，唐夫人驚得張大了嘴，久久不能合上。真是自己誤會了？

蘇木離開唐府後，拒了轎子相送，帶著綠翹行在京都大道。他人不救，便只能自救。垣村人只有自己奮發起來，才能度過難關，讓人刮目相看。可要如何奮發呢？蘇木思來想去。山地貧瘠，不宜種糧食，果樹生得也不好……那麼茶葉呢？尋找抗寒、抗旱的茶種，再以母樹嫁接；垣村占地雖廣，可最低的稅收，她還交得起……有了思緒，腳步便加快了。

綠翹忙跟上。「小姐，幹麼去？」

蘇木腳步未停。「回鋪子。」

二人回到鋪子，找到孫躍。他於京都雖是個無足輕重的小人物，卻活躍於市井，魚龍混雜的人識得不少。蘇木讓他尋幾個經驗老到的茶農，合力尋找抗旱、抗寒的茶苗。另外修書回郡城，茶山和茶園的茶苗都留住。眼下近四月，九月下種，明年開春嫁接，將將正好。垣村的土地是他們自個兒的，以防萬一，還是要簽一份契約，就是往後生意做出來，朝廷想要收回土地，也要看契賠償。

蘇木從垣村回來後，村人自發照顧香蘭娘及別的幾個女娃家裡。是以姑娘們都陸續上工了，鋪子恢復正常營業。綠翹樂呵呵地跑到後院，香蘭正同柳三娘一道裝點心。

田師傅今早送來五、六個架子，每個有半人高，分十餘層，架底還安了四個滾輪，推拉很方便，這架子是用於搬運點心。如今點心需求大，一碟一碟端出去費時費力，有了這架子，簡直事半功倍。香噴噴的點心上架，一層層擺得很好看，整個後廚籠罩一股濃郁的奶香。

「香蘭！」綠翹喊道。

香蘭忙活不停，聞聲抬頭。「綠翹姊姊，啥事哩？」二人本就親近，經上回一事，香蘭心中更添感激。

「好事！」綠翹快兩步上前，忍不住告訴她好消息。「垣村有救了！」

「有……有救了？」香蘭有些懵。唐大人拒了蘇木的請求，她是知道的，雖說失望，卻沒有辦法。

「是呀！」綠翹滿心歡喜，拉過香蘭。「小姐要租下垣村，喊妳去問話哩！」

「啥？」香蘭仍不明白。租下垣村……小姐要垣村做什麼？那樣貧瘠的山地，白送人都不要。

柳三娘接過香蘭手上的托盤，笑道：「小姐既然有法子，定然能成，快去吧！」

香蘭反應過來，歡喜地將手在身上圍裙擦了擦。「誒！」

二人相攜去了內堂。尹掌櫃和蘇木坐在堂前，於案上書寫，還一邊商討。

「小姐，香蘭來了。」綠翹拉人上前。

香蘭有些拘謹，福了福身，喊過人，便等著問話。二人停下商討，案上的契約也修改得差不多，蘇木先道：「香蘭，劃地分縣不是簡單事，饒是唐大人也有不得已，這條路子行不通。」

香蘭點點頭，垂下腦袋。「我懂。」

「不過，我這些日子正巧在尋地，垣村的地正合我意，若是可以，我想租下垣村。」

香蘭慢慢抬起頭。「租？」

尹四維出聲解釋。「就是小姐出租金，你們也甭幹活計，只管收租子。如此一來，山地產生的稅金，小姐也一併交了。」

這話一出，香蘭明白過來。就是那些貧瘠的山地給姑娘使，垣村人啥也不管，只坐家裡收租子唄，那可真是天大的好事啊！只是，小姐要那些地幹啥？這擺明了給村人送銀子啊！雖知道蘇記很賺錢，可哪有白白得人恩惠的道理？不行，她不能接受。「小姐心善，可咱不是貪得無厭的人，豈有白白受您恩惠的道理？」

尹四維撫著八字鬍，點頭讚賞。

「傻丫頭，垣村在旁人眼裡或許是廢地，可我懂得變廢為寶，只管放心，我不做虧損的事。」蘇木說著，頓了頓繼續道：「我租了地，自然要工人，與其到處找人，不如就請你們幫忙。如果可以，村人都來做長工，我先付一年的錢。」

啥？租了地，還請他們幹活，意思要付兩份的錢，哪有這樣好的事？香蘭想不過來，滿心覺得蘇木就是為了幫助垣村，當即淚流滿面，泣不成聲。

蘇木無奈，朝綠翹使了使眼色，後者會意，忙拉過人，扯出絹子替她擦擦面上的淚。

「這是好事，妳哭啥？成了，小姐喊妳來，可不是看妳哭哭啼啼，是讓妳回村將里正請來，詳細商議。為防以後讓有心人利用，咱還得簽契。」她說著，指了指桌上。「契書都擬好了，趕緊回去喊人吧！」

香蘭停下哭泣，這才知道租村請長工不是說說而已，真就已經安排妥當。她歡喜得不行，忙應下，回村報喜去了。臨走前，蘇木囑咐，此事不急，只管回去商量，想好了知會她一聲就是。這樣天上掉餡餅的事，還用商量什麼？

次日大早，香蘭領著里正和兩個年紀稍輕的漢子於鋪子裡等候。里正年紀略長，四十上下，因長年勞作又吃不得什麼好的，形容枯槁，老態畢現，只因識得幾個字，早年接了里正一職，卻也只是徒有其名，壓根兒沒有什麼要他做的活計，甚至連俸祿都沒有。蘇木對他有幾分印象，那日在垣村見過，分發補給時，同綠翹、香蘭一道主持，倒有幾分領袖樣。

三人頭回進這般好的屋子，周身暖和，連腳趾頭都是暖意。椅子鬆軟，腳底踩的松木板上，纖塵不染，滿眼流光溢彩，卻教他三人如坐針氈。桌上精緻的杯盞斟滿了茶水，正冒著熱氣，三人不敢動，規矩地坐著，等人發話。

蘇木就怕他們拘謹，便喊了香蘭和鋪子其餘幾個姑娘一道落坐。只是，這般正經的大事，幾個姑娘也不淡定，哪裡還有平日活泛的樣子？蘇木將昨兒同香蘭的話重複一遍，只是更詳細，也道自己要種茶樹的打算，已尋人找茶種，約莫九、十月栽種，這段時間要他們將地騰出來養上。

在他們眼中，茶葉何其珍貴，種茶樹就像往地裡栽金子啊！他們那塊地……能成嗎？三人面面相覷，如此大的誘惑在前，仍道出警告。在蘇木再三肯定下，戰戰兢兢應下，簽了地契和長工契。尹掌櫃當即拿出銀票遞給三人，三個大男人顫抖地捧著銀票，竟當場哭出來。

那是窮困太久，日子突然有了轉機的喜悅。

接下來，一面忙鋪子，一面找茶苗，蘇木分身乏術，天不亮出門，直至月上柳梢才回小樓，沾床便起不來了。綠翹心疼得不得了，燉了好些營養的羹湯，守在床邊，讓她喝下再睡。

唐府書房依舊燈火通明，桌上的卷宗還餘幾本，唐相予伸了伸懶腰。「少爺，喝點參湯吧！是雪雁姑娘送來的，囑咐您喝完了，才好回去覆命。」雲青端著托盤上前，將青瓷白碗放置他面前。

唐相予摸摸肚子，確實有些餓了，也不多矯情，端起碗，一飲而盡。將人送走，他又埋頭苦幹，也問起閒話。「母親那處，可還有什麼動靜？」

雲青知道自家少爺講的是蘇二小姐的事，想了片刻，才道：「上回蘇二小姐走後，老爺同夫人談了許久，像是說通了，夫人倒是再沒找過蘇記的碴。就是前些日子於咱院子盯得緊，見少爺日夜忙碌，也就不盯了，倒是日日讓雪雁姑娘送羹湯來。」

唐相予點點頭，又問道：「木兒如何了？」

「蘇二小姐近日忙得不可開交，她將垣村租下來，預備種茶樹，這些日子忙著尋茶苗，像是有眉目了。」雲青回道。

「嗯。」唐相予自顧自忙活，像是不甚在意。

雲青欲言又止，還是開了口。「少爺，蘇二小姐為何不來尋您？垣村的事，稍加活動不就能成事？」在他看來，這就是件不足掛齒的事。

唐相予抬起眼簾，輕聲道：「愚昧。」

雲青撇撇嘴。他不是擔心嘛！二人都好些日子未見，保不住就情輕意淡了。

「茶苗那處，你盯著些，若有什麼難處，你只管暗裡解決了。」唐相予放下最後一本卷宗，轉了轉脖子，站起身。

將近六月，郡城的茶要著手製作，再過些時日，木兒該是要準備返鄉了。六至九月，左不過三、四月時日，怕是得待到那時才回京。年過了，木兒就十四，於福保村來講，已到婚嫁年歲。他是有些怕，要是再像上回那般訂個親事，真是難為人。只是他還未來得及盤算，甚至連面都未見上，小人兒便匆匆離去。

當事人正坐在馬車裡翻話本。此去路途，近一月時日，著實無聊，她便買了許多話本擱在車裡；綠翹則帶了針線。聽說大小姐快生了，她沒什麼好送的，尋思縫兩條肚兜，炎夏將至，正巧能穿上。

蘇木往邊上靠了靠，尋個舒適的姿勢，才道：「雪瑤那頭，可交代妥當了？」

綠翹撚了撚絲線，抬頭。「您就放心吧！咱回鄉的事，二少奶奶一早就曉得，只是捨不得罷了。您繪的花樣也都交給迎春了，到時候緊趕著縫一套好看的夏衫，魏夫人定歡喜，也就不會再冷待二少奶奶了。不過，您怎曉得魏夫人稀罕新鮮花樣？」

蘇木抿嘴。「魏三少爺闖了禍，問我討法子討好爹娘，我就順便多問了句。」

「倒是好笑，知道小姐您聰慧，討好爹娘的事都問上了。」綠翹也笑了，卻又想起什麼，惋惜道：「咱突然一走，也沒同唐少爺講一聲，他尋不著您，該是要著急了。」

蘇木翻書的手頓了頓，調笑道：「我看著急的不是旁人，是妳吧！」

綠翹一愣，放下活計，認真道：「我……我著急什麼呢？」

「哦，不著急呀……」蘇木若有所思地將綠翹上下打量，終落到她頭上。「綠翹，妳頭上的髮簪何時添新了？」

「前、前些日子，我瞧著好看，就買下了。」綠翹忙捂住簪子，小臉霎時紅透了，慌張將針線簍一放，便急急往外去。「這……這車裡太悶了，我……出去透透氣。」

蘇木笑而不語，也不再打趣，將心思放回書上。鋪子妥當，有尹掌櫃、孫躍和柳三娘操持，她放心。垣村的田地還沒種上茶樹，只是刨去雜物養著，也沒甚憂心的。茶種選出好幾樣，待九月種上便好。

此行上京，十分順遂，縱使有些小絆子，也都安然度過了。只是十分念家，好在一月不到就能到鄉，見著親人，想想都覺得舒心。忽然，車外傳來一陣急促的馬蹄和吆喝聲。

「蘇姑娘留步！」

是雲青？蘇木放下書本，撩起車簾往後頭瞧，可不就是雲青？忙朝車外呵道：「雙瑞，快停車。」

雙瑞轡繩一拉，馬兒便慢下腳步，直至停下。二人跳下車，綠翹見身後人兒趕了上來，竟是雲青，既驚喜又驚訝。「你……你怎麼來了？」

雲青翻身下馬，見著可人兒，也是歡喜，再望見她頭上珠釵，愉悅更甚。「我替公子送信，也送妳……送你們順利返鄉。」

「送我們？」蘇木掀開門簾，鑽出來，綠翹忙上前攙扶。

「是。」雲青恭敬回話。「這些都是贈您及雙親之禮，囑咐一路小心，早登歸途。」說著，往後指了指，果見三大車的東西。

第八十四章 返鄉

蘇木心裡發笑。倒是把禮數做得足足的，又請了雲青護送，顯得自己和他二人有什麼似的。雲青見她一副什麼都懂的樣子，不禁心裡發苦。他早說蘇姑娘聰慧，豈會不知少爺那點小心思？以此倒是提醒蘇老爺，還有他這個人在，給蘇姑娘覓親的事，是難盤算了。

他正尋思著，蘇木若是拒絕，該如何回話？卻不料她道：「倒是麻煩了，綠翹，妳便留心多照顧著些。」說罷，朝雲青含笑點頭，又回車裡去了。

「啊？」綠翹腦子還沒轉過彎。方才小姐還似察覺什麼，這會兒的話，莫不是意有所指？卻不敢怠慢，瞥了雲青一眼，道：「喔……省得了。」

一行人又踏上歸途。馬車終歸沒有馬兒跑得快，雲青卻不再愣頭青似地往前跑，而是慢下步子，跟在旁側。好在道路寬敞，能容得下，偏頭便見可人兒，一路奔波，又算得了什麼？他臉上的笑就沒停下。

並行的可不止二人，還有雙瑞。他無意中瞥見雲青發笑，便好奇詢問：「雲青哥，有何事可樂的？你都笑一路了。」

「啊？」雲青忙沈下臉，解釋道：「沒……沒笑什麼，喔，我就是想著跟你們返鄉，不必拘在府裡，能鬆泛鬆泛，覺得心情舒暢罷了。」

「你不是唐少爺貼身侍奉的人，這一去少說一月半，能行？」綠翹問道。

雲青瞥了瞥馬車，笑道：「自然行。」

蘇木於馬車裡聽得真真的，目光落到話本上，心思卻早就飛遠了。

一行二十餘日，路途顛簸卻也順暢，終在五月二十抵達郡城。舟車勞頓，都沒吃上什麼好的，幾人都瘦了一圈。越往南下，天氣越熱，才至南北交界，便已穿不住外衣了。還未入城，便於郡城不遠的一處鎮子碰見了蘇青。蘇木早先就送信回家，告知歸期，料想就這幾日，蘇青便自發來迎人。這一日日地等不到，便往京都的路上走，倒是巧，頭一日出門，行了半日路，就碰上了。

蘇青坐在蘇木的馬車裡，有些拘謹。大半年未見，他卻是穩重不少，雖仍有些稚氣，卻比先前好太多。大房、二房雖不睦已久，兩娃子間爭吵也是有的，但如今大了，那些事不值當記恨，姊弟二人本就沒什麼深仇大恨，如今又一起做事，自然要好好相處。

然而蘇青卻是有些怕蘇木的，想是從蘇家院壩就開始。蘇木哪會沒瞧見他面上的忐忑，可他走一路來接人，她是有些感動的，便揀了茶園和罐子的事詢問。一來二去，這大半年不見的生疏也就散了。蘇青主動問起京都的事，得知蘇木開鋪子的種種，眼中都是敬佩。他這個小堂姊也不知隨了誰，滿腦子生意經，那是旁人都想不到，也是他這輩子及不上的。

回城路上經過茶園，蘇木想去瞅一眼，可天色已晚，家人都還惦記著，便往宅院駛去。

自蘇葉懷孕，小夫妻就搬去了宅院，吳氏既要顧著小兒子，又要照料蘇葉；還有個虎子，整日也是忙碌。好在有房嬤嬤幫襯，紅拂也是個穩妥的，並沒什麼不順心的事。蘇世澤便一心撲在莊園，有蘇青商量，那些活計又是請了長工的，還算清閒。

因著吳三兒娶親，也是要為自個兒打算，吳大爺便將二灣的田地都闢出來，還買了十餘畝，也種上茶樹。雖有自家活計要忙，福保村的茶山和郡城郊外的莊園，他也一併看顧著，並未怠慢。

未到門前，便瞧見一家子相攜著站在街道上翹首以待。「爹、娘、姊！」蘇木撩起車簾，遠遠瞧見，揮手喊道，立刻讓雙瑞停車，歡喜地下車，先奔了過去。

吳氏牽著六月瞬間淚流滿面，將她上上下下仔細打量個遍。「瘦了，是沒吃好飯怎地？」

「女兒哪是瘦了，是抽條了，長高半頭哩！」蘇木眼睛也酸，一把抱過六月，狠狠親了一口。

六月如今走路已很穩當，不過小娃子忘性快，記不清面前人是誰，便傻愣愣地望著。

「六月，這不就是你日日喊的二姊，如今見著，倒是不說話了。」說話的是蘇葉。她挺著大肚子，豐腴不少，臉也圓了，滿面紅光，正由紅拂攙扶著。

「姊，」蘇木抱著小人兒到蘇葉身邊。「可是等了許久，累不累？妳身子重，快進屋。」

房嬤嬤笑道：「二小姐放心，還有幾日臨盆，奴婢陪大小姐日日散步，身子康健著呢！」

「那便好，有妳和娘在，我放心。」蘇木笑著回話。

「好了，快下來，你二姊累一路，怎麼抱得動你這個小胖墩。」蘇世澤眼圈紅紅的，他不會說什麼好聽話，關懷都在心裡。

「爹爹抱！」六月脆生生道，伸出兩隻小胳膊撲向蘇世澤。後者一把接過，樂得滿懷。

這會兒綠翹、雙瑞也帶著行李趕上來，與紅拂抱作一團。綠翹當即哭出聲，一頓想念的話，吳氏便拉著她問蘇木於京都的生活，就是轉不開瘦了這話題。綠翹哪是藏得住事的人，一把將蘇木開鋪子、找茶樹，起早貪黑、如何辛勞一股腦兒地倒出來。

雙瑞眼圈也紅紅的，跟著補充幾句，讓一家子壓下去的傷感又提起來。吳氏和蘇葉拿出帕子抹淚，蘇木無奈，又勸不住，忙將雲青拉上前。「爹、娘，唐少爺送了贈禮。」

雲青規矩地立在眾人面前，身後是壯觀的三輛馬車。吳氏和蘇世澤相互看了看，又望了望蘇木，後者一臉坦然，他們便沒說什麼，對雲青一頓客氣，說了許多感激的話。

「木兒，妳回來了？」一個清麗的聲音自幾人身後傳來，宅院門口站了個妃色衣裙的少女，身段玲瓏，面容姣好，帶著淡淡微笑，不是蘇丹又是誰？

蘇木詫異極了。她……怎麼會站在自家門口？對於這個堂姊，雖有攪和婚事之仇，卻不恨她。但是不恨歸不恨，卻喜歡不起來。所以，她做不出蘇丹那副關懷的樣子。

場面一時有些尷尬，吳氏拉過蘇木，低聲道：「丹姊兒上郡城採買，一、兩日辦不完，便住咱家裡。妳二嬸原本也在，不過娘家出了點事，昨兒就急忙趕回去了。」
採買？一、兩日辦不完，那是得買多少東西？蘇木沒說話。
蘇丹卻不愣著，走上前，周到地道：「回屋說話吧！趕了一路，定然又累又餓，早早備了妳喜歡的菜。」
倒是討好上了，蘇木不是那等記恨的人，也沒說什麼難聽話。一家子相攜回屋，只是沒有了方才的溫情滿滿，各人面上都帶著忐忑，像是……像是有事瞞著。蘇木的直覺很敏銳，自蘇丹出現，一家人的態度就變了。
再看蘇丹，較從前似乎多了一絲女人風韻，頭上簪了釵，手上戴了鐲子，連衣裳料子也變好。以她走前給二房留的幾百兩銀子，修宅子、置辦家具什物，日子還算寬裕。只是以張氏摳門的性子，哪捨得給女兒置辦那般好的行頭？如此定然有事，唯一可能是蘇丹有了好前程，便是許了好婆家。那婆家是誰呢？照一家子的反應，此人似乎是相熟的，還不好開口。
如蘇丹所說，桌上都是蘇木愛吃的家常菜，進門便聞得菜香。對於近一月沒吃到一口可口飯菜的幾人來說，無疑是巨大誘惑。房嬤嬤指使將行李、東西都往院子拿，蘇世澤、蘇青、雲青、雙瑞幾個男人便一齊幫忙。紅拂端來溫水讓蘇木淨手，周到地幫著抹香胰子。
蘇木舒適地享受著，她往屋子望了一圈，問道：「虎子和姊夫哩？」
吳氏走出灶屋，手裡端了些瓜果。「虎子要考分班，這些天都在先生那兒溫習。這不要到農忙，妳姊夫忙著收糧，日日這般晚，倒是好順道將虎子接回來。」

蘇葉身子重，再不能與從前一般跟著忙活。許是方才站得久了，有些累，這會兒正坐一旁，看著娘兒倆說話，見蘇木洗好手，便起身拿了指手的巾帕，往她走去。「妳姊夫為著肚裡娃子，可著勁地賺錢，若不是娘讓他接虎子回家，指不定什麼時辰回來，夜飯也就胡亂對付了。」說著，朝吳氏投去感激的眼神。

蘇木接過帕子，將手上水漬擦乾，將母女二人眼中情誼看得真真的。想到小外甥將出生，往後如何安置，便問道：「姊，小外甥出生，妳和姊夫怎樣打算的？」

蘇葉撐著腰，紅拂忙上前將人攙扶著坐下，聽她道：「我和子慶都商量好了，月子在家裡坐，有娘和房嬤嬤照料，比誰都貼心。出了月子還是搬回梧桐口的小院，子慶他娘說來幫著帶一段時間，到時候去伢子那兒買個丫頭，就那麼幾口人，不麻煩。」

蘇木點點頭。劉子慶的雙親瞧著和善，不像是苛待人的。大哥劉子豐娶的是靈姊兒，靈姊兒同蘇葉交好，不存在什麼妯娌矛盾；再說，蘇葉懷的是老劉家的頭一個娃子，自然百般珍貴，巴不得來幫忙帶孩子吧！

吳氏接過話。「子慶他娘沒甚心眼，頭三月大時，葉兒害喜害得厲害，她照顧得也周全，就是閒在家裡發慌，大葉兒便時常來看我，有時一來就住一、兩日。次數多，來回奔波也麻煩，街市上人多，磕著、絆著怎辦？索性就住下了，子慶他娘半個不字也沒有。人家好相與，咱也不能得寸進尺不是？娃子總歸姓劉，還是養在婆家好。」

聽這話，顯然是商量好的，蘇木心頭一暖。他們該是也考慮到一家子要隨蘇木上京的打算。這時，門外傳來虎子的呼喊。「二姊、二姊！」

一身青襟的虎子挎著個包奔進來，較年前高了半頭，片刻便奔進堂屋，一頭栽進蘇木懷裡。「二姊，妳可算回來了，虎子都想死妳了！」

虎子如今是半大小夥子，蘇木也到了要議親的年紀，二人這般親密，吳氏心裡高興，卻也不能縱容，該要避嫌，便將人扯過來。「快去淨手，你二姊早餓了，就等著你。」

虎子雖不情願，想到蘇木餓著，也就乖乖聽話，跟著紅拂去洗手。

院子裡東西搬得差不多了，男人們收拾妥當進屋來。蘇丹姊弟也跟在後頭，方才也幫著歸置。蘇丹瞧蘇木的眼神多了些說不清的情緒，滿滿三大車的東西都不是便宜貨，甚至多是稀罕物，便故作不經意問了幾句，哪想竟是那唐少爺送的。

唐少爺不單是商賈之子，原是京都一品大人的嫡子。天，那是多尊貴的身分，他……竟瞧上了木丫頭？原來生意做到京都去不是那麼簡單的事，竟有這層關係在裡頭。一想到她往後安家怕是要在繁榮的京都，而自個兒該是永遠待在這窮鄉僻壤，心裡就難受得緊。

「姊，大伯娘同妳講話哩！」蘇青扯了扯蘇丹的袖子。

她回過神來，見一屋子的人都望著她，於是笑著回話。「不辛苦，應當的。」

吳氏也笑了笑，再沒多餘的話。蘇世澤便招呼道：「成了，都上桌吧！咱許久沒這般熱鬧了，今兒難得湊一起，給木丫頭接風洗塵。」

堂屋安了兩桌，大桌坐著主子一家，小桌備著給房嬤嬤和幾個丫頭，還有押車的一行人。一室盡歡，賓至如歸。飯畢，蘇木回到自個兒院子，一如從前擺設，一點灰塵都沒有，顯然經常打掃。被褥換新，透著陽光氣味。

碗筷由著房嬤嬤和紅拂收拾，蘇丹也自發地幫忙。綠翹便到蘇木院裡收拾行李，主僕二人正忙活，吳氏和蘇葉相攜而來。幾個男人還在前廳說話，喊了雙瑞和雲青問京都的事，娘兒倆不感興趣，便來瞧瞧蘇木這頭是否都妥當。

吳氏手上端了一碗湯水，招呼道：「先莫忙了，把湯喝了。」

蘇木苦著臉。「娘，將將吃完飯，我哪有肚子喝湯？」

吳氏不聽，將碗塞她手裡。「方才見妳沒吃兩口，哪能飽？房嬤嬤特地煮的，有開胃養氣的功效，趕緊都喝完了。」

吳氏不動，沈著臉，就站在面前盯著她。蘇木無法，只得將碗接過，小口喝起來，彷彿喝的不是湯水，而是苦口的藥。蘇葉和綠翹則在一旁搗嘴偷笑。

綠翹道：「也就夫人有法子，往常我央求半天，小姐也不肯多吃一口。」

吳氏臉色越發沈了。「難怪消瘦，往後我就盯著，頓頓吃滿滿一碗才作數。」

「娘！」蘇木拉著人往床邊坐，撒嬌打諢惹得吳氏再也裝不下，噗哧大笑。

逗笑了老娘，蘇木又將蘇葉攙扶過來，綠翹便去後廚端了新鮮瓜果，曉得娘仨有悄悄話說，便識趣地出去了。蘇木的床鋪不算寬敞，三人倚靠著，倒也將將好。

第八十五章　訂親

吳氏先問話。「木丫頭，我問妳，妳同唐家少爺什麼個意思？」

蘇木垂下眼簾。「沒……沒甚意思。」

吳氏不大相信。「那他送三車禮品是什麼由頭？」

知道唐少爺是個慷慨的，木丫頭好不容易回來一趟，他備禮是情理中，可三大車啊！且都不是什麼便宜貨，人家送聘都沒這樣貴重。這般問，也是想了解二人發展到哪一步？總歸下半年要上京都，若是有那麼回事，他們便不必在郡城給丫頭張羅親事了。

「雲青不是說了嗎？為著您先前的照顧，那是贈禮，以及表示探望。」

吳氏淡淡掃了她一眼，表示不信，想再問什麼，卻被蘇葉按住了手，後者輕輕搖頭。蘇木一向有主意，她不說，該是有打算。吳氏便嘆了口氣。這丫頭不像大葉兒心思淺，雖對一家子用了十足真心，於她自己的考慮卻總是淡淡的，也不曉得這唐少爺是否是她的良人？可莫再像上回良哥兒那般，傷人心哪……

說起良哥兒，吳氏不曉得該不該說？可若不說，回村總是要知道的。幾經猶豫，還是決定早些讓木丫頭知道，便從盤裡揀了一個梨遞給她。「丫頭，良哥兒訂親了。」

蘇木咬梨的動作頓了頓，香甜的汁水入口，她細細嚼著，含糊道：「和丹兒姊？」

吳氏一驚。她怎曉得？難道已經有人先告知她了？於是看向蘇葉，後者搖頭，也道出疑惑。「木兒，妳怎曉得？」

看著母女這副小心翼翼的模樣，蘇木寬慰道：「丹兒姊同二嬸來採買東西，一、兩日不能完事，又見妳們神色有異，我便猜出是訂親了。您方才這般問話，可不就是田良哥和丹兒姊訂親了嗎？」

她大口啃梨，吳氏同蘇葉卻面面相覷，頭回心疼她的聰慧，然這一切都是蘇丹作的孽。

吳氏憤憤道：「丹姊兒真不是省心的，本以為將她送走這些日子能悔過，起初幾日也是勤快，不張揚，哪想到因著侯、田兩家鋪子開到郡城，她去討了個收帳的活計，一來二去，又同良哥兒勾搭上了。這不，上月訂的親，下月中辦喜事，也不曉得田大爺怎麼就應下，聘禮都下了。不光如此，還在郡城置了一處院子，離書院不遠，二人往後就落這邊。」

「木兒，妳別難過，」蘇葉見妹妹一副毫不在意的模樣，卻覺得她心裡苦，不想家人擔心。「妳同爹娘既然要上京，便眼不見心不煩。田良哥不是妳的良人，讓爹再覓個好的。」

「娘、姊，」蘇木兩三口將梨子啃完。「妳們呀，就甭為我操心了，我同田良哥那些事都過去了。如今他要訂親，我替他高興。新娘子是丹兒姊，那也好，這場鬧劇總歸圓滿。」

「那妳……」吳氏仍擔心。「妳……妳真就沒事？」

「哎呀，真沒事，我又豈是那樣計較的人？」蘇木鑽進被窩，擠到吳氏那頭。「娘，我明兒想吃酸筍魚了。」

吳氏一愣，隨即咧嘴一笑，伸手點了點她的額頭。「成，明兒就給妳做。沒心沒肺的性格不曉得隨了誰，妳爹這一月都沒睡好，生怕妳回來曉得這事，接受不了。這不，方才就催著我來同妳嘮嘮。咱們一陣擔憂，妳倒想得開。」

蘇葉伸手撫了撫妹妹因鑽鋪蓋而亂了的頭髮，一臉寵溺，卻說不出吳氏那樣似關懷、似打趣的話。不多時，劉子慶來院裡接人，想是前堂散了。蘇葉便穿好衣衫鞋襪，隨丈夫去了她安置的院子，本想著娘兒倆許久不在一塊兒，夜裡睡一起再嘮嘮。可她肚子太大，睡不安穩，總要起夜，實在擾人。

蘇葉剛走，蘇世澤抱著六月也來了，六月哭嚷著找娘。這下，吳氏也待不下去了。屋子一下安靜下來，蘇木便覺得睏倦，眼皮子打架了，剛要睡下，聽見有人叩門。

「木兒，是我。」

蘇丹？蘇木困乏得緊，並不想同她多說什麼。「有事明兒再說吧，我睡下了。」

蘇丹聲音不重，像是怕驚動了旁人。「幾句要緊的話，妳讓我說完，否則我是寢食難安。」

「進來吧。」蘇木耷拉著腦袋，沒精打采地坐在床上。

蘇丹倒是衣衫齊整，自有派頭。她一進內屋，便撲通一聲跪在地上，哭訴道：「木兒，是我對不起妳……」

對於一貫傲氣的蘇丹這番作派，蘇木很意外，連瞌睡都醒了。「妳這是做甚？」

蘇丹抹著淚，哽咽道：「我同田良哥是真心相愛的，妳成全我們吧！」

蘇木再不是從前的蘇木，那幾車的東西、京都的見聞，都讓蘇丹膽顫心驚。她知道，蘇木肯定記恨自個兒，如今自己同田良哥訂親，那就是往她眼裡埋沙子啊！田家生意是蘇木興起的，雖沒要求分紅分利，可若真計較起來，她將生意收回，那也是在理的事。就田大爺與大房的交情，和他對木丫頭的歉疚，只消一句話，定心甘情願將生意歸還。那時的田家，哪還有現在的風光和富庶？

「丹兒姊莫不是搞錯了，怎麼跑來求我成全？」蘇木覺得好笑。「妳要求親問長輩，巴巴跑來問我是何意？再說，妳二人不是已經訂婚，方才那番話我倒是聽糊塗了。」

蘇木坐在床上，高她一頭，清淡的話語讓蘇丹覺得像問罪，她忙匍匐到地上。「我曉得是我不對，可那都是過去的事了，如今妳也有唐少爺，就原諒我那些荒唐事。咱到底同姓蘇，一脈相連，妳都能原諒青哥兒，帶他做生意，也原諒我吧！日後我再不生事，好生過日子。」

蘇木無奈地搖頭，半個字都沒有，不說好，也不說不好，讓蘇丹忐忑不安。

這時，門外傳來綠翹的喊話。「小姐怎還沒睡哩？方才還累得緊。」

蘇丹便不敢再待下去，灰溜溜地出去了。

侯、田兩家的鋪子開在郡城，侯老太太去世後，侯家便分了，侯老么一家三口在郡城置了院子搬過來。其餘叔伯仍住福保村，一來住了大半輩子捨不得離開，二來養雞養鴨方便。雖說分了家，叔伯幾個生意還都是一起做的。至於田大爺，他是村裡里正，管著村子雜事又要兼顧作坊忙不開，是以兩家分工合作，侯老么顧生意，田大爺理作坊。

鋪子開了近一年，已做出名頭，成了郡城一特色，生意自然好。侯老么夫婦忙得不可開交，好在將侯文送去私塾管著，不會由著他那頑皮性子自顧自玩耍。得知蘇木回來，二人如何都要抽空探望，也正巧侯文今兒旬假，一家三口便登上宅院大門。侯老么拎了兩筐新鮮鹽鴨蛋和皮蛋，田氏好生打扮一番，也有老闆娘的作派。侯文如今已是儒生，再無從前的調皮樣，只是一雙不住轉動的眸子透出幾分機靈。

不似從前貧困，如今兩家人都有房、有田、有生意，那份一路走來的親密不曾寡淡半分。蘇世澤帶一家子在前堂說話，吳氏便於後院送禮，她將蘇木自京都帶回的物品分了一份，交由他們帶回去。蘇木也在堂裡，聽見侯老么講鋪子、講作坊，自然也講到生意。昨兒吳氏道蘇丹得了記帳的活計，如今住在自家宅院，也不去上工，想是已經辭了。

侯老么和田氏沒講那事，可若蘇丹那時同田良哥成了，那其中的彎彎繞繞也就不言而喻。不過這些都是同她無關緊要的事，只要蘇丹不來招惹自己，那些荒唐事隨他們鬧去。只是她退親的流言又該要被提起了吧？蘇木微微出神。侯文坐在她對面，擠眉弄眼半天，臉都快抽筋了，才注意到他。

侯文朝門外努努嘴，蘇木會意。這小子定又有事告密了。二人便各揀了藉口，朝屋外走去。堂屋外是花園，侯文左右瞧瞧，拉著蘇木到一處假山後，賊兮兮道：「木兒，田良哥和蘇丹成親，都是蘇丹作妖，田良哥是上了她的當！我瞧得真真的，就在鋪子後院，三天兩頭讓田良哥教帳，沒一月就說要訂親。田良哥之前鄉試也沒考過，田大爺早氣得不行，說不管了。他以後該是不考了，打算回家做生意。」

蘇木眉頭蹙了蹙。田良哥那樣愛讀書，田大爺也一直將他奉為田家榮光，竟成了如今模樣，倒是世事難料。見侯文一臉關切，她擰了擰他的臉頰。「你不好好讀書，關心這些做甚？」

侯文一把推開她的手，急道：「我還不是擔心妳？走了這麼久，啥都曉不得。娘讓我別同妳說，不讓這些糟心事煩妳，可我尋思不能瞞著妳。」

蘇木白了他一眼。「你就把心放肚子裡，我啥事也沒有。那是田良哥的決定，他都不是孩子了，自個兒曉得承擔。」

見蘇木神色無異，侯文笑道：「我就曉得妳不會為這些事煩心，否則就不是那個十歲便瞞著大人賺得幾十兩的木丫頭了！」

蘇木噗哧一笑。只不過短短三、四年，變化真大，還有些懷念那個時候了。

侯文繼續道：「不過，有一件事，妳定要煩心。」

他表情古怪，讓蘇木摸不著頭腦。直至田氏將她拉到內堂說悄悄話，才明白過來他說的煩心事是什麼。田氏的娘家是做酒類生意，還算過得去，嫁到侯家，算是下嫁，主要是瞧上了侯家老人心善，妯娌和睦，一家從不生是非；且侯老么有生意頭腦，有上進心，又是個溫和的。

田氏特有一股雷厲風行的勁，她將蘇木拉進屋，把門掩好，便直截了當說明來意。「木丫頭，妳是我瞧著長大的，早早沒了娘，雖說大嫂待妳好，總歸隔了肚皮，有些事，妳不好說，也是情理中。」

她說出這話，無非是同吳氏交談過，吳氏該是回絕了，只道木丫頭有主意，不願講這些。

蘇木眨巴著大眼盯著她，田氏便繼續道：「傻丫頭，說的是妳議親的事。我娘家一個表姪於郡城書院唸書，已通過鄉試。他學問好，未來定能取得進士，往後也會定居在京都；模樣也生得好，清清秀秀的，我瞧了著實同妳相配。」

一番話將蘇木說懵了，原是要給她相人家啊！「么嬸，不……不用了。」蘇木有些不好意思。

「丫頭，自個兒的親事要早打算，有好人家就要抓住，知道不？」田氏拉住她的手。「我那表姪，雙親都是極好的人，嫁過去妳當家，啥事由妳作主，不受婆婆氣！一家也是做生意的，雖說不若妳家生意大，可表姪學問好、有前途，往後當了官，於妳京都的生意也是有益處的。」

蘇木不曉得如何回話，只得拉人坐下。「么嬸，我曉得您為我好，可……可我不想，現在只一心做生意。」
田氏直勾勾地盯著她，眸中皆是不解。曉得她眼界寬，可女人總歸要嫁人，那表姪各方面都與她般配，怎就想不明白呢？眼見著丹姊兒要嫁給良哥兒了，這木丫頭若不訂下一門好親事，那臉面該往何處放啊？雖說蘇家二房和田家同自家關係都親，可到底還是心疼蘇木些，大家都滿心為她打算。
「我那表姪人品相貌都好，要不先見見？」田氏不死心，仍想掙扎一番。
蘇木笑道：「當真不必了，他定能覓著一個更好的。」
「妳呀、妳呀！」田氏不住搖頭，直嘆息。「妳娘說得沒錯，就是個實心眼，光曉得為他人打算，從不替自個兒想，不曉得隨了誰！」
蘇木抱著她的胳膊，親暱地撒嬌。田氏無法，只得嘆息道：「罷了，隨妳吧！」
又歇了兩日，一家子整裝回村裡。福保村較三、四年前變化大了許多，滿山的莊稼大半換作茶樹，那些菜園圍了籬笆，養上了雞鴨。因著蘇、侯、田三家，村人大都做上了生意，且去年底有了不菲的收入，置田地、修屋建院，人人過上了不再頓頓紅薯米粥的日子，桌上時不時能見葷腥了。作為先富起來的村落，田大爺還被縣裡邀去表彰，幾個村子都傳遍了，如今村裡男娃成了姑娘們嫁親的首選。
四合小院被蘇大爺打理得極細緻，就同從前老宅般，院外乾乾淨淨，一根雜草也沒有，那些果樹修剪得整整齊齊，不見一片枯葉。他背著手站在門口，遠遠瞧見馬車駛過來，在田家停了片刻；路過侯家，又說了會兒話，才往小院來。丁氏也聽見動靜出來，她圍著圍裙，懷裡端了簸箕，裡頭是切得細碎的草料。

小院後頭是山，以一條溝渠為界。早先蘇木買這處田地建屋時，就想著把溝渠理出來，種些藕、養養魚，後來事情多了也就沒去捯飭。蘇大爺閒得無事，便將其理出來，還往山側拓寬幾分，外頭修了籬笆，圍得結結實實，成了一座小池塘。他種了藕、養了魚，還隔出一塊地專門養鴨子。丁氏方才就是在池塘餵鴨子，遠遠瞧見官道口有動靜，想著是木丫頭回來了。

「爺、奶。」蘇木隔得遠遠地喊人。

她這一喊，蘇丹、蘇青、虎子都跟著喊，連六月也都似模似樣地喊起人來。如今有了六月，老倆口也就接受吳氏，連帶看虎子都順眼起來。蘇大爺自有作派地「嗯」了聲，六月搖搖晃晃地上前抱住他的腿，口齒不清地喊「爺」，逗得他樂開懷，將人一把抱起。丁氏則親近許多，挨著蘇木說了許多關懷的話。

蘇世澤、吳氏等人落到後頭歸置行李，蘇青從旁幫忙，蘇丹便顯得有些這裡不親、那裡不愛。不過她也不管這些，不管插不插得上話，都要說兩句，搬東西的時候也要搭把手。

第八十六章 喜事

一家回到內堂，落坐於正屋。雖說還不到今夏最熱的時候，屋子也都涼快，丁氏還是從屋子找出兩把蒲扇，是先前吳大爺做的。她遞給蘇木一把，自個兒手上拿一把，挨著蘇大爺坐下。蘇世澤將吳氏在郡城宅院分配好的禮一件件搬到大堂，邊道：「爹，這些都是木丫頭從京都帶回來的稀罕東西，特意孝敬您的。」

蘇木瞧見一個紅木盒，便放下蒲扇，上前拿過，擱置到蘇大爺一旁桌上。「爺，這是上好的菸絲，京都官老爺都吸這個，孫女也不懂，您瞅瞅好不好。」

一聽是菸絲，蘇大爺眼睛亮了，卻裝作面不改色，輕輕將紅木盒打開，見裡頭一根根菸卷擺放得整整齊齊，最裡側還有一枝瑪瑙如意水煙管，那模樣燒製得極細緻精巧，蘇大爺一瞧便喜歡上了。既然蘇木這般說，他也就拿起嗅了嗅，味道清香，菸絲細膩，滿意道：「官老爺抽的，自然是好。」

蘇木知道他是歡喜的，於是又返身拿了一個翠綠緞面錦盒，遞給丁氏。「奶，這只白玉手鐲是我特意挑的，玉能養人，對身體好。」

丁氏受寵若驚。得禮那是家裡爺兒們才有的榮幸，她竟也有……忙將蒲扇擱置一旁，接過輕輕打開，是一只晶瑩剔透的白玉鐲子。她眼中瞬間蓄滿了淚，從不曾得過這般好的東西，她是幹活的命，怎好戴那般金貴的玉鐲啊！

「奶，我幫您戴上。」蘇木將白玉鐲拿出來，牽起丁氏的手輕輕一穿戴上，將將正好。

若照從前，蘇大爺定會斥責兩句，如今卻是半句話也沒有。蘇木回到自個兒位子。

「爺，那箱子裡的東西您得空了再拆，吃穿用度都有，您瞅著哪個好，我下回還給您捎回來。」

蘇大爺將菸絲仔細放好，滿意地「嗯」了聲，這才說起正話。「年前妳遠在京都，初一便沒給祖先上墳，不過妳那份平安，妳爹都給妳求了，這會兒去院子燒一疊紙、插炷香，把願還了吧！」

「是這麼個理，回家了要同長輩道一聲，才好保妳平安順遂。」丁氏接過話，說著指使大兒子。「老大去捯飭，你閨女不懂這些。」

蘇世澤應聲出門，屋內一家子便也跟著去院裡。院子東南角置了香爐，蘇世澤蹲著點了三炷香，丁氏又尋來紙錢給蘇木，蘇木便似模似樣地燒起來，嘴裡也說著保佑的話，關於這具身子的生母陳氏以及原身蘇木，卻也只是心裡嘀咕，並不說出來。院裡一時寂靜，一家子皆肅穆以表誠心，待燒完紙錢，才歡喜起來說說笑笑。

「屋裡好熱鬧啊！」蘇世福和張氏前腳後腳上門了。

說話的是蘇世福，張氏則顯得老實得多。瞅見院中間站的蘇木，她有些心虛，卻仍是喊了人。「木丫頭回來，幾時到的？」

她回了娘家一趟，自是不曉得蘇木到的消息，還是村人路過說起她回來了，兩口子才上門來。她心裡犯著嘀咕。這木丫頭要是曉得丹姊兒同良哥兒訂親，不曉得會不會計較……

「前兩日到的，在郡城歇過腳才回村。」蘇木笑著回話，倒是瞧不出什麼不高興。「方才還同爺奶顯擺禮物呢！也給二嬸、二叔和青哥兒帶了，就是不曉得丹兒姊回來，便沒準備她的，倒是不好意思了。」

張氏心裡咯噔一下。壞了，木丫頭是計較著呢！忙道：「不礙事，都是自家姊妹。」

蘇木帶回幾車的東西，村裡交好的人家幾乎都有禮，隨隨便便拿兩樣給蘇丹也算全了顏面，偏她沒這般做，可見著實不待見。一家子曉得緣由，卻沒有說什麼。蘇丹臉上有些掛不住，卻只得硬生生受著。

「那便進屋瞧瞧吧！」蘇木笑著招呼，到丁氏、蘇大爺身旁，攙著二人回屋。

因著山上、莊園的茶葉好採摘了，蘇葉也即將臨盆，一大堆的事要忙活，大房五口在村子沒待幾日，其間又去了趟二灣探望吳大爺一家，歇了兩日，便回郡城去了。去年熱得慢，成熟期往後延了近半月，今年恰恰相反，剛進六月，那些新芽開始有變綠的趨勢，得抓緊採摘了。福保村靠山，光照沒有郡城郊外充足，倒是可以晚幾日。一家子便日日泡在莊園，好不忙活。採茶、製茶，一應由蘇木、蘇青姊弟經手，此番也特意帶了莊園幾個可靠管事。往後將郡城的茶園都交由蘇青，光他一人著實勞心勞力，培養幾個得力的管事，甚為重要。

過沒幾日，蘇葉肚子開始發動，想是平日保養得當，運動也不少，雖是頭胎，卻是好生，從陣痛開始不到半日就落地了，是個男娃。雙瑞、紅拂趕忙於兩頭報信，一個去劉家糧鋪，一個來了莊園，等兩邊人回到宅院時，小娃子已經清洗乾淨睡著了。

劉子慶當即差人回鄉報信，次日老劉夫婦並大兒子劉子豐小倆口趕來郡城。蘇大爺兩口子也來了，帶了兩大筐雞蛋、鴨蛋，雞鴨也不少，都是頂肥的。宅院頭一回來這麼多人，好在廂房多，房嬤嬤早就備好，極盡妥當。這是蘇大爺頭回來大兒子置辦的宅院，如此寬敞氣派，讓他一路瞠目結舌，再作不出平日那番高昂姿態，此刻老態畢顯，真就是一副老人模樣。

蘇木攙著他，一路往裡，一路介紹。蘇大爺仰著頭，望著那十幾尺高的假山。「這宅院當……當真是老大置辦的？」自從家裡出事，他再沒往郡城來，眼光也限於蘇三爺的院子，是以老二兩口子或侯家、田家回來說宅院如何氣派時，他都不以為意。

「是哩！」如今茶園賺錢不是什麼秘密，蘇木也不打馬虎眼。「您和奶住上幾日，改明兒我再帶您往郡郊的莊園瞧瞧。」

「我的乖乖，這樣氣派的院子得多少銀子！」蘇大爺自顧自喃喃，而後才回蘇木的話。「莊園？真就是那百畝多的莊園？」

蘇木點頭。「您光曉得賣茶葉賺錢，卻不曉得怎樣來的，正巧這些時日忙著採製，去瞧個新鮮。」

「好、好、好！」蘇大爺不住點頭。原先因著芥蒂，他從不關心大房，人都發跡兩年了，才曉得賺了那麼些錢。也是一家子本分，不張那些虛頭。原先他心裡還埋怨大房慫恿青哥兒輟學，可如今人家願意將那賺錢本事教給他，實在是看在一家的分上。他老蘇家出頭了啊！

不過想到這兒，他看向蘇木，解釋道：「妳二叔一家因著籌辦丹姊兒的親事，分不出空瞧大葉兒。擔子裡十斤上好的白麵便是他們捎的，說得空了再來瞧。」可莫因丹姊兒的事，又讓大房二房的人生了芥蒂，耽誤青哥兒的前程。

「不妨事，爺奶能來，就算最好了。再說，青哥兒人在，也代表了二叔和二嬸的心意不是？」

蘇大爺滿意地點頭，欣慰道：「妳能這般想，再好不過。」

二人說話間已到了前堂，劉家幾人已落坐。蘇大爺輩分最高，一進門，大家便起身相迎。得人敬重，蘇大爺面上有光，好聽話說了不少，直誇劉子慶能幹云云，劉家人自然也樂了。眾人說說笑笑，極盡和睦。這時吳氏抱了小娃子進堂，歡喜道：「小孫子醒了。」

一下子焦點便聚在這個小娃子身上，眾人你抱一下、我逗一會兒，好不歡喜。這是兩家頭一個孫兒，自然百般寵愛，兩家長輩嘴上笑意就沒停過。鬧了一會兒，小傢伙開始打瞌睡，蘇大爺便讓吳氏抱回屋裡去，子慶娘和丁氏也隨著一道進屋去瞧蘇葉。

蘇木便安排午飯。人口多，兩家長輩都來了，蘇木讓雙瑞去福滿樓訂了幾個大菜送上門。正午時福滿樓的馬車來了，是尹掌櫃親自送來。他也備了禮，一是為著道賀，二來也感謝蘇木於胞弟的相助及重用。

蘇大爺在郡城待了三日，將宅院逛了個遍，又去莊園走一遭，便打算回去了。這兒沒甚不好，就是沒個相熟的人嘮嗑，且丁氏又擔心家裡的雞鴨。人老了，就是這般眷戀故土。過後沒幾日，蘇木和蘇世澤也回了一趟，張羅茶山的茶葉。茶山的作坊關了，茶葉一併運到莊園製作，那裡人手足，地方寬敞，日曬充裕，製好一併裝罐。

蘇丹和田良成親之日到了，喜宴辦在田家院壩，請了鎮上的酒樓包辦，說是席面都擺到官道口了。尋了製茶的由頭，蘇木便沒去。吳氏要照顧蘇葉坐月子，也沒去。大房一家便只蘇世澤出面，到底是親大伯，還是隨了豐厚的禮。如此一來，自京都回村，不知有意無意，蘇木與田良未曾照面。喜宴上，來賓瞧不見蘇木，想起三人過往，不禁唏噓。到底是大喜日子，也無人提起，多的還是祝福。

郡郊莊園臨西一角，一個青衣少女頭戴笠帽，正於一塊茶地來回走著，在每株茶樹前停下，必得仔細端詳半天。虎子蹦蹦跳跳而來，頭上也沒個遮擋，小臉曬得通紅，隔老遠便喊著：「二姊、二姊！」他放了田假，除了溫書，時常跟在蘇木屁股後頭，竟似從前的侯文一般。

蘇木抬頭瞧了他一眼，又自顧自忙活了，嘴裡回道：「田大爺也邀你吃喜酒，怎不同爹一道去？」

虎子推開籬笆門，進了茶地。「不去，二叔、二嬸又不待見我。再說了，二姊不屑去的宴席，我去又是怎麼個意思？」

「可莫亂說話，我那是忙。」蘇木生怕他亂想。那些個渾事，可不好影響了他們小娃子。雖說虎子不是嘴大的，卻是實心眼，若真就被人套了話，還道她念念不忘呢！

虎子走近，瞧了眼這滿地各不相同的茶樹，道：「我在隔壁屋聽見娘同大姊道，滿園的茶葉都製好了，妳還守著不回去，是故意避著呢，怕妳心裡不舒坦。」

「所以你便日日跟著我？」蘇木偏過頭來看著他。

虎子鄭重地點頭，確確實實關心。

蘇木又問道：「那你瞧我像有事的樣子不？」

虎子搖搖頭。「不像。」

蘇木莞爾，往前走兩步，看下株茶樹去了，同方才一般認真且用心。虎子不解，這一株株茶樹有什麼可看的？便學著她的樣子湊近一株，瞇著眼瞧。只是他個子不高，偏那株茶樹特高，便踮著腳，拉著袍子下襬，往前探去。

這般身形不穩，晃晃悠悠將倒不倒的，嚇了蘇木一跳，忙提著他衣領，使其站直身。

「可莫將我這茶苗壓壞了，再不仔細些，就攆你出去。」這般說也不是真要攆人，只是茶苗珍貴，故意做出這副樣子，讓他小心些罷了。

「我省得了。」虎子真就被唬住，規矩起來。「這些茶苗有何稀奇，值得二姊這般呵護？」

「都是賺錢的寶貝。」蘇木回道。瞧得差不多了，這太陽也曬人，便道：「咱去荷塘那兒坐著乘涼，讓綠翹端些冰鎮的西瓜汁來解解暑氣」

虎子眼睛立刻亮了。「反正閒坐著，咱們釣魚吧！」

蘇木想了想，主意倒是不錯，釣魚回去正好給蘇葉下奶。

很快地進了七月，蘇葉即將出月子，滿月酒也著手籌備。第一批茶葉由杜大人派來的人運走了，得閒後一家子便全心籌備孫兒的滿月酒。雖說是婆家的事，娘家人也不閒心，幫著操持。老劉家在郡城的院子修葺一新，就等著迎孫子一家回住。

蘇葉這一月養得好，氣色佳，臉上多了一分為人母的慈愛。在村子裡辦過滿月酒後，便空了下來，一家子打定主意上京，是以要料理的瑣事，細細想來也不少。蘇木本就不想在村子久待，便藉這個由頭早早上郡城了。

第八十七章 想念

郡城的宅院一直由房嬤嬤照料，屋子向來乾淨，回去就好住人。休整幾日後蘇木便投入活計中，日日手把手地教蘇青和莊園選出的幾名管事。茶葉採摘量較去年多了三分之一，一是茶樹越長越好，二是二灣吳家也置地種茶。茶葉成品製作完畢，足足花了半月。

幾日前京都來信，是杜大人。信上道：去年茶葉存放得當，新年開封，一點也沒受潮，且越放越香濃。聖上龍顏大悅，封蘇記普茶為貢茶，蘇記為皇商。旨意已擬好，只等二批茶葉入京，就好發布了。

從前與之閒聊時，杜大人偶有提及，蘇木大致有底，可鄭重地以書信傳訊，還是讓她高興了半天。然而她要的不僅僅是皇商和貢茶的名頭，雖這二樣頭銜讓她生意更好，卻保不得安危。如今她是無名小輩，倘若出了名，便是眾矢之的。那樣深不可測的權力鬥爭，只會將無背景的一家子吞噬，是以保命的名頭才最重要。

她已著手開發新茶。這些年吳大爺幫著收集茶種，全種在莊園一角，她發現兩樣珍貴的茶種——矮腳烏龍和梅占，是製作烏龍茶的精品，扦插繁殖力強，成活率高。這兩株粗略估計能栽二畝，至明年也能收得一、二百斤。茶尖兒已採，只做了拳頭般大小的罐子一罐，然而她要憑這點，再掙一份官名！是的，她要做官，哪怕只是個虛名官，也要讓人不容小覷。但她是女兒身，當不得官，便只有蘇世澤了。一家子毫不知曉這些打算，等爹娘知道聖上賜官，會是什麼反應？但是她知道，蘇大爺定會樂瘋。

九月下旬，茶葉製作完畢，京都派來的鏢車足押了十五車，鏢師人數較去年增了一倍，個個身強力壯，身手不凡。蘇世澤一家收拾妥當，也隨鏢師一道入京。此回人多，東西也多，貴重物品雖帶得不多，仍是招搖。路途遙遠，免不得遇上小毛賊，怕娘兒幾個受驚嚇，便跟在鏢車後頭，能有個照應。

此行是一家四口及綠翹、雙瑞。虎子要唸書，不能跟隨，仍留房嬤嬤和紅拂照料，且蘇青在郡城落腳，哥兒倆一道也有個伴。雖很想帶著虎子，可郡城書院那是百裡挑一，京都學子都不遠萬里求學，既得了那份機會，就不可浪費。再學個兩、三年，考上秀才、舉人啥的，進京也不遲。男娃子還是要多磨練些的好。虎子懂事，知道家人在他身上寄予的希望，特別是二姊。年歲大了，也慢慢明事理，家裡生意越做越大，難免遭人眼紅使壞，若得官職庇佑，才能平安順遂。是以留他一人，自己並無怨言，甚至更加激起奮發的動力。

望著車隊越行越遠，丁氏和蘇葉幾個再也忍不住，相擁哭泣。蘇大爺心頭也悶，賭氣般道：「進京要一月時日，眼瞅著要過年，還巴巴地走人。這個年關是不打算回來了！如今賺了大錢，這鄉下地方留不住人！」

二房兩口子站在邊上。張氏是巴不得人走，如此那茶山和莊園可不就由她一家子管了？尤其兒子如今是莊園管事，真能幹！且這回分紅利，蘇木給的銀子比去年多一半，加上兒子那份，足有一千兩！張氏覺得自個兒作夢都要笑醒。是以心裡便有些偏袒蘇木，蘇大爺這番酸話，張氏想都沒想便懟了回去。「您曉得啥呀，大哥此去是要做官的！」

「妳！」蘇世福當即嚇壞，一把將媳婦兒拉到身後去，眼神滿是警告。

張氏也馬上反應過來，閉緊嘴，面上多了些慌張，然而「做官」二字還是深刻落到蘇大爺耳中。他沒聽錯，是做官，只是……大兒子做官？說木丫頭做官，他能信些。瞧二兒子兩口子鬼鬼祟祟的模樣，像是知道啥。他上前，眼中帶著熱切，問道：「你大哥做啥官？」

「沒……沒啥，您聽岔了。」蘇世福眼神躲閃。

蘇大爺伸出手，作勢要打人。「敢騙你老子，信不信我揍死你！」

蘇世福忙抱頭討饒。「爹，這事不能說，您甭問了！」

「啥不能說的，你能曉得，我怎不能?!」蘇大爺眼睛瞪得銅鈴般大。

張氏怯生生道：「爹，這也是我們無意間曉得的，可不敢亂說，是掉腦袋的事！」

蘇大爺更好奇了，既說老大要做官，又道掉腦袋，這……不是自相矛盾？不行，今兒他定要弄清楚。這會兒於他心裡，掉腦袋事小，做官才是正經的！「你二人且告訴我，老大他是不是要做官？做啥官？」他有些著急，語氣便重了些。

兩口子嚇壞了，忙將人拉到一旁，離官道遠遠的。二人相互望了望，以老爹的倔脾氣，不問個明明白白是不會甘休了。於是確認沒人了，蘇世福才開口。「青哥兒他娘曉得大哥一家要上京都，催著青哥兒多說好話，就念著莊園的活計。青哥兒說不必那些虛話，他大伯是要趕著赴京當官。本是說漏嘴的話，並不解釋，他娘纏了兩日才問出來。說是木丫頭瞧見京都寄來的信，要封咱家為皇商，還要給大哥官職哩！」

京都來的信……那就是京都的官了！乖乖，那是大官啊！他老蘇家要出官老爺了，還是他這一房！蘇大爺喜不自禁。

張氏忙補充。「信上就只是這麼說，還沒準信哩。旨意沒下，亂說可是殺頭的罪，否則這樣大的喜事，木丫頭怎不講？就是大哥、大嫂怕是都不曉得。爹，這話您莫到處炫耀。聖旨未下，咱倒先把消息散播出去，若是追究起來，官沒了不說，咱一家子腦袋不保啊！」

張氏說得頭頭是道，這都是蘇青交代的話。只怪自個兒多嘴，怎就說漏了？若蘇大爺嘴不嚴實，可就犯了大罪啊！蘇大爺笑得合不攏嘴，八九不離十，他老蘇家要出官老爺了！

見老爹這副喜不自勝的樣子，蘇世福擔憂地晃了晃他胳膊。「爹，您聽進了不？這事，不能讓旁人曉得！」

「我嘴比你嚴！」蘇大爺變了臉，吼道：「管好自個兒的嘴，說沒兩句就漏了底！」

一頓怒吼讓兩口子蔫了氣，再不敢多嘴。張氏心裡是有些酸的，眼見大房賺那麼多錢，如今還要當官，而自家啥也不是……指望兒子學有所成，如今卻轉做生意；女兒嫁了個秀才，也轉做生意，她一家子是沒啥出路了。不過，想到家裡放了那麼些銀子，她又樂了。罷了，總歸得了不少銀錢，往後青哥兒也會越來越有出息！

「哈啾！」蘇世澤打了一個大噴嚏，吸了吸鼻子。「誰在念叨……」

「誰會念叨你。」吳氏睨了他一眼，嘴上嫌棄，卻從包袱裡拿出一外衣遞過去。

已入深秋，天越發涼了，且一路北上更冷。蘇木見夫婦倆的小情趣，覺得溫馨，卻不好盯著看，怕吳氏羞赧，於是偏過頭往馬車外看。

一路奔馳，半個多月後終於抵達京都。不知從何處得到消息，唐相予竟在他們到達第一時間接到人，不僅熟門熟路地將人送到家，還帶著小廝幫忙搬東西。屋內吳氏同幾個姑娘家整理。小院不大，格局一應俱全，一家子將將能住下。她站在二樓窗口，偏過頭就能瞧見唐相予忙碌勤快的身影，心下滿意。

從前就覺得這孩子不錯，只嫌離家太遠，如今生意做到京都，她一家也上了京，那便算不得遠了。最主要是兩個孩子有意，木丫頭啥都沒說，可她能感覺得出來；而唐少爺，更是不言而喻。就是不曉得唐家……這事急不得，且看人家是什麼打算吧！

「唐少爺留下吃頓便飯吧！我讓雙瑞買菜去了，今兒就燒你最愛的酸筍魚，酸筍是從郡城帶來的，一個味！」吳氏拿出圍裙穿上。

唐相予和雲青合力搬箱子，回頭爽朗道：「誒！想得緊，也就您做得出那味道。」

這話將吳氏逗樂，她笑笑也就下樓去了。屋裡還有許多衣裳、被褥要收拾，可做一大桌子菜，一人也是辛苦，且吳氏對小院不熟，蘇木便讓綠翹去幫忙。

片刻，聽見沈重的腳步聲自樓梯傳來，蘇木未在意，只當是蘇老爹搬東西，仍舊坐在床邊整理衣裳。「此去五月有餘，甚是想念。」

清朗的聲音傳來，蘇木的心驟然一緊，不知怎的，竟不敢回頭。唐相予輕笑。她頓住的雙手表明了心思，一貫不怕事的人，竟也有緊張的時候，這說明，她心裡有他。

「怎麼，如今連瞧都不瞧我一眼了，可是在家中相人家了？」他打趣道。

蘇木轉身，瞧見俊朗的人一臉戲謔，也心生調笑，便道：「么孃給我說媒，那位公子剛中舉人，學識了得，一表人才。且家中人口簡單，公婆和善，實屬滿意，我正考慮中。」

這下唐相予笑不出來了，上前一步，急道：「考慮什麼？妳在京都，他在郡城，千里迢迢，豈是良配！」

蘇木不慌不忙道：「人家說了，要考到京都來，到時候於京都安家。雖說他家境一般，可若人品好，我倒是不介意自個兒貼錢安家的。」

「我介意啊！」唐相予繞到她面前，苦口婆心。「妳同那人不相熟，又豈知其人品？他若騙妳，妳這糊塗樣，又怎會知道？再有，成家立業，豈能用姑娘的嫁妝安家，著實不上臉面！」

蘇木嘴角抽了抽，強忍住笑意，而後一本正經道：「那舉人是我么孃娘家表侄，知根知底的。他雖給不了我大富大貴，卻也衣食無憂；再說了，我又豈是貪財之人。」

唐相予是真急了，關心則亂，忽略了蘇木嘴角的笑意，竟真信她相中了那少年郎，急得抓耳撓腮，在屋裡來回踱步。「妳……妳怎就……」

「甭聽那丫頭瞎說。」蘇世澤扛著一個大箱子上樓。

唐相予忙上前幫著接過，急切問道：「相人家這事不是真的？」

「相人家是真，那舉人也是個不錯的人。」蘇世澤扯下肩頭布巾，撣了撣身上的灰，繼續道：「弟妹說了半天，木丫頭硬生生給拒了，瞧都不瞧一眼，也不曉得……心裡頭是不是有人嘍！」說著，還故意斜眼一瞟。

「爹！」蘇木簡直窘了，怎麼啥都往外說。「我到底是不是您女兒，又不是啥光彩事，竟亂說！還有，女兒家的心思怎還亂猜，虧得我面子不淺，若擱我姊身上，定哭得你沒法子！」

「哎喲，那我可不敢再說了。」蘇世澤舉手討饒。

唐相予平常聰明，這會兒卻犯糊塗。父女倆一唱一和，他才明白，蘇木是逗自己呢！

「小狐狸，我竟遭了道！」他一臉懊惱，惹得父女二人大笑不止。

蘇世澤也有眼色，擱下東西，並不耽擱，下樓幹活去了。幾月未見，唐相予捨不得走，且蘇世澤未喊他，便是默許他留下。於是他厚著臉皮挨過去，拉個圓凳挨著床邊坐下。「我幫妳整。」說著伸手而來。

蘇木哪會由著他，那包裹裡……還有她的肚兜呢！連忙阻止，伸手去擋。「你別……」

唐相予並沒真要拿衣裳，他也不好意思啊，若拿了不該拿的……白嫩小手在前，他心一熱便一把抓住，緊緊攥著不放。蘇木的小臉瞬間紅透，一面掙脫，一面瞪著他道：「你……

鬆開！」

「我不鬆。」唐相予直勾勾地盯著她，不想放過每個神情。太久未見，毫無音訊，他想得發瘋，日也盼，夜也盼。如今小人兒在眼前，君子之禮，早被他拋諸腦後。

手臂用力一帶，蘇木便被他扯身而起，撲了過去。唐相予手臂一環，將人接住，不偏不倚坐到他腿上。蘇木一手被他拉著環在腰間，一手抵在堅實的胸膛，視線微微一垂，便是一張近在咫尺的俊朗面龐。

「你、你放開！」她驚得花容失色，又羞又急，生怕底下人上來，瞧見二人這副不堪的模樣。

「讓我抱抱，好不好？真怕妳不回來了。」唐相予語氣一軟，忽而變得情深起來。那副患得患失的模樣，竟讓蘇木不再掙扎，動作慢慢停下，心裡的驚慌變了味，有些暖，又有些疼。

感受到懷中人兒不再反抗，唐相予手臂收緊，將小身子往身上靠了些。小小的、軟軟的，有股清香，讓人覺得安心……「木兒，皇上賜妳家做皇商了，也許再過不久，明年或是後年會賜官，到時候妳也是官籍了，又有聖恩庇佑，於京都算是站穩了腳跟，妳……願意等我嗎？」

蘇木嘴角牽了牽。「不用等幾年，過幾日就會賜官。」

第八十八章　金盞菊

回了京都，杜雪瑤是蘇木在京都唯一的朋友，加上半道結識的魏紀瑩，和魏紀禮也算稍有來往，魏夫人更是有幾面之緣。是以蘇木便送禮給魏府，還是茶葉，只是這回送得明白，並不藉由杜雪瑤的名頭，而是直接大大方方送上門。次日，杜雪瑤攜魏紀瑩帶禮回訪。

一家和杜雪瑤很熟稔，並不因魏家少奶奶的身分就誠惶誠恐，還是待她親若女兒。吳氏端了一盤果乾上樓，三個姑娘正圍坐樓閣茶几，眼下便是小院冬景及後院的小池塘。

「嚐嚐郡城帶來的果乾，有梨、柿子、桃子，還有些菜蔬。」她將青釉圓碟放置桌上，挨著女兒落坐。碟中四、五種顏色，清新淡雅的果乾混合一起，煞是好看。「莫瞧這些東西簡單，做起來可費事，也就木丫頭愛搗飭，和紅拂、綠翹兩丫頭足足做了幾日。娃子們最是喜愛，我那大姑娘生了娃兒後，胃口不佳，也好這口，竟開胃消食。」

魏紀瑩瞧著稀奇，拿過一片嚐，香香脆脆，甜而不膩。「好吃！」

杜雪瑤也拿過一片，依樣稱讚。「這樣稀奇的零嘴，比起尋常點心、蜜餞，口味更佳！」

「妳二人喜歡吃，臨走時裝一點回去。京都果蔬更多，得空了我再做些。」蘇木說著看向身後的丫鬟。「想吃了，就喚迎春來取。」迎春便笑著看過來。

「那我可不跟妳客氣。」杜雪瑤又拿了一塊往嘴裡塞。

「吃這果乾配咱家茶水，最是清口。」綠翹端著茶盞而來，迎春忙上前幫忙。

二泡的普茶還未入口，便已聞得陣陣清香。小啜一口，口感清冽，回味綿長，配以果乾的清新香氣，真是口齒留香，回味無窮。魏紀瑩滿足地放下茶盞，感慨道：「還是蘇木妹妹懂得享受，比起那些夫人、小姐舉辦的宴會，暢趣多了。」

吳氏驚訝。「咱只是吃些上不得檯面的果乾，自家人說說閒話，怎比得上那樣的宴會？」

杜雪瑤拉過吳氏的手，親暱道：「宴會熱鬧是熱鬧，可累在交際，得同人說話不是？那些人不是官家夫人就是閨閣小姐，說的都是場面話，哪有咱這般自在。」

吳氏若有所思。「倒是這麼個理。」

蘇木含笑看三人說話逗趣，示意綠翹再添茶水。魏紀瑩忽道：「蘇木妹妹，乞巧節妳生錯過了，廟會還同咱一道如何？」

「啥廟會？」吳氏是個愛湊熱鬧的性子，忙問道，又轉向杜雪瑤。「可是同咱郡城趕娘娘廟一般？」

杜雪瑤點頭。「是這麼個意思，不過那南山上的華嚴寺以靈驗著名，連宮裡娘娘都去拜，是以修葺得華麗非常。又因著南山景致好，去的人便多了。」

吳氏表現出極大興致。她有許多願要求哩，求一家安康、木丫頭婚事順遂、兒子學業有成，以及家裡往後平平安安，無波無折。

蘇木接過話。「今年怕是不能同道。爹娘來了，我自得陪著，且鋪裡那些丫頭早就嚷嚷要去看看，今年便遂了她們的願。我已吩咐孫躍去寺廟捐香油訂齋菜，屆時妳們來內堂尋我。」

魏紀瑩驚訝。「妳那鋪子的人少說二、三十，豈不得三、四桌？得捐多少銀子才能訂下啊！」

因著華嚴寺太有名，相傳於廟會那日吃上齋飯能去病去災、福壽安康，是以有人從年初就開始訂位，且不看出多少錢、多有名望，只看功德。說白了，就是於寺廟捐了多少香油，抑或是做了多大善事。這事綠翹曉得，於是自豪滿滿，解釋道：「咱香油錢是捐得不少，可哪比得過京都那些鴻商富賈，主要是咱小姐做了大善事！」

姑嫂二人相互看了看，甚是不解，吳氏也疑惑，只等著綠翹說下去。

「今年初，姑娘租下一個村子，幫村人解了生計大難。你們是沒瞧見，天子腳下竟有那樣窮困的村落，比起街上的叫花子好不得多少，那些當官的，你推給我、我推給你，誰都不管，逼得人鬧事，還將人打傷，在屋裡躺了半個多月，哪有錢治病買藥，可不就等死？虧得小姐管了這事，那些村民得以安生。」她頓了頓，繼續道：「說來也巧，華嚴寺的一個師父就是那村子出去的，他走投無路才出家當和尚，後來曉得村子來了善人，便給住持說了，住持便在功德簿上重重記下一筆。照如今待遇來說，咱比起唐府、孟府兩大家，差不得多少！」

杜雪瑤隱隱有些擔憂，望向蘇木。「木兒，既是官府不管，妳蹚了這渾水，可會惹火燒身？」

「是啊！」吳氏也覺不妥，他們是本分的莊戶人家，惹不起那些當官的。

蘇木笑了笑，寬慰道：「放心吧！我租地也是為著種茶樹、做生意，人家曉得咱是商人，哪有什麼心思？」得她肯定，幾人才放下心來。

杜雪瑤想起前些日子杜夫宴同自己說的話，問道：「我二哥說，不日將封妳家為皇商，可是真的？」這些事都是官場之事，丈夫不會同她講，爹也不會多說；二哥曉得她二人關係好，也就透露了幾句，卻不詳細。她一面高興，一面又擔憂，等人回來了，問個仔仔細細才作數。

皇商的事蘇木並未瞞著爹娘，只是做官沒準信，便沒說，是以吳氏曉得，此刻並不驚訝。

蘇木點頭。「是得了信，今年二批茶葉送去宮裡，就會頒聖旨，大抵就是這兩日。」

幾人皆歡喜。得了皇商名頭，可不再是一般商人，也算是有名有分。

小樓下忽而變得嘈雜，有人進進出出，幾人探頭望了望，蘇木似瞧見雲青的身影，於是招呼綠翹。「妳下去瞧瞧，這是做啥？」

綠翹小跑著下樓，對雙瑞說了幾句，雲青也走過來，三人又交談一番，綠翹便返身回來了。「小姐，是唐家送來的金盞菊，」綠翹歡喜道：「是唐夫人送的！」

唐夫人？幾人俱驚，吳氏是懵的。「哪個唐夫人？」

綠翹忙道：「是唐少爺的母親。」

啊，竟是那個唐夫人？這麼說來，唐少爺是同家裡提過木兒，那夫人也歡喜木兒？否則怎曉得人回來，便送了那麼些花？相較吳氏的歡喜，杜雪瑤和魏紀瑩卻是緊張擔憂。唐夫人眼界高，是表露出不喜蘇木的，兩家門第相差得多，如今送禮，又是哪一齣啊？

蘇木也納悶，於是看向綠翹。「既送禮的是唐夫人，為何雲青出現在院裡？莫不是唐相予借了他母親名頭瞎搗亂吧！」

綠翹忙搖頭，仍是歡喜。「我曉得唐夫人瞧不上咱，是以方才就問個清楚。原來是您送了唐少爺幾罐茶葉，他拿去孝敬二老。唐大人嗜茶，對小姐製的茶讚不絕口，要回禮道謝呢！說要帳房先生將庫房的稀罕玩意兒點些出來。如此勞師動眾，整個唐府都在猜，是哪家得大人賞識？唐夫人豈會讓唐大人賞識咱的消息傳出去？那是抬人臉面，自降身分。是以駁了唐大人那些貴重賞賜，道內宅之事她來處理，才讓人從院子搬來十幾盆金盞菊作回禮。」

幾人若有所思，竟是這個由頭。蘇木倒是氣笑。她同唐府本就無干係，那幾罐茶葉都是極品中的極品，是給唐相予解饞的。他倒好，竟故意曲解自個兒意思，作禮送給雙親。這下可好，二老定以為自個兒起了攀附心。蘇木撫額。綠翹是個憨實丫頭，聽了還以為唐夫人瞧見蘇木的好，另眼相待了呢！

吳氏心思通透，哪裡沒聽出來。唐相予的母親是沒瞧上自家，嫌出身低呢！她木兒是掌上明珠，聰慧能幹，比起官家小姐分毫不差，如此被輕待，有些惱怒。「這人跟人真就不一樣，從前咱不曉得唐少爺身分，也是真心相待。曉得他親人遠離，一人住隔壁，無人照料，便時常請過來吃飯；每每換季做衣衫，也少不得他一份。如今倒好，我木兒身在京都，且不說照拂，起碼的禮待都沒有。竟……竟瞧不起人，真是氣！」

二人原來有這些淵源，杜雪瑤和魏紀瑩相互看了看，不好多嘴。唐少爺人好，可唐夫人和唐家三小姐待木兒不善也是事實，這些事……鬧不清。不過以唐家地位，木兒進唐府做正室著實難，就算二老不反對，唐氏宗族也會以唐府榮光為由，出面阻止吧！

蘇木倒是不以為意，寬慰道：「娘，您氣什麼，咱又不同唐府的人打交道，且管人家如何看咱？可唐相予救咱一家是真，他多次出手相助，免了多少禍事，禮待是應當。咱沒做什麼救唐府於危難的事，哪能要求同等對待？」

吳氏護女心切，一時忘了那些恩惠。孩子是個好孩子，可若家裡雙親不和善，木丫頭若嫁過去，是要吃苦頭的啊！唉，這親事剛有眉目，卻多磨難，且再看看吧！回頭還是得同丈夫說道。木丫頭也真是，唐家人待她不善，怎麼也不說，虧得今兒出了這事，否則她是把女兒往火坑裡推啊！吳氏沈默不語，心思卻千迴百轉。見吳氏不高興，兩個姊妹也不敢多話，好好的氛圍被那幾盆金盞菊破壞了。

蘇木瞧了瞧天日，道：「不說這些，該用飯了，我在福滿樓訂了一桌菜，咱上那兒吃去！」

杜雪瑤附和道：「敢情好，日日拘在府裡，廚子的菜是吃慣了，就想嚐嚐酒樓的味道。」

魏紀瑩也起身。「咱吃完再逛逛，京都又時興了一款坎肩，咱也去買一件，廟會那日穿！」

幾個丫頭有興致，吳氏自然不會拂面子。「得，我去屋裡換件衣裳，莫給妳們年輕丫頭丟面！」一番收拾後，娘兒幾個下樓，接上由雙瑞帶到後院玩耍的六月。

出門不見蘇世澤，杜雪瑤好奇道：「妳爹呢？怎沒瞧見？」

吳氏抱起六月，接過話。「木兒他爹是個閒不住的性子，早早往鋪子去了，且不管他。」

「倒是我偷懶了，」蘇木莞爾。「咱一會兒繞到鋪子門口，娘還未瞧過，左不過幾步路。」

幾人皆點頭，臨走前，不忘讓綠翹給二人各裝一袋果乾。馬車行至鋪子門口，幾人未下車，只使了雙瑞去鋪子招呼兩聲。吳氏好奇非常，撩起轎簾往外看。乖乖！好大一幢樓，那些琉璃裝飾宛若宮殿，真讓人大開眼界，若非寬廣的門前掛著「蘇記甜點」匾額，她真是不敢相信，只當開了個同郡城般無異的小鋪子。短短時間，不聲不響就開了這般氣派的鋪樓，且門口人潮絡繹不絕，生意是真好啊！

翠蓮拎著兩大袋自蘇記走出來，前面不遠處就是孟家馬車。雖說蘇記的主子討人厭，可賣的東西真的不錯，那香芋紅豆派和珍珠奶茶百吃不膩。自家小姐最喜這兩樣，每每買得多，也賞賜給他們這些下人。

孟蓁蓁厭惡蘇木，卻忍不住想吃蘇記甜點，是以每每出門，總是將馬車停得遠遠的，讓下人去買。距上回壽宴一別，該有大半年不見那丫頭，說是回鄉去了。她特意派人打聽唐家動向，倒是沒什麼特別，相予哥哥仍舊早出晚歸忙公務。也不曉得是否唐夫人已將她打發，畢竟二人過於親密，若生出事來，難道真要娶她不成？她算什麼東西，最低賤的商女！孟蓁蓁想想就來氣，兩回交手皆輸，自己是何等尊貴的人，竟讓那野丫頭出盡風頭！

這時翠蓮撩起轎簾，手上拿著糕點，面上卻有些緊張。「小姐，我瞧見姓蘇的丫頭了！」

孟蓁蓁眼神一冷。「沒看錯？」

翠蓮鄭重點頭。「一清二楚，同行有魏家二少奶奶和魏四小姐，一旁還有個抱孩童的夫人，身後跟了四、五個丫鬟，一行人往福滿樓去了。」

「福滿樓？」孟蓁蓁聲音陡然提高。「她去福滿樓做什麼？相予哥哥可是也在？」

翠蓮搖搖頭。「倒是沒瞧見唐少爺，不過奴婢只跟到門口，也不曉得裡頭是否有人等候？」

孟蓁蓁有些失態，一雙好看的眸子滿是無措。她為什麼會回來？她還回來幹什麼？難道真想嫁進唐府？若擱從前，這樣的丫頭她不放眼裡，可幾回交手，竟有些不確定，彷彿那姓蘇的要得到東西，就一定能成……不行，相予哥哥是她的，誰都別想搶走！

「翠蓮，妳上唐府請唐三小姐一敘，就在福滿樓。」

「現在？」翠蓮驚訝，現在正到飯點，沒準兒人家正吃飯呢。「小姐，這個時辰怕是不妥，不早不晚，偏在正午。」

「只管去請，若在用飯且等著，我只要一頓飯工夫能將人請來即可。」孟蓁蓁此刻也顧不得什麼尊貴體面，她要讓唐相芝徹底地厭惡蘇木！

翠蓮無奈，只得應下，看著手上東西，遞上前。「那這些……」

孟蓁蓁已然端坐，高昂著頭，接著低頭一瞥，冷冷道：「扔了。」

翠蓮不再說什麼，拿著東西退了出去，往唐府而行。

第八十九章　面目

蘇木訂了三樓雅座，那處有戲臺，能邊吃飯、邊聽曲。用飯時刻，在座大都是老爺們，一座女眷尤為顯眼，不過大家各吃各的，並未有何無禮舉動。蘇木快速點完菜，幾人便坐著閒聊，片刻後上了菜，也就開動。這時魏紀瑩指著門邊，驚訝道：「孟三小姐？她鮮少於這樣的場合露面，就算在外用飯也都坐雅間，這會兒瞧見，倒是奇怪……」

眾人齊看去，可不就是孟蓁蓁由一群奴僕簇擁著上樓，由小廝引至窗邊雅座，離她們這桌只兩步路。

杜雪瑤問道：「雖不算熟識，好歹有過照面，要不要前去招呼？」

離得如此近，孟蓁蓁該是瞧見了幾人，卻故作不知。不往雅間，偏到這處，定是有目的。

蘇木淡淡道：「人家裝作瞧不見咱，咱又何苦巴巴上前，熱臉貼冷屁股。」

二人若有所思地點點頭。本就沒甚交情，貿然上前倒是顯得巴結，於是也都收回視線，裝作不知。吳氏抱著兒子，一面給他餵飯，一面聽幾人說話，卻不明白個中意思，似乎與人不對付？罷了，她還是專心吃飯，女兒說什麼便是什麼。因此，飯桌氛圍變得有些微妙，似是多了分拘謹，真想吃完快些走人。

綠翹是個機靈的，自家小姐說不必理會，可不平常的事又怎能平常待之？趁小姐、夫人斟茶布菜時，悄悄打量隔壁，瞧出些蹊蹺，湊向蘇木耳邊。「小姐，孟小姐不是一人用飯，對座留著，擺上了碗筷，且貼身侍婢翠蓮不在。」

蘇木點點頭。這般作派，左不過是將唐相予請來。這孟家小姐，真就小氣。吃了半天，一旁也不見來人，孟蓁蓁只慢條斯理地喝茶，菜也上得慢，悠閒得彷彿不是來吃飯，而是聽曲，還有等人。

幾人飯菜將盡，欲起身離去，剛至樓梯口，竟瞧見唐相芝匆匆而來，身後還跟著翠蓮。原來陷阱在這兒呢……然而唐相芝早曉得自個兒回來，孟蓁蓁怕是失策了。

「唐三小姐？」魏紀瑩先與人招呼。

唐相芝抬頭。「怎是妳們？」又望向後頭，姓蘇的丫頭可不就在身後。「這是接風洗塵？」這個將家裡攪得天翻地覆的野丫頭可真恣意，可唐相芝也就是這麼一想，蘇木行事難捉摸，自己心裡倒沒了從前的輕視。

直辣辣的視線看過來，必然是同自個兒說話，蘇木回道：「正是，吃頓便飯，這會兒正要回了。」幾人說話間，已退至旁處，讓出道來。

唐相芝錯身上前。「那便去吧！我也約了人，再會。」說完，她跟著翠蓮來到雅座。

「芝兒妹妹，妳可總算來了。」孟蓁蓁換作一副焦急面容。

對於孟蓁蓁的熱情相邀，唐相芝很受用，笑道：「何事這般焦急？我飯正用著呢……」

孟蓁蓁欲言又止，秀眉微微一蹙。唐相芝端起桌上茶盞飲了一口，不知她是何意？「怎了，我方才還瞧見魏家二少奶奶和魏四小姐，姓蘇的丫頭也在，妳們可照面了？」

孟蓁蓁一番糾結，終於開口。「我瞧見了，卻未照面。是我故意不見的，因為……」她神秘地湊上前，壓低聲音。「我聽見魏家二少奶奶道其兄甚為想念，時常念叨，還作了畫像，吟了詩。」

唐相芝的心突然跳得快起來，直直盯著她。「想念……想念誰？」

「蘇木。」孟蓁蓁一字一頓，眸中閃過一絲精光。

「她！」唐相芝噌地站起來。她不是有了哥哥?!怎麼……怎麼又同杜二少爺攪和一起？她的失態惹得旁人側目，對面還坐了個孟蓁蓁，二人關係算不得親近，也就近段時間多有走動，還不到能窺得她心思的地步，於是緩緩坐下，端起茶盞掩飾眼中的不自然。

「我……我是說，杜二少爺想念姓蘇那丫頭？妳怎曉得這些？」

孟蓁蓁認真道：「方才我上來，幾人正聊得熱絡，聽見提及杜二少爺，可一見我來，幾人紛轉視線，故作瞧不見。既不待見，我又豈會巴巴上前？也不曉得她們是否知曉我在旁，抑或是不在乎，旁若無人地聊起閒話，毫不避諱。」

唐相芝臉色有些難看。她們竟敢對孟蓁蓁視而不見！孟大人於朝中地位，就是父親也要忌憚一二，杜、魏兩家真是膽大包天。從前不見她們這般，該是為著姓蘇那丫頭，便故意教孟蓁蓁聽見，然後傳話給自個兒。呵，好心思啊！這是在示威挑釁？「她們說了什麼？」

「她們說……」孟蓁蓁支支吾吾，似不好開口。「說了妳莫生氣。妳曉得的，我心悅相予哥哥，是以待妳若親妹妹，自然事事念著妳好。妳有意於杜二少爺的事，其實我早就看出來了……只是妳面子薄，不好同我講這些，我便故作不知。但欺到頭上，我卻要為妳抱不平！」

「妳……」唐相芝臉色唰地一紅。她從未與人說，怎被人知曉了心事？「妳何時……何時瞧出來的？」

「每每提及杜二少爺，妳眸中皆帶著情意，何嘗不似我望著相予哥哥時的模樣？」孟蓁蓁說著嬌羞起來。

對方表明心思，唐相芝生出一種惺惺相惜的感覺。如此感同身受，她內心防備便破碎。

「蓁蓁姊，可得給我保密。」

孟蓁蓁鄭重點頭。「我自曉得，只是氣不過，那丫頭明明同相予哥哥糾纏不清，怎又牽扯上杜二少爺，真是個心思深藏的女子！」

翠蓮本不曉得自家小姐要做什麼，可方才一聽她提及杜二少爺便明白過來，忙道：「千真萬確，就是聽到這話，小姐才叫奴婢來唐府請您的。咱知禮數，若非特殊，也不好在這個時候突然請您來不是？」

唐相芝回想起初見蘇木時，她便同杜雪瑤交好，既是閨中密友，她自然時常上郡守府，同杜二少爺豈不是朝夕相對，暗生情愫！後因著杜二少爺和哥哥相識，發現唐府門第更高，於是那丫頭千方百計攀上關係，來到京都。後見哥哥和孟蓁蓁有情誼，母親又極力反對，便知嫁進唐府不能，又轉向杜二少爺！好個攀龍附鳳的心思，這等低賤的商女，簡直不知廉恥！

孟蓁蓁和婢女的話，直接讓頭腦簡單的唐相芝腦補了一場三角關係，將蘇木徹底推向惡人谷，她二人變成了被搶走心上人的小可憐。

「妳我都被保護得太好，哪裡曉得人心如此險惡。可相予哥哥和杜二少爺都待她極好，我竟不曉得該怎麼辦……」孟蓁蓁說著掩面悲傷，柔弱不堪。

唐相芝氣歸氣，可她一貫舉止大膽，不是受了委屈就往肚裡吞的主子，這個仇必得報！「這個野丫頭心思如此齷齪，自然不能讓她得逞！我要回去告訴哥哥，揭開她的面目，等哥哥死了心，便會回心轉意，對妳好的。」

孟蓁蓁一臉感激，卻又露出關心。「那妳呢？」

唐相芝眼神黯淡下來。是呀！哥哥聽了話，拋棄她，不正好遂了她的意，回去找杜二少爺？那自己的心思得永埋心底了……「我……我便算了吧！杜二少爺也不見得對我有意……」

孟蓁蓁急切道：「自然有意！妳才情驚豔，少有人不傾心，我雖不常赴宴，卻也瞧過杜二少爺幾回，他對妳較旁人是多瞧了的。」

「真的？」唐相芝覺得幸福來得有些突然。杜二少爺真就多看她了？

「自然是真的，」孟蓁蓁鄭重點頭。「杜二少爺心裡定然有妳，只是礙於姓蘇的丫頭先認識，那份情誼在先。他不是薄情之人，如今怕也是左右為難吧？」

唐相芝一面高興，一面難受。她堂堂唐府千金，竟與一個商女同時讓人心悅，偏還比不過人家。原不曉得杜二少爺對自個兒心意如何，可若對方真有意，她便不會罷手，定要將人搶過來！可是……要怎麼搶呢？巴巴地前去告訴人家？那丫頭藏著齷齪心思，自己要以什麼立場去呢？去魏府告訴杜雪瑤？她二人關係親密，自然不會信……頭疼啊頭疼！

「蓁蓁姊，妳說怎麼辦？我是真沒法子了……」

孟蓁蓁睨了她一眼。「妳這丫頭，慣會為人籌謀，到自個兒這裡卻犯傻了。」

唐相芝巴巴地望著她，眼中帶著渴望。「妳有法子？」

孟蓁蓁點點頭，起身走到她旁邊，緊挨著坐下，湊近耳邊低語道：「若要杜二少爺死心，只有讓他瞧清那姓蘇的真面目。廟會將至，只要尋個由頭讓杜二少爺一道，那麼……」

從福滿樓出來，幾人於街市閒逛，魏家姑嫂一路陪同做參謀。如今一家都搬來，有許多東西要添置，七七八八買得差不多了，才於正府街心分開。京都有一樣好，無論買多少東西，若有需求，鋪裡小廝都能送貨上門，是以娘兒倆買了許多。剛進小院，吳氏憋了一下午的話，終得以問出口。「木丫頭，那什麼孟家小姐、唐家小姐是怎麼回事？我怎瞧著不對勁。」

「娘，甭擔心那些，我自曉得，您就安生照顧六月和爹。往後怕是得忙垣村的地，不能日日陪在您身邊。若閒得無趣，領著六月出門逛逛，但得帶上雙瑞，他熟門熟路，我同爹也好放心。」蘇木寬慰道。

這丫頭，明明問她兩位小姐的事，生生扯這般遠，八成同唐少爺有干係。既然她曉得處理，吳氏便不再多嘴。「莫擔心這些，妳只管忙正事，娘上京都可不是給妳拖後腿的。等六月大了，送去私塾啟蒙，我也能幫著幹活計。」

「哪用您幹活，往後啊，怕是得學著管家、應酬。」

娘兒倆說著相攜進屋。屋裡已來了好幾樣鋪子的東西，什麼鍋碗瓢盆、衣裳布帛，綠翹忙進忙出地歸置，六月則被蘇木塞了一塊糖糕，在屋裡自個兒玩著。

吳氏不解。「什麼管家、應酬？學那些做啥？」

一家子因虎子不在身邊，只兩大兩小，一日三餐、四季衣裳，隨手就來，有啥要管的？於京都人生地不熟，無人往來，哪用得著應酬？

「如今是不必，往後可說不準。您不出門交際，自有人上門拜訪，可不得學著待人接物？京都不是村裡，不能拿出滿腔真誠待人。」蘇木將碗碟從包袱拿出來，一一擺弄，細細說著。

吳氏更納悶了。「丫頭，妳今兒說的話，我怎不懂？可是因著成為皇商，有人要巴結咱？」

「別怕，我就是先給您提個醒。過些時日趕廟會，會遇上許多官夫人。人家若是招呼，咱也得回禮不是？雪瑤的婆婆魏夫人和善，也是管家極嚴的主子，屆時引您見見，交個好。」

蘇世澤為官的事，她還未同二人說，只怕父母空歡喜，因為回京已數日過去，旨意還未下來。莫不是她最後送去的那罐烏龍茶出了岔子？不論如何，垣村若成，只等明年六月，蘇家定然名揚京都。與其那時手忙腳亂，不如這會兒就開始接觸京都的人際往來。

魏家如今走得最近，且關係日益親厚，是可結交的。她是年輕女子，不好與魏夫人如何親近，否則像是對魏家少爺有所圖。吳氏便不同了，兩家小輩交好，長輩親近是應當，廟會正是極好的契機。魏夫人規矩嚴明卻親厚，吳氏是個周到又直率的性子，定然能說上話。

對女兒的話，吳氏雖是一知半解，可女兒考慮的自然不會錯，那便學著吧！「我省得了，定不教妳憂心。」

六月啃完糖糕，於屋子轉悠得無趣，邁著小短腿跑來。「娘、娘，爹爹哩？六月想騎馬。」

吳氏將兒子一把抱起。「是啊，這都啥時候了，妳爹還未回來，出去一整日了。我時常覺得妳做事認真，廢寢忘食，這倒好，妳爹也成這模樣了。」

蘇木抿嘴笑。「我這慵懶的性子，哪裡值得上廢寢忘食幾個字。」

不過老爹的確該回來了。垣村還在養地，苗子未種，沒甚好瞧的。只等再過兩日，吳大爺上京幫著一道看苗子。吳大爺是答應上京幫忙的，不過年前多置了幾塊地，還未拐飭完，便晚幾日出門，不同一家子一道。她朝屋外喊道：「雙瑞，你去鋪子瞧瞧爹回來沒？」

「誒！」雙瑞像是在後院，高聲應道，快步出門接人去了。

不一會兒，便聽見前院說話聲。娘兒倆放下手上活計，吳氏一把抱起兒子，迎了出去，一面道：「剛出門就接上人，這是在哪兒遇上了？」

卻見丈夫走在前頭，灰頭土臉的，新做的厚棉衣已經髒得不能見人，甚至勾出許多絲來，衣角更是破了好幾道口子。吳氏擔憂不已。「怎了？是路上遇著強盜了？京都還能出亂子？」

第九十章 筒車

她忙將兒子放下，上前仔仔細細地查看哪處傷著了。蘇木也擔憂不已，好生生出門，回來卻是這副慘樣。「爹，到底出了啥事？」

蘇世澤一把拉過妻子，笑呵呵道：「甭看了，我沒傷著，就是往垣村林子去了趟，走得急，割破了衣裳。」

垣村的林子？蘇木是知道的，垣村貧瘠，多山林，然而山林濃密，卻生不出什麼寶貝，去的人便少，突然鑽一趟，可不得割破衣裳。只是老爹跑到山林幹麼去？「爹，那山林貧瘠，且開鑿費功夫，地裡那些土地夠咱們栽樹了，您又何苦跑去山上？」

曉得丈夫沒受傷，吳氏無奈地搖頭，去灶屋端水給他擦洗。接過妻子遞來的汗巾，蘇世澤才開口解釋：「丫頭，妳可曉得垣村因何貧瘠？」

蘇木搖搖頭，幫著將水端至他面前。「您瞧出什麼了？」

蘇世澤點點頭。「垣村地勢高、蓄水弱，時常落雨倒不礙事。可京都一、兩個月也難見雨水，哪裡養得出肥沃土地？我便尋思開水渠，縱使沒那麼大水源，有水溝也行啊！引至田埂，才能緩解地裡旱澇。」

一絲靈光一閃而過，蘇木想抓住，卻怎麼也沒有頭緒，於是道：「爹，咱明兒再上趟垣村。」

次日，父女二人準備前往垣村，特地去鋪子喊上孫躍。孫躍是萬事通，總有用到的時候。馬車剛至村口，就瞧見挑著擔子搖搖晃晃的里正，瞧著比先前硬朗了些，面上也多了神采。

「東家小姐來了！」他歡呼相迎。

三人跳下車，孫躍將馬拴好。蘇木笑著問候：「大伯，許久不見，近日可好？」

「好，怎能不好？溫飽得了保障，咱再不必過擔驚受怕的日子了。」里正面上堆起了笑。託蘇木的福，租地付了一年的租子，今年他們也好過個富足年了。

可村子裡空蕩蕩的，連狗叫聲都沒有，蘇木覺得有些奇怪。「大伯，村人哩？怎這般安靜。」

「上山去了。」里正說著給蘇世澤示意。「昨兒東家老爺轉悠了一圈，說咱貧瘠是土地蓄水不成，尋思找水源，鑽水井、開水渠，今兒大家都上山去找了。」

蘇世澤有些不好意思。他也就是這般打算，自個兒往山上去，並不曉得到底有無水源？

「倒是煩勞大家了。」

里正擺擺手。「莫見外，這地是東家小姐發善心租下的，養了幾月不見成效，咱也過意不去。不多說見外話，咱邊走邊說。」

於是，一行幾人直往村裡去。較前幾月，垣村似乎顯得越發荒涼了，地裡的莊稼全都拔了，光禿禿不見一絲綠色，卻養得極細緻，草木灰和爛葉子、土壤也都濕潤。只是濕潤不過幾日，久了仍是那副乾涸的模樣，照蘇世澤的話，就是不能蓄水。

幾戶農舍就坐落在這片荒蕪中，屋門口種了幾個小菜、幾根青蔥，到底有了幾分生機。蘇木望了望山林，她對開溝渠這個想法不是很贊同。雖說山林茂密，定有水源，可要供整個垣村的地灌溉還是有困難；且引水、建渠都是難題，此為下策，還得再打算。

「爹，您同村人瞧水源，我再往旁處看看是否有其他發現？」蘇木對老爹道。

蘇世澤自然無異議。他滿心思都是找水源、開溝渠，但山路崎嶇，也不希望女兒上去，於是獨自前行。蘇木同孫躍將整個村子繞了一圈，也沒甚收穫。

就在二人打算放棄往回走時，遠遠路過一位戴笠帽、揹魚簍的農夫。簍子似乎沈重，他走得有些吃力，口中卻哼著不成調的曲子。有魚的地方自然有水，雖未抱多大希望，蘇木還是多嘴問了句。那農夫順手一指，二人便朝那處走去，一片荒蕪的草地後是一條江河，水順著高峻的山峰蜿蜒而下。

「孫躍，且問這江河歸界何處？」蘇木問道。

孫躍往前走了幾步，一番探視，而後道：「江河自西往東，上游臨泉州，過炳昌，經懷化、尹縣、盤村，途經太多，該是不作歸處地。」

蘇木笑了。「此處離垣村不過二里地，你以為開渠引水如何？」

孫躍皺了眉。「江河平緩，怕是引不得那麼遠啊！」

蘇木心情卻是豁然開朗。自然引水肯定不行，可若加上動力呢？沒錯，這時候就要用到水車。但她只曉得原理，卻畫不出那樣的結構，還得研究一番。

「我有法子。回去後，你且叫上田師傅，再尋幾個木工，咱坐一處商量商量。」

孫躍一驚。這麼說，長距離的開鑿引水，她能想出招？他不得不佩服，哪樣困難到了她手上，似乎都有法子解決。東家小姐腦子裡不曉得裝了多少點子。「成，我正好認識幾個手藝精巧的匠人，回去就尋來。」

二人有了眉目就往回走。路途遠，來來回回廢去不少時間，回到村子時，蘇世澤同村人也都下山了。大家見了蘇木，熱情招呼，感恩戴德的話自然少不了。

半日尋下來，啥也沒找著，再往深處，縱使尋著了，也不好開採。蘇世澤覺得頭大，好不容易找出問題所在，卻沒法子解決。不行，還得往裡邊上去走走，總能找著一處近的。

蘇木見老爹愁容滿面，也知道結果。「爹，您先別找了，我倆在不遠處尋到一片江河，打算自那處開鑿。」

蘇世澤眼睛一亮。「合著我們找半天，竟漏了一條現成的河？擱哪兒呢？」

蘇木指了指方向。「離這兒二里地。」

蘇世澤揉了揉耳朵，生怕自個兒聽錯。「多少地？」說著看向孫躍。

孫躍不禁笑了。「真是二里地，東家說有法子。」

二里地引水，除非是挖條河直通垣村，否則哪能將水引來？不到半地就斷了，耗資巨大不說，旁的村縣能讓那麼幹？幾人說話間，村裡大家商量著做飯留人吃些。香蘭娘寡居，香蘭又在蘇記幹活，對蘇木自然親近幾分。是以這頓飯就到香蘭家，邀請人的活計，自然就落到香蘭娘身上。

香蘭娘原是病病殃殃的身子，如今算是活過來了，整個人有了精神，說話走路也多了幾分幹練。「東家小姐，累半日了，且留下吃頓便飯吧！粗茶淡飯做得不好，您擔待些。」

蘇木笑道：「不拘那些，如今河渠有了眉目，不便耽擱，得趕緊回去尋人。天兒漸冷，再等下去，怕是耽擱種苗子的最佳時期。」她自然曉得村人生計如何，若留下吃一頓，人家得吃好幾頓粗食。

香蘭娘有些無措。她本不擅言辭，也是按大家意思相邀，如今人不留下，她也不曉得該怎麼辦，便眼睜睜瞧著他們漸行漸遠。

自蘇記開業後，其鋪內裝修在京都風靡一時，琉璃也成了一時熱門。負責主要建築的田師傅自然聲名大噪，活計接到手軟。這一切都歸功於蘇記東家，是以孫躍一喊，他便將所有活計推後，應了蘇木的邀約。地點就定在蘇記二樓雅間，等他到時，屋裡已坐了幾人，竟是幾位相熟、手藝高超的木工師傅。

在座之人見田師傅進來，皆起身拱手。「久仰、久仰。」

田師傅拱手回禮，有些納悶。尋這些木工師傅做甚？先前的小工都是他帶來的，這回另請他人，莫不是覺得活計不到位？可先前也沒說啊！不過能再同蘇記東家合作，仍是十分期待，旁人的計較也就往後了。

幾位小廝端著茶水點心進門，蘇木和孫躍走在後頭。蘇記東家是個年輕小女娃，田師傅已見怪不怪，另幾位木工師傅卻大驚失色，久久不敢相信。

「丫頭，此回喊我等來，可是又要開店裝修了？」田師傅熱絡道。先前不曉得蘇木是東家，人家也未擺什麼架子，是以丫頭丫頭地喊得順口。

「此回不是建屋，是想修建一樣東西。我初步有了構思，需要各位相看是否可行，以便改進。」蘇木說著向孫躍示意。

後者將手上一幅卷軸於桌前展開，田師傅忙在蘇木身旁落坐，一貫是二人間的默契。一旁幾個木工師傅相互看了看，也都圍過來，就見紙上畫著圓形一輪，呈齒狀，甚是怪異。

「這是何物？」田師傅先開口。

孫躍只曉得要做引水的器具，然而這物體怪異，他並不清楚，不便開口。幾位木工師傅都是手藝精巧之輩，精通原理構造，然畫上之物，卻瞧不出個所以然。

蘇木道：「我且喚作筒車。」

筒車？聞所未聞，眾人皆疑惑，等著蘇木解答。「我欲建構河渠，引水二里，然而動力不足，打算靠這物提供動力，引水灌溉。」她先講明由來。「初步想法是以水的衝力帶動輪軸轉動，使得江水順筒車轉動而流動。」生僻的詞彙讓幾人有些摸不著頭腦，可配以圖樣，大致理解了她的意圖。

當即有人反對。「河渠靜止，何來水的衝力？」

蘇木指著畫上竹筒。「當竹筒轉過一定角度，原先浸在水裡的竹筒將被提升，離開水面。此時由於竹筒的筒口比筒底的位置高，竹筒裡會存一些水。當竹筒越過筒車頂部之後，筒口的位置相對於筒底開始降低，竹筒裡的水就會倒進水槽裡。」

眾人恍然大悟。倒是有理，可這樣真能引水？他們雖贊同，卻也將信將疑。比如水的衝力要多大，且能源源不斷提供？若筒車旋轉太慢，或者提不起水，怎麼辦？水流和竹筒要按何比例構造？一大堆疑惑湧上心頭，眾人七嘴八舌地討論起來。

蘇木只是靜坐喝茶，也用心聽著；孫躍見場面混亂，於是出聲平息。「諸位、諸位，先靜靜。這樣東西是我東家構思出來，今兒請大家來，就是解決這些問題，哪處不妥再改善。事成後，酬勞豐厚，自不必說。」說著看向田師傅，他便是個例子。

筒車若成，那可是解決各地旱澇的大事啊！沒準兒被皇上知曉，還要褒獎幾人，那可不僅僅是銀錢的問題；且人家已將開頭做好，他們只管將東西做出來。幾人安靜下來，細細思量。田師傅是一點也沒猶豫，合作過一回，於蘇木的能力，毫不懷疑。

「我幹！」他第一個表態。

餘下幾人經權衡利弊後，也都紛紛表態。不可多得的機會，自然不能放棄。

蘇木接著開口。「那製作且放在垣村，一應需求只管向孫躍提。若無異議，咱明日開工吧！」

眾人點頭，就這麼辦。這時，尹四維慌忙跑上樓。「小姐，杜大人找！」

杜大人？眾人齊看向蘇木，竟不曉得這個無名小輩，大有來頭。

蘇木眉頭一蹙。杜大人親自尋上門，定有要緊事，於是匆匆告辭。尹四維將人請在內堂，杜大人一身私服，坐在桌前。

「杜大人。」蘇木進門便招呼行禮。

杜大人抬了抬手，一臉鄭重。「不拘那些，我尋妳有要事。」說著朝屋外望了望。

尹四維懂臉色，忙退了出去，將門掩上。蘇木猜想是旨意出了問題，可她家不與官家勾結，也從不樹敵，甚至與人交好，沒有理由扣下她的名頭，其中是出了什麼問題？

「旨意下來了，明兒就宣，封蘇記普茶為貢茶，蘇家為皇商。」杜大人頓了頓，繼續道：「妳那罐茶葉送上後，吾皇大悅，欲欽點妳爹為三品茶司。然……然而孟大人攔下了，只道一小罐茶葉，貢獻著實過少，若破格升任，只怕其他皇商有異議，屆時商業亂套，於國安有礙。」

蘇木無奈。一個三品茶司能引起朝廷動盪，這個孟大人真能掰。杜大人對蘇木是十分欣賞的，若沒有蘇記普茶，他的仕途不會如此順暢；且往後長期互利，也希望蘇家好，只有在京都站穩腳跟，才能長久做下去。

「蘇姑娘，妳是否與人樹敵了？」依蘇記的生意，不與任何一家酒樓、茶樓競爭，也得罪不上背後的大人物。皇商都頒了，區區有名無分的三品茶司實在攔得沒道理。

蘇木搖搖頭。唐夫人不待見她，唐大人卻似欣賞，該不會干預，那便只有孟蓁蓁。孟大人攔下旨意，莫不是為了女兒？她想不通，女兒家私事搬到朝堂，是有些小題大做了吧？

罷了，想不通便不去想，茶司不過改商籍為官籍，一些虛無的東西，往後再得也罷！皇商名頭已不容小覷，雖她於京都無宅無地，比起別的皇商來講過於寒酸，可終究占了一席之地，不是嗎？

——未完，待續，請看文創風787《賴上皇商妻》4（完）

文創風

786

賴上皇商妻 3

國家圖書館出版品預行編目資料

賴上皇商妻 / 頡之著. --
初版. -- 臺北市 : 狗屋, 2019.09
冊 ; 公分. --（文創風）
ISBN 978-986-509-043-2（第3冊：平裝）. --

857.7　　108013851

著作者　頡之
編輯　張蕙芸
校對　黃薇霓　簡郁珊
發行所　狗屋出版社有限公司
地址　台北市104中山區龍江路71巷15號1樓
電話　02-2776-5889～0
發行字號　局版台業字845號
法律顧問　蕭雄淋律師
總經銷　知遠文化事業有限公司
電話　02-2664-8800
初版　2019年9月
國際書碼　ISBN-13　978-986-509-043-2

本著作物由起點中文網（www.qidian.com）授權出版

定價250元
狗屋劃撥帳號：19001626
網址：love.doghouse.com.tw　E-mail：love@doghouse.com.tw